绝对零度

3 旱魃

樊落

著

中国纺织出版社有限公司

内 容 提 要

关琥跟张燕铎以及几位朋友去国外旅游，却遭遇劫机事件，在跟歹徒搏斗中，飞机货仓里运送的棺材被打翻，里面的尸体掉了出来。在跟外国警方的交涉中，关琥发现他们态度暧昧，之后在旅馆又有陌生人偷袭他们，并企图抢夺他们的随身物品。关琥在张燕铎跟其他朋友的帮助下，查到原来犯罪组织在秘密进行制毒试验，药品代号名叫"僵尸"。他们一行在雪山的冒险旅程刺激惊险，迷雾一层层被揭开……

图书在版编目（CIP）数据

绝对零度 . 3，旱魃 / 樊落著 . -- 北京：中国纺织
出版社有限公司，2021.1
ISBN 978-7-5180-8014-4

Ⅰ . ①绝… Ⅱ . ①樊… Ⅲ . ①推理小说 – 中国 – 当代
Ⅳ . ① I247.5

中国版本图书馆 CIP 数据核字（2020）第 200811 号

策划编辑：李满意　胡　明　　　　　责任编辑：张　强
责任校对：王蕙莹　　　　　　　　　　责任印制：王艳丽

中国纺织出版社有限公司出版发行
地址：北京市朝阳区百子湾东里 A407 号楼　邮政编码：100124
销售电话：010－67004422　传真：010－87155801
http://www.c-textilep.com
中国纺织出版社天猫旗舰店
官方微博 http://weibo.com/2119887771
天津千鹤文化传播有限公司印刷　各地新华书店经销
2021 年 1 月第 1 版第 1 次印刷
开本：880×1230　1/32　印张：9
字数：208 千字　定价：39.80 元

目 录

CONTENTS

第一章 / 002

第二章 / 030

第三章 / 059

第四章 / 075

第五章 / 112

第六章 / 137

第七章 / 170

第八章 / 199

第九章 / 230

第十章 / 258

人逝后殡而不葬，或葬久而躯体不腐，皆有僵变之可能。人之魂善而魄恶，魂灵而魄愚，云终之际，魂散魄滞，无心无情，无思无维，躯体无所依，化为僵直之形，受命于他人主宰而作为，是谓僵尸，亦称旱魃。

第一章

"银鞍照白马，飒沓如流星……"

关琥的嘟囔声引来他邻座的侧目，先是看看关琥的脸，他低眉敛目嘴里念念有词，嗯，挺像是老僧入定的，再将目光落到他面前的桌上，移动桌板上放了本《唐诗全集》，翻开的那一页印的是李白的《侠客行》，诗旁还配了幅英姿飒爽的侠客绘图。

张燕铎的嘴角抽了抽，差点将偷偷握在手里的小叉子掉到地上。

"银鞍照白马，飒沓如流星……十步杀一人，千里不留行……不留行……"

蚊子般的嘟囔声时不时地传进张燕铎的耳朵里，他终于忍不住了，伸脚踹在关琥的小腿上，低声警告道："闭嘴。"

关琥吃痛，稍微侧侧头，小声说："我只是在给自己壮胆，我现在没有枪，很希望那位黑衣大侠再出面救人。"

"大侠不是召唤兽，"被关琥神奇的大脑回路打败了，张燕铎又踹了他一脚，"就算是召唤兽，看到眼前这么多枪，也不会出来的。"

"援下手也不行？"

"关王虎，我拜托你的智商高层次一点。"

张燕铎盯着在机舱里来回走动的劫机暴徒，他们好像在搜查什么，不断强迫乘客抬起头来接受检查，为了不引起他们的警觉，张燕铎轻声道："想送死你自己去，别拉别人。"

"我以为你怕我死的，哥，我们联手的话，至少可以先制伏前面两个，后面只有一个，比较好解决。"

"你确定劫机的只有三个人？"

"不，不过制伏一个是一个。"

听了这话，张燕铎又起了想踹人的念头了，但他刚提起脚，就听关琥又说："这些人都有经过特别训练，他们的目的可能跟政府有关，所以很有可能抱着同归于尽的想法，我们等不起，我需要召唤兽……"

关琥不是第一次面对劫机事件，张燕铎相信他的判断，而且凭自己的经验来看，这些人不仅受过特别训练，更可能出身于军方，军人的举动、身姿还有用枪方式都有特殊的表现，当年教他武功的老师就是这样，所以很容易辨认。

如果真跟政治军事扯上关系，那接下来就麻烦了。

张燕铎感觉头有点痛，扫了身旁的关琥一眼，觉得他真是扫把星，就连出国旅游都能碰上劫机，看来便宜这种东西是不能占的，如果他们不是接受了叶菲菲免费提供的机票，应邀来德国度假，也不会遭遇这种恐怖事件了。

在张燕铎迄今为止的人生中，这种事件其实算不上什么，但糟糕的是现在他身边有他的朋友跟亲人，而且是遇到危险会第一个冲在最前方的亲人，不过召唤兽也不是那么好当的，难道要他在众目睽睽之下变身黑衣人去跟人家拼命吗？

身后突然传来叶菲菲的咳嗽声，她咳得很厉害，不得不趴在椅背上，随即张燕铎感觉后肘被碰到，一个小纸团从座椅缝隙中塞给了他。

张燕铎感觉头更痛了，他忘了比关琥更擅长"明知山有虎，偏向虎山行"的还有这位现役空乘小姐，偏偏这次她也参加了他们的旅游活动。

叶菲菲戏剧化的咳嗽声把后面的歹徒引了过来，张燕铎跟关琥没办法回头，只听到他叽里呱啦的说话，然后邻座的谢凌云用英语解释说："我朋友气管不好，能麻烦给她杯水吗？"

不知歹徒回答了什么，接着叶菲菲用德语有气无力地回应了，两人对话后，大概事情解决了，歹徒退回到了原来的位置上。

听到他离开，关琥在嘴里咕哝着问："叶菲菲给你什么了？"

张燕铎的手心里攥着小纸团，却因为前面的歹徒盯得紧，没法打开，反问："你怎么知道？"

"她以前劣迹斑斑啊，说不定是画图，而且还是很烂的图。"

在张燕铎觉得自己的手心都攥出汗时，前面有个小孩子哇哇哭了起来，趁歹徒的注意力被吸引过去，他迅速把纸团打开，但是上面诡异的图画让他差点吐血，忍不住反思自己冒险把纸团打开的意义何在。

见他僵住，关琥稍微往他身边靠靠，问："是不是很糟糕？"

"不知道……"

因为时间太短，他没来得及看懂。

借关琥帮他把风，张燕铎再次研究了一下叶菲菲的神图，图片基本是用圆圈跟箭头表示的，写着谢凌云名字的圆圈指向后面，箭头标着二，他跟关琥座位的箭头指向前面，标着一，意思大概是让他们对付前面两个歹徒，后面的那个谢凌云会负责。

那其他的歹徒怎么办？

即使歹徒的目的是同归于尽，但现在乱动很容易马上造成死伤，空乘人员都被隔离了，头等舱跟经济舱的状况无法传达，如果大家不一齐动手的话……

前面小孩子的哭声愈发响亮，打断了张燕铎的思绪，接着是女人带着哭腔的说话声跟歹徒的吼叫，张燕铎听不懂他们说什么，大概是恐吓跟求饶的对话，这导致孩子哭得更厉害，歹徒不耐烦了，将枪顶了过去。

由于椅背的遮挡，大家看不到他做了什么，但应该是要向孩子开枪，有些人已经忍不住轻呼起来，关琥马上坐正了身子，张燕铎知道不妙，想阻拦他，却晚了一步，就听他大声念道："银鞍照白马，飒沓如流星，十步杀一人，千里不留行……"

面对他这种以身犯险的行为，张燕铎气得很想直接一巴掌拍晕他。

可惜在张燕铎要动用暴力之前，歹徒已经被关琥引了过来，那个小孩被歹徒丢给同伙看管，他将枪口顶在关琥的脑门上，喝道："你在喊什么？"

还好他说的是英语，张燕铎很感激歹徒的贴心，生怕关琥再发出什么奇怪的声音，他探身一把捂住关琥的嘴巴，用英语赔笑说："我弟弟精神有问题，一受惊就会犯毛病，抱歉抱歉。"

他解释着，又不由分说，按住关琥的头往下压，做出道歉的表示，这样一来，关琥就避开了枪口的威胁，歹徒看他们是亚洲人，没再多问，喝道："让他闭嘴，否则我让他永远闭嘴。"

"是是是。"

张燕铎跟关琥一起点头，直到歹徒返回去，他才松开捂住关琥的手，关琥大口呼吸着，嘟囔，"我快被你捂死了哥。"

"我快被你气死了弟弟。"

张燕铎掐住他的脖子，凑到他耳边警告道："你要再敢逞强当英雄，我先干掉你！"

这还是他头一次看到张燕铎这么直接地表达自己的想法，关琥很意外，见张燕铎真生气了，他不敢反驳，用力点头。

还好孩子停止了哭闹，两名歹徒没再理会他，拿着枪，不时打量机舱里其他乘客的情况，偶尔跟后面的同伙做手势，并夹杂着一些口令，关琥猜想他们是在传递联络，看举动他们显得很急躁，可惜看不懂他们要表达的意思。

"他们在说跟谁谈判，要求他们释放什么人，不过谈判不顺利，他们在准备下一步的行动。"

背后传来叶菲菲的提醒，她的声音比蚊子叫还要低，害得关琥不得不竖起耳朵听，然后小声问："你确定？"

"手语是我跟外公学的，错不了，关王虎你快想办法，我不想死在飞机上！"

没人想死在飞机上。

关琥在心里吐槽。

他记得叶菲菲提过她外公是德国军官，她可以看懂专用手语，就代表这些人都是军人出身，也代表这不是普通的劫机事件，刚才还想碰碰运气，可是在了解了这些人的身份后，他对自己是否能对付得了这帮人有点没底。

"你们在说什么！？"

随着大喝声，前面一名歹徒持枪快步走到关琥跟叶菲菲的座位之间，叶菲菲立刻又往前俯身，大声咳嗽起来，歹徒一点怜香惜玉的表示都没有，用枪口重重顶在她的头上，喝道："又是你，你再敢咳嗽一次，就先从你开始杀！"

叶菲菲闭上嘴连连点头，歹徒抬起枪正准备教训她一下，坐在过道另一侧的前排座位的女人突然捂着胸口发出呻吟，然后往旁边一栽，倒在过道上大口喘息起来。

歹徒立刻转身提枪对准她，就见那女人脸色苍白，呼吸急促，一副疾病突发的模样。

"她的哮喘发作了，药瓶在她的上衣口袋里。"

邻座的乘客大声叫道，探身想上前扶她，被歹徒一脚踹开，无视女人痛苦的反应，揪住她的衣领直接将她从地板上拽了起来，将枪口对准她。

歹徒背对着关琥，他无法看到那边的状况，不过看歹徒的动作就知道乘客有生命危险，他正要站起来相助，肩膀被张燕铎按住，同时捂住他的嘴巴，禁止他再发出奇怪的呼叫。

几乎与此同时，前面传来微弱的呻吟声，紧接着那名歹徒的身体佝偻起来，像是急病突发的样子，先是往前栽了一跟头，跟着双膝跪倒在地，四肢抽搐着摔在了女人身旁。

前面另一名歹徒吐出一串德文，关琥不知道他在叫什么，就见他将枪口对准女人，但他迟了一步，女人快速地蹿起来，揪住蜷缩的歹徒身体，把他当盾牌，同时夺下他的枪向前射去，子弹射中对面歹徒的胸口，他仰面倒了下来。

那名求救的男乘客也趁机拔出手枪，对准站在后面的歹徒，两人同时开枪，但男人稍快了几秒，歹徒的一条腿被击中，子弹失去了准头，打在机舱上方的照明灯上，发出轻微的震响。

惊变发生得太快，机舱乘客先是呆滞了数秒，接着发出此起彼伏的尖叫声，歹徒倒地后，抬枪想再还击，眼前一晃，被个厚实的物体砸在头上，却是关琥及时甩过去的《唐诗全集》。

那本诗集实在太厚，歹徒被砸倒后，视线被完全遮住了，没等他伸手把障碍物拿开，关琥已冲上前单腿点地，用膝盖顶住他的胸口，又掐住他持枪的手腕往后拧去，往地上猛撞，手枪落到地上，顺着冲力向后面滑去。

歹徒很彪悍，被打得半晕还不忘骂人，又从靴子里掏出匕首朝关琥刺去，被张燕铎及时抬脚踩住。他来得恰到好处，踩的时间也刚刚好，等关琥想反击时，发现歹徒的那只手腕已经被踩在了张燕铎的皮鞋底下。

张燕铎好像还不太明白状况，推推鼻梁上的眼镜，皱眉问："怎么回事？这么垫脚？"

关琥为倒霉的歹徒默哀了一秒钟，顺便拿起覆盖在他脸上的唐诗，反手将书脊拍在了他的脑门上，将他打晕，口中赞道："感谢老祖宗源远流长的文化。"

在把歹徒揍晕后，关琥探身去拿滑到前方的手枪，就在这时，隔帘那边传来脚步声，他的手指尖刚刚触到枪柄，就被张燕铎拽去了旁边的空座位上。

那个位子上原本坐了个亚洲男人，那人不知是因为惧怕还是有眼色，看到他们的搏斗，主动移到了邻座，为他们的躲避提供了方便。

在他们躲开的同时枪声传来，不知道有没有乘客被牵连，有不少人发出惊叫声。

关琥趴在椅背后，就见隔帘下面露出阴影，隐约看到军靴踏了过来，他双手按住座椅，跃起来冲军靴踹去，趁那人趔趄时，他抓住地上的手枪，又就地一滚，拉开隔帘，将枪口指向对方。

歹徒的速度很快，关琥刚举起枪，手腕就被他踢到了，差点抓不住枪。

后面是经济舱，乘客更多，关琥不敢用枪，直接挥拳击了过去，歹徒闪开，再次冲他举枪，就在这时，一道寒光从关琥身后划过，打在歹徒的眼眶上，他没看清那是什么东西，只知道很锋利，歹徒的眼睛被打得鲜血直流，捂着眼向后晃去。

众多乘客的惊呼声中，关琥本能地向后瞄了一眼，却因为隔帘的晃动无法看清那边的光景，他上前按住歹徒，叫道："谢了，侠客先生。"

话音刚落，就听对面传来脚步声，关琥抓住那名歹徒当挡箭牌，就听噗噗两声，子弹射在了歹徒的后背上，把他打得连续颤抖。

"抱歉抱歉。"

关琥毫无诚意地道着歉，又向对面看去，那一头站了个膀大腰圆的歹徒。误伤了同伙，他气得哇哇大叫，可惜关琥一句都听不懂，就见他随手从旁边座位上拉过一个女孩，关琥还以为他想抓人质来威胁，谁知他只是学着关琥那样，把女孩当盾牌，朝着关琥一阵开枪，然后迅速往后撤，躲去尽头的帘子后不见影了。

"大家请冷静，劫机犯已被警察制伏了，不过为了确保安全，还请保持现在的状态，不要动。"

身后传来叶菲菲的叫声，分别以德文英文轮流重复，她会出现在这里，就代表前面的机舱状况基本稳定了，关琥回头交代，"机上可能还有其他的罪犯，你自己也要小心。"

说完，他就顺着过道冲去了机尾，就听叶菲菲在后面叫："关王虎你小心，好像这些歹徒身上带了炸弹。"

仗着在这架从柏林开往慕尼黑的班机上没几个人懂汉语，叶菲菲叫得很大声，关琥却在前面绊了个跟头，他转过头，就见叶菲菲指指前面，"我听那些警察说的。"

看刚才那对男女的身手，说他们是警察并不奇怪，关琥说："让他们对付前面的，后面的我来。"

"喔。"

叶菲菲的尾音还没落下，关琥已经跑去了机尾，隔帘拉开，露出后面的服务室跟空乘休憩的地方，他把休息区的帘子拉开，里面空间不大，两名空乘被反绑住蜷缩在那里，看到他，吓得直往后缩。

关琥没时间帮她们松绑，在确信这里没人后，他撤了出来，继续往前边走边搜索。

过了洗手间跟休息区，已经接近机尾了，驾驶舱那边不知发生了什么事，导致机身有些摇晃，关琥用手扶住墙壁，一直走到最后都没见到歹徒，他只好折回来，发现洗手间上的显示灯亮着，他急忙去拉房门，门在里面被锁住了，无法打开。

歹徒进厕所干什么？总不成是在这关键时刻要方便。

关琥吐完槽，突然想到他身上可能有炸弹，急忙用力撞门，但连撞几次都没成功，侧耳倾听，隐约听到里面微弱的响声，他反应过来了，转身往回跑，途中与叶菲菲撞个正着，他立刻说："带我去货舱！"

"欸……"

叶菲菲愣了一下，马上明白了，带着关琥穿过过道往前跑，路上她抓住一名空乘问话，关琥听不懂他们的对话，就见她问完后，迅速冲到下机身、工作间的下方，掀开上面作为装饰的地毯，按动一旁的密码键，随后将气密门拉开。

映入关琥眼帘的是顺路直下的阶梯，下面一片漆黑，叶菲菲将货舱灯光打开，问："你想去的应该是通风货舱吧？"

"嗯，我不想在一万米以上的空中变身木乃伊。"

"那就是这儿了，"叶菲菲把他往前一推，"请恕我只能送你到这里，我可不想陪你同生共死，不过关王虎你一定要活着回来啊！"

"谢谢你这么直接的告白。"

其实关琥更想说如果歹徒真要启动炸弹的话，不管他们在哪里都活不了吧？

可惜没等他把这话说出来，叶菲菲已经把气密门关上了，关琥只听到她在门外大声支援道："关王虎，good luck！"

关琥现在只想揍人。

货舱里很宽阔，里面堆放的东西比想象中要少，他侧耳听听，除了头顶偶尔响起的杂音外，这里还算平静，不过可能窝藏了劫机犯的同伙——刚才歹徒会突然停止攻击，选择逃走，应该是接收到了同伙的指令。

驾驶舱的情况不知道怎样，不过有警察，还有张燕铎和谢凌云的帮忙，应该控制得住，只要他及时将劫机犯的同伙抓到，就一切太平了。

关琥一边顺着货物往前挪，一边小声嘟囔，"问题马上解决掉，老子好不容易请大假出来玩一趟，要是黄了，我不会放过你们的！"

话音刚落，他就听到头顶上方传来响动，有人将堆放在上面的货物推过来，关琥急忙就地翻滚躲避，歹徒趁机扑了上来，先是一个扫堂腿把他绊倒，又挥舞着蓝波刀冲他一顿乱刺。

那人长得魁梧彪悍，关琥的个头已经很高了，他比关琥还要高出大半个头，拳头打空后，将后面的木箱生生打出了一个窟窿，而且除了蛮力外，他的攻击速度也很快，看拳脚功夫是在军队里受过长期训练的那种。

　　关琥不敢跟他力敌，左右躲闪着，又抬腿狠踢他的下盘，歹徒下盘不稳，被他连踢几下，跌倒在地，但他在跌倒时将蓝波刀甩了过来，刀锋擦着关琥的脸颊射到后面，插在箱子上，尾部不断乱晃，发出嗡嗡的颤音。

　　关琥抬枪射向歹徒的腿部，可惜因为歹徒的再度攻击，子弹偏去了其他地方，歹徒又飞快地蹿起来向他扑去，关琥被扑倒了，手枪滑到了远处，他只好挥拳痛击对方的下巴，把歹徒的头打得偏去了一边，但那人皮糙肉厚，那一下没给他造成什么伤害，反倒是关琥自己被一拳捣在心口上，疼得蜷起身体。

　　等他再仰起头时，歹徒的枪口已经指在了他的头上，不过没有马上开枪，而是冲他叽里呱啦一阵乱叫，关琥捂着心口抽气，还不忘用英语嘲讽，"能用我听得懂的语言吗？"

　　"你是来找里昂的吗？别妄想拿到它，它是属于我们的！"

　　关琥发誓每个单词他都听懂了，但凑一起就变成了天书，他的手偷偷移到上衣口袋里，摸到了一管口香糖，问："你在说什么？"

　　歹徒的手已经按在了扳机上，但关琥先他一步，将口香糖甩了过去，硬块包装砸在那人眼睛上，让他失去了准头，关琥趁机一个跃身抬脚端向他的小腿，接着又冲上去挥拳紧打他的眼睛跟喉咙，同时屈膝撞他的小腹。

　　不知是不是出于张燕铎的潜移默化，在生死关头，关琥本能地用上了他的快打绝招，在最短的时间里做出最快的攻击，不给对方反击的机会，趁着歹徒只顾着防御，他的手刀切在对方的腕子上，将他的手枪打落了。

　　但那人太彪悍，硬是忍痛接下了关琥的拳头，然后抓住他的衣服往前来了个过肩摔。关琥在空中失去了平衡，撞在一堆货物上，没等他滑下来，就被歹徒冲上来掐住了脖颈，狞笑道："中国功夫，狗屎！"

关琥很想把这个外国豆踹出飞机去。

但偏偏他现在的状态处于任人宰割的地位，呼吸困难再加上他所处的位置，让他无法使上力气，双手在货物两旁乱摸，碰巧摸到了一个铁质物体，便顺手拔出来，朝着歹徒的头部挥了过去。

铁棍重重击在歹徒的太阳穴上，他抽了口气，痉挛着向后倒去，这让关琥得以顺畅呼吸，他顺着货物滑下来，再看看手里抓的东西，却是个类似门闩的 L 形铁制品。

应该感谢这个小东西，在危急关头救了自己一命。

关琥跳下来站稳，走到倒在地上的歹徒面前，先是踹了他一脚，然后抓住他的衣服前襟扯开，不由一愣，他身上居然没有装定时炸弹。

身上没有装，那就是藏在机舱的某个地方了。

这些人可以携带枪支登机，没有内部人员接应是无法成功的，所以机舱里很有可能安置了炸弹，他特意跑到货舱来，就是为了引爆炸弹。

想到这里，关琥揪起歹徒，问："炸弹放在哪里？"

"僵尸……不会成功的！"

歹徒说得很含糊，关琥不知道自己是不是听错了，再问："我说炸弹，你们到底……"

话没说完，机身突然发出剧烈震动，紧跟着大幅度地倾斜，关琥在惯性作用下向前跌去，没等他起来，机身又是一阵晃荡，货物在震动下纷纷跌落，随着机身的倾倒，轰隆响声传来，东西翻倒在地上，上面的盖子跌开，露出装在里面的东西。

当看到那是具直挺挺的人体躯干后，关琥有短暂的怔愣，但马上想到这该是过世之人。在国外，托运尸体回故乡埋葬并不是什么值得大惊小怪的事，要说奇怪，那该是没盖棺钉，看看跌在一边的棺盖，再看自己手中拿着的小铁钎，关琥确定这是用来固定棺木的铁栓，却被他拿来当攻击敌人的武器了。

"不知者不怪，莫怪莫怪。"

死者为大，关琥急忙做了个道歉的手势，又掌握着身体平衡，慢慢往对面走，巨大的响声把歹徒也震醒了，他抬起头，看到对面的棺材，发出啊的叫声。

接下来还有一连串的喊声，但关琥都听不懂，他只看到歹徒挣扎着想爬起来，急忙一脚踹过去，这时机身再度摇晃起来，还处于半倾斜状态的棺木往前翻了个个，将里面的人体抛出，死者面容朝上，刚好跟关琥对个正着。

那是个五十多岁的男人，面容干瘦，因为撞击，眼皮稍微张开，在灯光的忽闪中，关琥隐约看到尸体眨了眨眼，他怀疑自己看错了，又往前走走，想仔细观察，谁知棺木里除了人体外，还有一些缓冲气垫小包也洒了出来，拦住了他的脚步。

歹徒的叫喊声更大，跌跌撞撞地往那边爬，他的举动很怪异，不过关琥没时间多加深思，转头打量周围，准备去捡手枪，谁知又是轰隆作响，机身像是被撞到了，再次向一边大幅度歪斜。

关琥站立不稳，在剧烈的摇晃中栽了出去，还好对面的货物缓冲了撞击，当他摸着额头想起来时，照明器具闪了闪，一齐灭掉了，眼前顿时陷入完全黑暗的状态。

短暂的时间里，关琥没反应过来出了什么事，只觉得周围都在晃，为了不被乱飞的东西砸到，他护住头部，拼命抓住固定的货柜，直到颠簸停止。

其实震动并没有很久，但是在关琥看来，那简直有一个世纪，在感觉晃动停止后，他慢慢站直身子，打量四周，却发现什么叫真正的伸手不见五指。

视觉问题造成了行动障碍，关琥伸手摸索着，照刚才的记忆向前挪动，很快他听到了除了自己以外的呼吸声，声息急促，像是缺氧似的发出上气不接下气的怪异声响，下一秒拳头带着疾风朝他挥过来，速度太快，等关琥觉察到时，拳头已经触到了他的脸颊上，他被打得向后仰去。

倒地同时，关琥来了个鲤鱼打挺，但上半身刚仰起来，就被穿着军靴的脚狠狠地踩住了，接着那人探手抓住他的衣襟提起，向前甩去，关琥在空中连翻两个身，好在反应还算敏捷，落地时及时用双手撑住地板，没让自己摔得太惨。

但歹徒的速度快得超乎他的想象，冲上前向他踢来，关琥被踢了一跟头，不等他起身，就被歹徒揪住猛打，那人像是在短时间内突然爆发了超常的力量，关琥接连反击过去，对方都毫无反应，关琥在挨了几拳后又再次被甩了出去，顺着地面滚了几滚，听到黑暗中踹向自己的脚风，他来不及躲闪，只好伸手架住，阻止对方的攻击。

歹徒大声吼叫，声音嘶哑，像是在忍受剧痛而发出的叫声，关琥有点撑不住他压过来的力道，正着急着，那只脚突然退开了，随即加附过来的重力也消失了，关琥听到扑通的沉闷声在对面响起，还伴随着歹徒的呻吟。

随后是一连串的拳脚风声跟货物撞击声，从相同的叫喊声可以确定受伤的是歹徒，关琥忍痛爬了起来，叫道："张燕铎，是你吗？"

回应他的是歹徒的惨叫，关琥听到了骨节被掰断的声音，这时货舱里的照明器具又开始闪烁起来，借着零星的光芒，关琥看到眼前搏斗的两个人，其中一个男人的脸上套了个筒形毛线围脖，导致他的面容无法识别，但是从修长消瘦的身形跟衣服来看，毫无疑问那是张燕铎。

　　张燕铎的出现让关琥得以从危险境况中逃离出来，他松了口气，既然张燕铎不想表明身份，他也没勉强，抬手抹去嘴角上溢出的血，说："大侠，多谢援手！"

　　张燕铎的武功自成一路，刚才关琥学他的打法跟歹徒较量，却只学了个皮毛，同样的拳脚现在由张燕铎使出来，威力猛增，歹徒的左肩被他拧脱臼了，只靠一只胳膊对抗，也被他轻易攥住，跃身弹起，在凌空翻身时，屈起膝盖，借着冲力撞在对方的肋骨上，又在落下时来了个扫堂腿，闪烁的灯光中关琥就看到那名歹徒被撞得整个人都凹起来，然后下盘被扫到，跌倒在地。

　　听那落下的重力，关琥很想知道他的肋骨断掉了几根。

　　血从歹徒的口中涌了出来，看样子他的内脏受了伤，躺在那里再没法活动，关琥走过去看看歹徒，又看看站在他身边胜似闲庭信步的男人，好奇地问："大侠，你师从何门？可以教小弟几招吗？"

　　男人没理他，抬步向外走去，关琥赶忙拿起手枪跟上，两人经过翻倒在地的棺材跟半边身子露在外面的尸体旁，怪异的药味传来，关琥急忙捏住鼻子，探头看棺材，怀疑是尸体保存剂在震动中破掉了，导致液体泄漏。

　　他往前走走，想检查问题根源，被男人伸手拉住，警告说："别靠近，也许有病菌，这东西交给专业人士来处理好了。"

　　嗓音嘶哑，跟之前关琥遇到的黑衣人一样，偏偏这次他没变装，怎么看都是张燕铎，关琥很想吐槽说这样蒙面根本没意义，想了想，最后还是改为，"上面情况怎么样？"

"基本稳定了，飞机很快就会降落慕尼黑。"

"喔，你知道这些人的目标是什么？刚才我听那个家伙说了些奇怪的话。"

"别管闲事，"男人很冷淡地说完，又提醒道："别跟别人说见过我。"

"不会，我嘴巴很牢靠的，"关琥半开玩笑地说："这是我们俩的秘密，要是被外人分享了，下次你再不出手相救怎么办？"

"只想着被人救，真够没出息的。"

不知道张燕铎在说这句话时是不是忘了掩饰，句尾带着属于他特有的轻淡语气，他上了铁梯，关琥要跟上，被他拦住了，发号施令，"一分钟后你再出去。"

"是，田螺先生。"

关琥似真似假地回应着，表示自己知道他的身份，张燕铎也没否认，快步走了上去，关琥数着秒数，在忽闪个不停的照明灯下把那个被打得半死的歹徒用鞋带捆住，时间刚好过了一分钟，他这才上了楼梯。

一番剧烈的颠簸后，外面的状况不比货舱里好多少，空乘在循环重复安抚乘客的广播，但效果平平，孩子的哭喊声、大人们的吵闹声跟广播夹杂在一起，充斥着空间，飞机上有不少外国游客，各种语系混杂着传来，带给人一种紧张怪异的感觉。

空服人员在过道上来回走动，协助广播稳定乘客们的情绪，有些上了岁数的乘客因为惊吓导致身体不适，被安排平躺在宽阔的地方，导致机舱显得很拥挤，关琥拨开人群往前走，中途跟一些空服人员擦肩而过，有人看到他脸上的伤，询问是否需要帮助，他摇手拒绝了。

在经过自己的座位时，关琥发现不仅谢凌云跟叶菲菲还有张燕铎不在，连小魏也不知去向，随身小包放在座椅上，人却都不见了。

过道上还留着血迹，这加深了关琥的不安，那几名警察也不在，机身再次传来轻微颠簸，他急忙扶着座椅稳住平衡，就在这时，一位亚裔男人从他身边经过，低声道了声谢。

"不谢。"

关琥心里有事，随口回了句，等他想看那人是谁时，对方已经去了过道另一边，他只来得及看到那人的背影，像是有点熟悉，但要说在哪里见过，一时间又记不起来。

机身在再次的簸动后终于趋向平稳，机长通过舱内广播报告说飞行正常，并将顺利到达目的地机场，请乘客们不要担心，配合空服人员的安排就座等。

关琥没有配合，而是快步往前走，最前面是头等舱，很多座位都拉着帘子，看不到里面的状况，直到关琥快走到离驾驶舱最近的工作间时，他才看到小魏，小魏正被两个膀大腰圆的男人堵在墙角，看样子双方是在争执，小魏个头不矮，但由于很瘦，被围住后的光景让关琥感觉像是校园霸凌事件，他急忙赶了过去。

"关警官救命，这些人要打我。"看到关琥，小魏立刻大叫，拨开那两个人，冲到关琥身后寻求保护。

发现其中一个男人对付过劫机犯，关琥报了自己的身份，又解释说："这是我朋友，如果有冒犯，还请见谅。"

两人上下打量关琥，又对望一眼，说了几句他听不懂的话，其中一个语气缓和下来，说："刚才谢谢你的援手，不过你的朋友不应该乱拍照，请他把刚才拍的照片删掉。"

关琥看向小魏，小魏立刻用汉语反驳说："我没有恶意的，我只是想弄点写文的素材嘛，再说凌云也拍了，他们都不找女孩子的麻烦。"

"你确定不是因为你太笨，被发现了吗？"

关系到政治方面的劫机事件，关琥不想牵扯太多，让小魏把相机拿出来，当着两个警察的面把他拍的照片都删掉了。

两人礼貌性地道了谢，关琥拉着小魏正要离开，驾驶舱的门开了，一个卷发女人走出来，正是刚才装病偷袭歹徒的人，她大约三十岁偏后的年纪，脊梁挺得笔直，带着德国人固有的古板稳重的风格，看上去不太好交流，以欧洲人的审美观来说，她算是漂亮，但关琥觉得比起漂亮，她更吸引人的是气质。

一种傲气、威严又狡猾的气质。

"感谢你的协助，"女人走到关琥面前，向他伸过手来，用流畅的英文自我介绍，"我叫伊达·席勒，是慕尼黑联邦刑事警察局一级警员，这次在办案途中遭遇劫机事件，幸好有你帮忙。"

"你们在办案？"

"确切地说，是跟同事负责押送重犯归案，这些劫机犯是他的同伙，还好一网打尽，我刚才已经通过地面控制台与警局的同事联络过了，飞机到达后，下面会有我们的人来接应，我们会保护机上所有乘客的安全，请放心。"

她说得一板一眼，有种背剧本的感觉，关琥下意识地转头看四周，问："那首犯也抓住了？好像他们还在机上安了炸弹。"

"有关这一点我们也都有部署，一切尽在掌握中，不过……"说到这里，她顿了顿，眼神看向下方，"首犯被当场击毙，无法问出他们的全部计划。"

"哦……"

想起那个在对付席勒时突然倒地的劫机犯，关琥忍不住问："那个对你动粗的歹徒怎么样了？"

"也死了。"

"欸？"

面对关琥惊讶的目光，席勒耸耸肩，"不知道是他事先服了毒还是有旧疾，在被我们制伏后就死亡了，具体原因还要等详细的验尸结果。"

恐怕这些警察就算知道内情也不会告诉他的。

不过关琥对犯罪计划还有接下来警方将要面对怎样的状况不感兴趣，可以在短时间内迅速将罪犯击毙，可见这些联邦探员还是很厉害的，他点点头，表示没自己什么事，他可以离开了，谁知脚步刚抬起，又被席勒叫住了。

"还未请问先生的名字，货舱里的那名劫机犯是你干掉的？身手这么好，请问你是国际刑警吗？"

"我叫关琥，只是名普通的警察，这次是来德国度假的。"

因为是休假，关琥既没拿配枪也没带警证，想到因为他的过失而被打翻的棺盖，他感到抱歉，"刚才在跟歹徒的搏斗中，我不小心把货舱里客运的棺木弄翻了，希望你们帮忙跟乘客解释一下。"

"这与你无关，是劫机事件影响了飞机的正常运行，棺盖只做了活栓处理，会出现这种状况，也是没办法的事，请不要在意。"

"那就好那就好，"关琥说完，见席勒还盯着自己看，他问："你是要检查护照吗？应该都放在我的座位上。"

"现在不需要，不过关先生你参与了我们的行动，在下飞机后，还要麻烦你配合我们去警局录口供，并且我们建议你去医院做检查，当然，不需要你支付任何钱款，不知道会不会妨碍到你的旅行？"

"这个……"关琥摸摸头，有种会被大家埋怨的预感。

工作这么久，这是他第一次休大假出国旅游，所以他一点都不想跟犯罪事件牵扯上关系，但面对眼下这种状况，他也知道无法拒绝，只好点头答应了，席勒又说了些感谢的客套话，便跟其他两名同事又转回工作间，看来这次行动她是领队。

"她看起来很厉害的样子。"小魏凑过来小声说。

关琥的眼神扫过工作间外拉的垂帘，帘子下方隐约露出军靴的脚尖，不知道是不是那位被击毙的主犯，他转身往回走，头等舱座位都拉着帘子，在飞行中发出轻微晃动，关琥看着那些帷帘，心头突然浮出疑惑。

出了这么大的事，空服人员不是该将帘子拉开，方便检查乘客的情况吗？为什么他们不仅没有这样做？甚至这里看不到空服人员？

带着疑惑，关琥回到商务舱，跟之前慌乱的气氛相比，客舱的状况好转了很多，乘客们陆续回到了座位上，过道不再像刚才那么拥挤，对面一个穿西装的男人走过来，擦肩而过时眼神在他的身上扫了一圈。

男人做出不经意的模样，但关琥感觉到了敌意，想再仔细看，那人已经匆匆走掉了。

关琥的脚步放慢了，这时候他才想清楚一件事——他从货舱一出来，就赶去了前面空服人员的工作间，可是席勒从驾驶舱出来时，已经知道了货舱里面发生的事，只能说明一点，在他离开货舱后，有人进去确认状况，并通过机上的通信设备即时向驾驶舱的人员作了汇报。

他不了解德国的航空法规，但以常理来思考，普通的联邦探员没有资格进入驾驶舱，从人数来看，除了被押解的罪犯外，警察至少有四个人，甚至更多，这让关琥有点后悔自己逞强了。

小魏没像他想得那么多，回到座位上，对谢凌云发牢骚，说自己拍的照片被删掉了，谢凌云听完，一言不发，拿起自己口袋里的袖珍小相机，小魏忍不住叫道："你拍到了？"

叫声换来一巴掌，叶菲菲回来了，拍在他头上，警告说："小点声，你以为别人都跟你一样笨吗？"

"是是是，两位姐姐，都是我的错。"

谢凌云打手势让他坐下，小魏捂着头乖乖地坐去了她们的邻座，叶菲菲取出从空乘那里分到的伤药跟药棉，递给关琥。

"伤得重不重？我先帮你敷下脸上的伤。"

"我没事，张……我哥呢？"

"刚才很混乱，我们一直没看到他，"谢凌云担心地看向前面的头等舱，低声说："那边也很不平静，我本来想去货舱帮你，不过看到……"

空服人员走过来，虽然对方可能听不懂汉语，不过谢凌云还是止住了话题，做了个回头再说的表情，叶菲菲又压低声音问："货舱那边还好吧？你把坏蛋搞定了？"

"不搞定，我还能站在你面前吗？"

没有找到张燕铎，关琥有些心不在焉，他准备去后面的客舱找，但没走几步就被空服人员拦住了，告诉他说飞机快着陆了，请他回自己的座位上坐好。

这时关琥才注意到机舱里一直在回旋即将着陆的广播，难怪乘客们的反应都这么平静，但他的心情却没有因此平静下来，反而更惴惴不安，对空乘说："我哥不见了，我要去找他。"

"您先回座位上，我们帮你找。"

"不用了，我要自己找。"

"先生，您的心情我们理解，但请配合我们的工作。"

关琥还要再坚持，身后传来叫声，"关王虎。"

关琥转过头，看到张燕铎笑吟吟地站在自己身后，他这才松了口气，张燕铎不由分说，抓住他的手，将他迅速拉回座位上，两人在空服人员的催促下系好安全带，关琥立刻问："你去哪冒险了？我一直在找你。"

"飞机就这么大，我会去哪里？"

"你换眼镜了。"注意到张燕铎戴的黑框眼镜，关琥想起了那个被莫名物体打伤眼睛的歹徒。

"另一副刚才碰碎了，幸好我有准备。"

根本是你自己捏碎了用来打人的吧？

"你多准备了几副。"

"只要你不惹事，这一副就足够了。"

被张燕铎的目光注视着，关琥忍不住抬手甩了自己一巴掌——虽然他这次出手是情不得已，但也算是惹事，希望接下来一切风平浪静，让他们好好度过这个滑雪旅程。

"我会努力不让你弄碎这副眼镜的。"他举手发誓。

张燕铎没说话，靠到座椅上闭目养神，寂静了一会儿后，关琥回过神来，问："等等，你还没回答我刚才的提问——你去哪了？不会是驾驶舱吧？"

"你觉得我有那个能耐吗？"张燕铎闭着眼，低声说："刚才没事做，我在头等舱享受了一会儿，那边感觉挺好，座位又空，不错。"

关琥不爽地瞪过去，在他担心找人的时候，这家伙居然在享受头等舱的待遇……等一下，比起这个来，他更奇怪有人把敌人打到吐血后，还能够平静自若地休息，这种人如果不是太冷血那就是根本没神经。

想到这里，关琥再次打量张燕铎，想确认他是哪种人。

下巴被掐住，张燕铎将他的头转回去，迫使他看向前方，然后自己继续保持闭目养神的状态，淡淡地说："享受的时候，我碰巧听到了一些有趣的谈话。"

"是什么？"

好奇心的驱使下，关琥又把头转向他。

张燕铎做了个让他目视前方的手势，等关琥照做后，他才说："比起这个，你还是想想回头该怎么应付那些警察吧。"

连他跟席勒的谈话也被听到了，那代表当时张燕铎就坐在离他们不远的座位上，关琥忍不住抚额长叹，"你还真是神出鬼没啊。"

事情的发展被张燕铎说中了，飞机安全着陆后，关琥是被首先请下飞机的成员之一，几位同伴也遭池鱼之灾，被迫跟他一起下机。

在下面待命的警察有一部分冲进机舱里处理现场，另有一些人负责引导他们离开，几名壮实魁梧的大汉分别站在他们一行人的前后左右，那严阵以待的戒备架势给关琥的感觉是——他们才是劫机犯。

他们经由特别通道被带去了警车上，途中透过通道的玻璃窗，关琥看到飞机一侧的地面上站了很多救护人员，货舱外门打开了，那副棺材先被抬下来，接着是被绑住的歹徒，他好像已经陷入昏迷状态，被抬上担架时，一点反应都没有。

不知道客舱那边的情况如何？

随着他们进入通道，玻璃窗被墙壁代替了，关琥又转头看了一眼，却什么都看不到。

接下来的状况也很糟糕，在被带去警局后，关琥跟其他人被隔离开，一个长得很壮实的中年警察负责给他做笔录，警察没有自报家门，不过看他的气质跟态度，职位应该不低。

关琥在他的要求下将劫机事件的经历反复说了几遍，等他讲完，以为可以松口气了，谁知又有其他警察进来问话，内容还是让他重复制伏劫机犯的经过，大概是那名在货舱的歹徒受伤太重，导致警察对他的身份产生了怀疑，偏偏他无法说出张燕铎的名字，只好认下了自己下手毒辣的事实。

就这样，关琥在小小的审讯室里待了几个小时，说得口干舌燥，到最后以为该结束了，没想到警察又开始重新问，他实在忍不住了，拍桌子发了火。

"我也是做警察的，知道该配合你们的工作，但配合也要有个限度，劫机犯还是我帮你们抓的，你们要是怀疑我跟他们是同伙，直接打电话联络我工作的地方，调我的资料慢慢查！"

关琥的英语不算好，一着急起来又说得结结巴巴，那些人被他突然的爆发弄傻了，先是做出掏枪的动作，但很快又改为安抚。

在争执中，其他警员匆匆跑了出去，关琥还以为他们是去找增援，但过了没多久，进来的是席勒警官，她先是就同事对关琥的无礼行为道了歉，又以极快的速度帮他安排了去医院的手续。

关琥冷眼旁观，见席勒跟那几名警察说话时，眼神不时移到他的身上，直觉告诉他那些人在说他，可惜他听不懂德文，而唯一懂德文的人不知被他们隔离去了哪里。

等关琥从警局出来，警车已经帮他们准备好了，他的那几位朋友都蔫头耷脑地坐在对面的长椅上，尤其是小魏，仰头靠在椅背上呼呼大睡，旁边还放着他们的行李箱。

看来在他被"审问"的期间，朋友们也不好过，这让关琥感到抱歉，他们一下飞机就被带到这种人生地不熟的地方，他要付大半的责任。

关琥刚想完，眼神落到张燕铎身上，张燕铎靠在椅背上，手里拿着凶器——打晕歹徒的那本《唐诗全集》，正看得津津有味，双腿优雅地交叠在一起，对眼下的状况置若罔闻。

一瞬间，关琥决定收回自己的歉意，至少收回对张燕铎的。

见他出来，叶菲菲第一个跑了过来，担心地问："怎么样？怎么样？他们有没有为难你？"

"还好，他们有提供最贵的也是我最讨厌的黑咖啡。"

"啊，他们太过分了，居然用精神折磨法来对付你！"

关琥白了叶菲菲一眼，觉得玩笑无法顺利沟通，问题绝对出在叶菲菲的智商上。

"其实我们也被审了很久欸，有没有搞错，在飞机上我跟凌云很英勇地帮他们，他们却像是审贼一样地审我们，最后我忍不住，冲他们拍了桌子，说我外公是上将，有什么问题让他们直接跟他沟通。"

回想自己刚才做了相同的事，关琥有种智商被拉低的错觉，有气无力地问："然后呢？"

"然后他们就走了，再回来时，就对我毕恭毕敬的，哼。"

说到这里，叶菲菲挺胸抬头，一副得意洋洋的样子，关琥没好气地说："那你为什么不一开始就爆你是官三代，害得我们被关这里这么久。"

"我外公退休了啊，我不想一点小事就借他的光，唉，没想到最后还是借了。"

席勒走过来，打断了他们的对话，跟她一起的还有一位年轻男士，他没穿警服，但笔挺的身板跟对席勒恭谨的态度说明了他的身份，席勒指着他，介绍说——

"这位是克鲁格先生，体检之后，克鲁格先生会送你们回酒店，但因为劫机案牵扯到一些问题，所以还要麻烦几位在慕尼黑多停留几天。为了表达我们警方的谢意跟歉意，各位在这里的所有花费都由我们来承担。给你们造成不便，还请见谅，也请配合我们的工作，另外，你们这次是来观光旅游的，请尽量避免不必要的纠纷。"

席勒的言谈举止很有礼，但却带给人不舒服的感觉，尤其最后那句话像是在警告他们不要多事，关琥在心里愤愤不平地想，说得他好像很喜欢惹事似的，早知如此，在飞机上他就不插手了。

席勒介绍完，克鲁格向前走了一步，向大家点头行礼，一板一眼说："我叫科林·克鲁格，很高兴认识你们。"

叶菲菲点点头，表示知道了，又转头看其他几个朋友，小魏还在呼呼睡大觉，直接忽略不计，谢凌云则皱眉不说话，张燕铎依然保持低头读书的状态，她只好把决定权放到关琥身上。

在这种隐性的强迫下，关琥还能说什么？虽然他心里不爽，却只能点头答应，叶菲菲比他更不爽，双手叉腰，问："负责我们的花销，那是不是也包括我们购物的消费？"

席勒一愣，叶菲菲紧跟着说："那就是包括了，跟你说我购物很疯狂的，买低档货会拉低我外公的身份，所以让你的手下记得多带钱喔，当然，信用卡刷账也是可以的。"

这次席勒不是发愣，而是整个人僵住了，等她回过神，叶菲菲已经跟其他人打了招呼，大家陆续上了车，小魏被她踹了一脚，硬是被拖去了车上，叶菲菲最后上车，还不忘回头给席勒一个飞吻，微笑说："美女，谢谢你的合作。"

席勒的脸色青黄不接，半天才吐出一句话，"你真的有日耳曼民族的血统？"

"八分之一吧，你可以忽略不计的，拜拜。"

叶菲菲的座位上放了两个大大的黄色星星抱枕，她拿起来，落下车窗，向席勒摇晃星星抱枕，亲热得像是跟好友离别，关琥回头看着那道站在夜幕里的笔直身影，不由得扶额叹息。

"我觉得这位女警官今晚一定会为怎么申请这笔资金而彻夜难眠。"

"她自找的，哼哼，有人让我不爽，我会让他更不爽！"

叶菲菲挥起拳头，一拳砸在抱枕上，关琥看到在前面开车的警察克鲁格轻微抖动了一下，他明白了，这位警察先生懂汉语，从岁数来推断，他多半处于干杂活的位置，多半是因为他懂汉语，才会被席勒派来负责他们的行程，当然，还包括监视。

"如果抱枕妨碍到了您，请丢去后车厢。"克鲁格结结巴巴地对叶菲菲说道。

下一秒，星星抱枕被抛去了车后面，接着是第二个，关琥再去看克鲁格，感觉他的脸色更白了。

克鲁格开的是越野车，车型很大，里面也很宽敞，但这并没有缓解大家不爽的情绪，路上谁也不说话，导致车里的气氛很压抑。

还好没多久医院到了，之后的体检都是由克鲁格安排的，其他几个人算是沾关琥的光，除了接受问诊外，还做了各种常规检查，小魏自嘲地说："没想到出国旅游还能免费享受健康检查，今年的体检费省下来了。"

关琥身上的擦伤比较多，所以他花的时间也最长，叶菲菲跟着他，负责帮他翻译医生的提问，一些细节问题医生翻来覆去地问个不停，导致光是验血就花了近一个小时，让他真想直接跟医生说——老子不玩了，赶紧签个字，让我们走人吧。

两小时后，在关琥终于结束了体检，拿到一切正常的化验结果后，他发现谢凌云跟小魏没事做，正无聊地坐在大厅椅子上看他们完全看不懂的电视新闻，而张燕铎在另一边，一脸云淡风轻地看着那本唐诗全集。

"这本书里有黄金？"终于忍不住了，关琥过去问："你就不关心关心你弟弟的伤？只会捧着本书看。"

"你没事，否则一下飞机，我就会让他们带你来医院了。"张燕铎的眼神从书中移开，对他说。

关琥摸摸鼻子，好吧，其实所有人都知道他没事，要不也不会把他关在警局审讯那么久，但问题就出在这里——明知道他没事，为什么还硬要把他弄来医院做检查，并且检查得这么详细？这到底是日耳曼民族做事太教条主义，还是在变相监视他们？

"我们的所有行李都被检查过了。"趁克鲁格去付钱，谢凌云对关琥小声说："他们看起来很怀疑我们。"

"幸好没把我哥最爱的唐诗搜走。"

关琥的吐槽导致被揍，张燕铎站起身，拿书在他头上轻轻拍了一下，看到克鲁格匆匆转回，他说："先回酒店再说。"

第二章

关琥等人这次会参加海外旅行，其实是托了叶菲菲的福。

叶菲菲在航空公司百年庆的抽奖活动中，抽到了免费海外旅游的特等奖，人数限定五人，叶菲菲的父母经常旅游，对这个没兴趣，叶菲菲一个人出去玩又觉得太无聊，于是就把主意打到了涅槃酒吧上。

张燕铎是个大闲人，随时有时间，谢凌云的工作档期也有弹性，关琥被大家怂恿得心动了，一狠心，把这些年积累的假期都用上了，最后再拉上一个小魏，小魏当听说自己的食宿费都由老板负责后，立刻点头答应。

最后是决定旅游地，大家商量了一下，这个季节正适合滑雪，叶菲菲的外公又住在滑雪胜地的楚格峰附近，这对于从没见过雪的人是很有魅力的，所以最终大家一致决定来德国，这就是五人德国行的起因。

他们到达的第一站是柏林，在玩了两天后乘飞机来慕尼黑，原本是打算去一些旅游景点转转，再乘火车去加尔米施－帕滕基兴，把楚格峰雪山当作旅游的终点站，但谁也没想到在飞往慕尼黑的航班上，会遭遇劫机事件，并且因此被软性控制了行动，导致整个日程都被打乱了。

"还好吧，还好吧，"在去酒店的途中，小魏乐观地说："不是每个人都有机会遭遇劫机的，也不是每个人都有机会进德国警局体验生活的，哈哈。"

"那你要不要进德国监狱体验下生活啊？"

被叶菲菲瞪眼，小魏害怕地缩缩脖子，小声嘟囔道："我只是想多点不平凡的经历，可以作为创作的素材。"

这次投来的不悦目光更多，发现自己的乌鸦嘴，小魏闭上嘴，再不敢多话了。

预订的酒店到了。

入住手续是叶菲菲办理的，她本来只订了两间房，在听到席勒答应全额支付后，她征询了一下大家的意见，改为四间客房，她跟谢凌云一间，三名男士各一间，看到克鲁格黑黑的脸庞，她微笑说："知足吧你，我没要总统套房，已经够给你们面子了。"

克鲁格的脸色更黑了，他长得很结实，个头也高，可惜长了张娃娃脸，一副阅历不深的样子，这让他很难树立起属于警察的严肃气场，他像是有点怕叶菲菲，把头扭开装作没听到，对关琥说："我就在此告辞了，明天会在九点来接你们，预祝旅游愉快。"

他一板一眼地说完，做了告辞礼后离开。

叶菲菲已经早他一步走掉了，她一个人拿了大家的房间钥匙，行李由小魏负责，看着他们昂首阔步的背影，谢凌云笑了起来。

"对于讨厌的人，菲菲还真是一点情面都不留啊。"

"她故意的，因为她知道我们大家都想这么做。"

张燕铎微笑着跟上去，看着这个小团伙，关琥无奈地摇头，真心希望这次旅行在接下来不要再发生什么意外了。

晚饭大家是在酒店的餐厅享用的，既然有人付钱，他们也没客气，尽情地点了自己喜欢的菜肴，看着价格牌，关琥说："我突然觉得今天的遭遇值了。"

肩膀被拍拍，叶菲菲安慰他说："放心吧，这几天我会让他们为自己的无礼行为感到后悔的。"

"这个故事告诉我们，千万不要惹女人。"

小魏的话同时换来两名女生的攻击，他立马低头吃饭。

整完小魏，谢凌云正色道："老实说，今天的事件让我觉得有点奇怪，关琥你帮忙制伏劫机犯，被请求配合录口供很正常，可是后来他们的态度就很微妙，我怀疑劫机事件并没有那么单纯。"

"凡事只要有军方参与，那就绝对不单纯，那些劫机犯都是军人，牵扯到了政治问题，警方也不敢随便处置，所以就苦了我们这些平民百姓了。"叶菲菲很老到地说。

关琥惊讶地看她，"你确定那些歹徒都是军人？"

"拜托，我外公就是军官，我跟你讲，军人很好认的，所以据我的判断，这次的案件不简单，"叶菲菲说完，抬头看张燕铎"嗯……其实我觉得老板身上就有几分军人的气质，不过又不太一样，老板，你以前是不是在军队待过？"

张燕铎拿刀叉的手微微一顿，很冷淡地说："没有。"

"真的？"

"我哥都说没有了，"见张燕铎不想多谈，关琥把话岔开了，"吃饭吃饭，今晚早点睡，明天还要去观光。"

"是啊是啊，养精蓄锐，等待明天再战。"

"对的，虽然我们老百姓也很苦，但是我们可以苦中作乐的，对不对？"

听着大家兴致勃勃的发言，谢凌云犹豫了一下，把临到嘴边的话咽了回去，他们是来游玩的，那些麻烦还是避开得好。

第二天关琥早早起床收拾整齐，出了房间，正考虑要不要约大家一起去餐厅吃饭，隔壁门打开，叶菲菲笑吟吟地走出来，酒店室温较高，她只穿了件单薄的蓝色小毛衫，下面配黑短裙，卷发随意披在脑后，看起来精神活泼。

好像哪里不对劲。

关琥微微发愣，随即就明白了不对劲的源头——叶菲菲的房间不在这里，他的隔壁好像是张燕铎……吧？

说笑声传来，证实了关琥的判断，张燕铎跟在叶菲菲身后走出来，同样的蓝色毛线衣，下面是黑西裤，乍然一看，这两人就像穿了情侣衫，过于吃惊之下，关琥的嘴巴不由自主地张开了。

"哇唔……"

"关王虎早。"看到关琥，叶菲菲扬手跟他打招呼。

"你、你们……"关琥回过神，眼神在两人之间转了转，结结巴巴地说："叶菲菲，你怎么在张……我哥房间，来找我哥有事？"

为了不让自己的惊讶表现得太明显，他特意问得比较含蓄，叶菲菲看看张燕铎，反问："怎么了？"

"不怎么了，就大清早，你们……孤男……"

他说得断断续续的，叶菲菲听到一半就不耐烦了，转头对张燕铎说："聊了这么久，好饿，老板，我们去吃饭吧。"

聊……这么久……

"好啊。"

张燕铎点头应下，经过关琥身边，见他一脸呆呆的模样挺有趣的，忍不住笑了，问："要一起吗？弟弟？"

　　"……"

　　关琥还在为刚才见到的一幕在意，等他回过神，那两个人已经走到了电梯前，他立即冲了过去。

　　"要！当然要！"

　　顺便还要详细问下为什么他们两人在一个房间里。

　　很可惜，关琥想问的事一直没机会问到，因为其他两人接到叶菲菲的电话，也跑下楼一起就餐，对于叶菲菲跟张燕铎类似情侣装的穿着，那两人什么反应都没有，正常得让关琥怀疑是不是自己想多了。

　　早餐过后，克鲁格按照约定的时间准时来接他们，人越来越多，让关琥打消了追问的念头。

　　克鲁格很年轻，但他的气质充满了德国人固有的正直古板的风格，衣着熨烫笔挺，头发也梳理整齐，站在散漫的五人组中间，显得异常显眼。

　　"有人跟着，也去不了太远的地方，那就就近逛逛好了，我跟凌云要去玛利亚广场购物加吃美食，你们呢？"

　　听了她的提议，小魏率先点头，"只要有人付钱，我去哪里都行呐。"

　　其他两名男士也没意见，于是一行人由克鲁格引领，直达玛利亚广场。

　　叶菲菲对这里很熟悉，所以导游工作由她全权负责了，一上午大家在广场游览拍摄，中午去市政厅的地下餐馆吃午餐，叶菲菲对这里的德国猪肘跟白啤酒大加赞赏，为他们推荐了好多特色菜系，关琥浏览着菜单上的价格，再次为当地警局的财政支出哀悼了三秒钟。

饭后，叶菲菲带他们去逛购物街，万圣节到了，不少店面前点缀着形态迥异的南瓜装饰物，两旁各种高档手表时装和鞋类专卖店鳞次栉比，谢凌云最初还对购买高档物品有些抵触，后来在叶菲菲的怂恿下，她也开始兴致勃勃地挑选起来，于是没多久，两个女孩子就买了一大堆东西，大小纸袋拎不过来，直接推给了几位男士，小魏本来想接过来，被张燕铎转给了司机先生。

"有人主动帮忙，我们就不要拒绝人家的好意。"他托托眼镜，微笑着说。

"是啊是啊，你们要买什么也尽管买啊，这种免费消费可不是经常遇到的，啊，要吃东西吗？我请，不吃饱些，你们可能没力气拿货。"

关琥发誓他看到了克鲁格额上暴起的青筋。

叶菲菲跟张燕铎一唱一和，搭配得娴熟完美，再加上两人并肩而行，又穿着相似，看上去真是郎才女貌，说不是情侣恐怕也没人信。想到早上看到的一幕，关琥忍不住了，走过去硬是从中间将两人分开，又将手搭在张燕铎的肩膀上，将他拽到一边，皮笑肉不笑地发出警告。

"大哥，你什么意思？"

"什么什么意思？"

"请记住，那位是我女朋友，你少靠近她。"

"啊哈，如果我记忆没出差错的话，应该叫前女友？"

"前女友也是女友，"关琥振振有词地说："我有责任保护她的。"

"说到底，是有人比自己更优秀，得到了前女友的青睐，让你感到没面子吧？"

被戳中心事，关琥脸红了，用力摇头反驳，"没那回事，我是担心她被人骗，要知道，你可是只比狐狸还要狡猾的……狐狸！"

这什么烂比喻啊？

张燕铎对关琥的口才深表遗憾，关琥越是表现得在意，他就越想逗弄他，故意像是士兵点名似的叫："关王虎！"

"有！"

"这是你对大哥说话应有的态度吗？"

张燕铎抬起关琥搭在自己肩膀上的手，甩去一边，快步跟上大家，叶菲菲问："你们在聊什么？"

"关琥说他能者多劳，接下来的大件货物他一个人拿就行了。"

"我没……"

关琥的话被盖住了，谢凌云高兴地跑过来，将刚买的东西推给了他，"那太好了，关琥，谢谢。"

关琥的胳膊被压得一沉，看到那是个小型布谷钟，他嘴巴咧开，很想问为什么他们要千里迢迢特意来国外买个钟回去？

另一边，提着众多购物袋的克鲁格看向他，不是错觉，关琥从他投来的眼神里看到了同情。

"同是天涯沦落人，相逢何必曾相识。"这次换张燕铎拍关琥的肩膀，微笑说："加油啊弟弟。"

"你这是在讽刺我吗，哥？"

"不，你想多了，我只是在吟唐诗。"

看着某人狡黠的笑颜，关琥开始后悔为什么他要附庸风雅地拿本唐诗全集出来旅游。

一行人吃吃喝喝外加疯狂采购，到傍晚，四名男士手里都或多或少提了各类的购物袋，购物活动这才算告一段落。夜幕降临，街灯逐渐亮起，点缀在暮色当中，张燕铎提着东西，走在一行人的最后，偶尔回头看看，除了来往穿行的游客外，他没有发现怪异之处。

但直觉不会欺骗他，在这一天当中，他曾不止一次地感觉到被人跟踪，起先他怀疑是那些联邦警察，但后来心里升起恐慌，相同的气息让他确定暗中偷窥的是另一拨人。

叮铃铃……

临近的街道传来自行车的响铃，张燕铎转过头，刚好看到一辆黑轿车驶过，轿车一边的玻璃窗开着，乘客把手搭在窗外，张燕铎看不到那人的长相，只看到对方的手，还有在手上灵活转动的红笔。

吴钩居然跟来了！

张燕铎的杀机随着心房一起提了起来，这是他在看到红笔时首先冒出的念头，他不怕吴钩，但是忌讳吴钩身后的那个人，假如老家伙出现的话，不知他会怎么做。

"在看什么？"

胳膊被碰了一下，关琥发现张燕铎没跟上，掉头来找他，张燕铎的注意力被他吸引过去了，等再转头看时，黑轿车已经不见了，四周车水马龙，哪里都没有轿车的踪迹。

不知这是不是最近情绪太紧张而导致的幻觉，张燕铎在心里自我安慰着，但常年训练的警觉心告诉他，那种无形中压迫而来的威胁不是他的错觉，至少吴钩来了。

也许去攀登楚格峰是个不错的计划，那里每年都会有遇难失踪的登山客，也不差再多几个。

"怎么了？你脸色这么难看。"关琥担心地问。

张燕铎的眼镜片反射着路灯的光芒，带给人过于凌厉的感觉，这让关琥想起了之前的几次生死搏斗，这样的他太不寻常，关琥本能地握紧拳头，顺着他的目光看向周围，做出备战的准备。

"没什么，只是走累了，有点不舒服。"

随着张燕铎的开口，戾气消失在他温和的语气下，他托托眼镜，说："可能是贫血症犯了。"

"大哥，你能再找个好一点的借口吗？"

吐槽归吐槽，关琥还是把张燕铎手里为数不多的购物袋接了过去，就算张燕铎是在敷衍自己，但他刚才那一瞬间的紧张跟戒备却不是假的，关琥不想在这时候多问，他想现在张燕铎需要的是陪伴，而不是被问东问西。

所以他故意用手肘拐拐张燕铎，让他去看那两个女孩子都不算矮的鞋跟，笑道："你有没有觉得女人是很神奇的物种，她们的能量好像是无限度的，逛一天不仅不会烦，也不会累。"

效果挺显著的，张燕铎的注意力被他引到了八卦上，表情缓和下来，哼道："所以，如果你决定娶她们的话，要有后半生都做牛做马的觉悟。"

可以这样吐槽他，就证明张燕铎的心情好转了，为了继续逗他开心，关琥故作沉思地说："那我要考虑一下了，这么辛苦，我还不如让哥哥养。"

"真是个好提议。"张燕铎托了下稍微滑下鼻梁的眼镜，微笑附和说："这是我跟你认识以来，你说的智商最高的一句话了。"

听到他们的对话，克鲁格从旁边投来惊异的目光，一张娃娃脸都变红了，关琥马上明白现在在这个德国人心中，他一定被严重误会了，糟糕，一不小心，戏演得过火了，而且这一切的始作俑者都是张燕铎，关琥忘了做戏，抬起手肘重重撞向他，叫道："请不要把别人的吐槽当真，张燕铎。"

张燕铎闪身躲了过去，关琥追上去想再打，却因为东西抱得太多，没掌握住平衡，和站在道边的人撞到了一起，几个购物袋掉到了地上，他急忙说着对不起，又弯腰去捡东西。

"没关系。"

那个被撞的男人回应了他，还帮他将袋子捡起来，关琥道谢时发现他是派发传单的，手里握了一大把宣传单。

"香港人？"

对方在打量了关琥后，不等他回答，立刻热情地将宣传单塞到了他手里，用不太流利的汉语说："香港，僵尸，很好。"

关琥起先还有点莫名其妙，在看到宣传单上穿有清代朝服，并摆出各种造型的僵尸模特后，他整张脸都皱成了囧字形，也明白了所谓的"香港僵尸好"指的是僵尸片的意思。

"你们喜欢僵尸……看下……"

男人的汉语很糟糕，话说到一半说不下去了，改成德文，这次换关琥听不懂了，听他叽里呱啦一直说，还不断指宣传单，他估摸道："你不会是希望我去参观吧？"

"是的是的！"

男人不断地往关琥手里塞传单，给他一种感觉——对方东西派不出去，现在好不容易抓到了他这个冤大头，想全部赠送。

"怎么了？"叶菲菲转头，发现了突发状况，急忙跑过来。

听到她说德语，那男人便把关琥推开了，直接跟她沟通，关琥在旁边看他们对话，叶菲菲不断点头，又津津有味地看宣传单，一种不好的预感腾上了他的心头。

"大姐，你不会是要在万里迢迢的国外看僵尸吧？"等叶菲菲跟男人聊完，男人离开后，关琥小心翼翼地问。

询问换来叶菲菲的白眼，"谁是你大姐，我叫叶小姐。"

"那叶小姐，请问你对僵尸没兴趣吧？"

"有，非常有兴趣！你们大家快来看！"

不用叶菲菲叫，其他人看到状况，都主动围了上来，大家一人分一张，一边看图一边听叶菲菲的讲解，宣传单的背面印了多国文字，不妨碍理解。

"那人说他们老板是个中国通，喜欢研究跟推广中国文化，所以这次他们特地举办了僵尸展会，介绍僵尸文化的起源、发展还有结局，让大家了解东方僵尸跟西方吸血鬼的不同，中国的清代僵尸更可爱，也更有人情味……"

"噗！"

即使没喝水，关琥还是被呛到了，就冲这番介绍他断定了——那位老板也是个半瓶醋，他所了解的僵尸根本就是电影里被人性化了的生物。

"僵尸还有什么发展起源？那有没有有关鬼的发展起源？"

叶菲菲抬头瞪他，"任何一种传说都是有文化起源的，关琥你这个白丁！"

"那你不会是想在旅游途中去研究僵尸文化吧？"

"展厅离我们住的地方很近，去看看也未尝不可啊。"叶菲菲瞄了克鲁格一眼，"反正我们不知道还要被困多久，该买的都买了，要是明天继续 shopping，有人不太好交差吧？"

克鲁格很识趣地把头转向天空看鸽子，表示此事与自己无关。

"看着是挺有趣的。"

谢凌云翻着宣传单，也颇感兴趣地读道："《神异经》载：南方有人，长二三尺，袒身，两目顶上，走行如风，名曰魃。这是有关僵尸最早的记载；僵尸亦食肉吸血，善于蹦跳，与西方吸血鬼近似而微差，嗯，连《神异经》都知道，看来这个人有点学问。"

"网上抄来的吧？这个谁都会的，不过去看下也不错，就当是重温童年的记忆了，想想那个时代的僵尸片，还挺怀念的。"

看到小魏也倒去看僵尸的阵线了，关琥急了，当初他选德国是为了滑雪来的，不是为了看死人……啊不，僵尸，可是看图片，僵尸做得这么逼真，说不定真是用死人躯干做成的。

关琥看看宣传单背后的汉字说明，大部分的僵尸原形是用塑胶硅酮以及化学颜料做成的，但里面有一具僵尸，展会举办者自称是费尽千辛万苦、千里迢迢在东方某个神秘国度里寻找到的真干尸……的完整仿造品，干尸历经百年，还处于生前的状态，东方僵尸文化博大精深，希望对神秘学研究有兴趣的同好一起来探索它的奥妙。

这话怎么看怎么像是在卖狗皮膏药的，尤其是说了半天，最后却只是个仿造品。

为了队友们不要受其毒害，关琥立刻举起手，叫道："明天我们去天鹅堡吧，要不去吃猪肘，尸体有什么好看的？虽然被警察监视很辛苦，但也不能自暴自弃，我们要苦中作乐，同意的举手……"

没人理他，关琥还要再说，手被张燕铎拉住带到一边，小声说："你是想在这种地狱式 shopping 中再逛一天吗？你不怕累？"

张燕铎指指购物袋，关琥一愣，突然发现一天走下来，脚很酸，那种累跟强化训练时的感觉不同，他转头看看叶菲菲跟谢凌云，两位女生正兴致勃勃地讨论着宣传单，完全看不出乏累的样子。

"我真不理解女人，为什么她们逛一整天还可以这么精神？"

"因为东西都是我们在拿。"

"那你觉得如果否定僵尸计划，她们会再 shopping 一整天吗？可是该买的东西今天都买了。"

"女人这种生物，只要你给她们足够的时间跟金钱，她们可以一整年都 shopping 的，她们要的不是买东西，而是享受那份感觉。"

"你看上去好像对女人很了解。"

"不信的话，你可以赌一把。"

关琥考虑了三秒钟，回想起以前几位女友好像也有这种可怕的购物习惯，他立马否定了押赌行为——比起这种地狱式的采购活动，看僵尸似乎也没那么难以接受了。

"那就……看僵尸？"

他用眼神询问张燕铎，张燕铎冲他微笑点头。

"你会发现这是个聪明的选择，可爱的弟弟。"

等他们兄弟俩谈完心回来，大家已经把明天的计划决定下来了，看到叶菲菲拿着宣传单，一副还要深入讲解的样子，关琥举手制止。

"看僵尸是吗？哈哈，那就看吧，我也想看很久了，说不定会遇到什么传奇故事呢哈哈哈哈。"

"关琥你没事吧？"

没事没事，就是在两个都很糟糕的选题中不得不择其一，让人很为难罢了。

关琥仰头看天，为不知何时才能攀登楚格峰雪山深表遗憾。

但，这次他无论如何也要玩滑雪的，哪怕背着僵尸也要滑！

在跟随大家去叶菲菲建议的餐馆的路上，关琥在心里狠狠发誓。

晚饭后，克鲁格将他们送回酒店，就匆匆离开了，可怜的小伙子，大概平时陪女朋友购物都没这么尽心过，关琥在为他的命运感叹的同时，也庆幸他们明天不用再出远门了。

"你们过会儿要过来打牌吗？我拿了扑克。"在乘电梯回客房的路上，叶菲菲问他们。

走了一天，关琥感觉全身都酸痛，他靠在电梯壁上打哈欠，懒洋洋地说："我想睡觉。"

叶菲菲又把目光转向张燕铎跟小魏，小魏连连摇头，又活动四肢，表示自己也很累，无法奉陪，张燕铎则说："我想看书。"

"老板，你好像对那本唐诗很感兴趣啊。"谢凌云好奇地问："里面是不是有你特别喜欢的诗词？"

"我本来很讨厌《侠客行》，现在发现它其实还不错。"

谢凌云跟叶菲菲对望一眼，两个女孩子都面露疑惑，不过看到张燕铎没有解释的意思，她们就没再问下去，很快把话题转到了今天大采购的礼物上。

楼层到了，跟女生们分手后，小魏立刻压低声音问他身边的两位男士。

"你们要去酒吧玩吗？酒店楼下就是酒吧，难得来一趟，去消遣一下吧。"

"你刚才不是说累了吗？"

"泡吧另当别论，一起去吧一起去吧，关大哥我求你了。"

张燕铎不说话，那就代表他没兴趣，小魏对自己老板的个性很了解，便把希望完全寄托在了关琥身上——关琥拿了酒店的消费卡，有消费卡，他们泡吧才不用另外花钱。

"你是想泡妞吧？"

"不，我只是想深入了解德国人民的夜生活，作为今后写作的素材。"小魏大言不惭地说："白天我们已经做牛做马了，晚上只睡觉的话，那不是太浪费这次旅行了吗？"

这样说也有道理。

关琥被他说的心动了，跟他约泡完澡后一起去，等小魏回了房间，关琥问张燕铎，"你真不去？"

"没兴趣。"

关琥的房间到了，他没进，而是跟随张燕铎来到他的房门前，张燕铎拿钥匙开门时，他站在旁边，说："那个……大哥……有件事我想我们应该聊聊。"

张燕铎打开门，听了他的话，转头问："什么？"

"我觉得吧，两个人相处重在坦诚，那有关侠客的事……"关琥打着手势，思索该怎么措辞，"不管是流星还是刘关张的刘星，我都挺有兴趣的……"

"所以，你想我满足你的好奇心？"

"也可以这么说吧。"为了表达自己的诚恳，关琥特意做出一个自认为很完美的微笑。

张燕铎也回复了他相同的微笑，就在关琥觉得心愿可以达成时，他听到的是——"但是我不想。"

张燕铎一字一顿地说完，把门关上了，关琥只来得及看到他微微上翘的嘴角，门板就砰的撞到了眼前，要不是他躲得快，鼻子说不定会被门板打到。

"我去，不聊就不聊，不需要这么暴力吧？"关琥本能地向后弹开，冲着门那边大声叫道。

没人理他，很快他听到踢踏踢踏远去的脚步声，看来张燕铎根本没理他，去做别的事了。

假如现在是在山林中，关琥想他会听到乌鸦掠过头顶的哗哗声，他双手紧握拳头，在确定眼前的大门不会为自己打开后，转身离开。

"我不会放弃的，哥哥！"

听到了来自门外的宣言，张燕铎正在换衣服的动作一顿，他看向门那边，面对关琥偶尔冒上来的执拗，他摇了摇头。

他不认为关琥会查到自己什么，因为那个基地已经毁了，除非关琥找到老家伙那条线索，但他想他会在他们相遇之前先干掉老家伙。

不是你死就是我亡，这条定律就像非黑即白一样清楚，这是老家伙教给他的，他也一直是这样执行的。

张燕铎换好衣服，走到旅行箱前，在箱子的把手上拆卸了一番，嵌在把手棍里的零件掉了出来，他将零件重新组装好，成为平时常用的甩棍，再将甩棍放进旅行箱里。

虽然直觉告诉他接下来的行程会很麻烦，但他还是希望这东西不会用到。

张燕铎洗完澡，从冰箱里拿了瓶饮料，坐在床前看电视节目，转了几个台，都没有看到有关劫机方面的后续新闻，他听不懂德文，曾问过叶菲菲，叶菲菲告诉他说新闻只提到飞机出故障，之后安全降落，至于劫机的字眼，半点都没提到。

看来是出于某种原因，有人将消息封锁了，能做到这一点的，光是警方只怕还不够，说不定后台在军方，不知道叶菲菲的外公会不会知道些内情。

门铃打断了张燕铎的思绪，以为是关琥来吵他，张燕铎无视了，但接下来门铃又响了好几遍，为了不被一直吵，他走过去把门打开，就见外面站了位金发高个的年轻女子。

"嗨，本。"

女人用英语跟他打招呼，又一个没踩稳，踉跄着向他迎面撞来，正常男人遇到这种情况，都会伸手搀扶，可惜张燕铎不正常，身子往旁边一侧，避开了跟她的相撞。

女人失去了重心，一脚踩在长裙的下摆上，扑通摔倒在前面地上。

令人很尴尬的跌跤方式，她转过头，杏眼惺忪地看向张燕铎，脸颊潮红，看上去喝了不少酒，见张燕铎还一动不动地站在旁边，她把手举起，懒洋洋地说："扶我一把。"

面对女人类似邀请的伸手，张燕铎无动于衷，冷淡地说："小姐，你走错门了。"

"没有啊，这不就是七三二零房，本，你又调皮了……"

看她醉得不轻，连约会的对象都弄混了，摇摇晃晃地站起来，走到张燕铎面前。

她长得很漂亮，身上穿了一条浅蓝色的几乎拖到脚边的长裙，前胸开得很低，当她凑过来时，张燕铎可以清楚地看到她的乳沟，女人没有穿胸罩，在办某些事情上很方便。

腰被搂住了，女人可能担心再被他晃到，这次很缓慢地向他靠近，先是打量了他一番，接着咧嘴笑了。

"你好像不是本……不过没关系，既然本爽约了，那你也可以的，我叫艾米，帅哥，你叫什么名字？"

张燕铎没有推开她，艾米继续往他身上贴，又伸出另一只手抚摸他的脸颊，随着手指的划动，嵌在她中指上的小钻石发出诱惑的光芒，张燕铎却像是没看到，在那手指要做更过分的举动时，他抓住了，反问："与你何干？"

嗓音太冰冷，即使处于醉酒状态，艾米还是感觉到了他的不悦，她的表情有短暂的僵硬，但很快又绽开笑颜，柔声问："你觉得我美吗？"

"还不错。"

"那你忍心拒绝一个'还不错'的女人的邀请吗？嗯？"

她故意歪着头，做出诱惑的微笑，张燕铎却不为所动，抓住她搭在自己腰间的手，很不客气地将她拖去了门口，再往前一推，女人就被他推到了外面，要不是对面是墙壁，她一定又会栽个跟头。

被这么暴力的对待，艾米的脸涨红了，用手扶住墙，转头气愤地看向张燕铎，可是还没等她开口，张燕铎先发了话。

"这就是你想知道的答案。"

硬邦邦的话声掷来，被这么不留情的对待，气得艾米想骂脏话，可惜房门已经在她面前关上了，让她无从发泄，只能在原地跺脚，气愤地说："你一定是瞎子！一定是！"

隔壁的门打开，女人怕被人看到自己的尴尬，急忙转了个身，提着裙摆匆匆跑走了。等她走远了，小魏才从门那边走出来，吹了声口哨，用来表达自己此刻的心境。

小魏乘电梯下楼，来到酒店一楼的酒吧里，关琥已经在酒吧了，小魏进来后，看到他正坐在吧台前，手里拿了个大啤酒杯，一个人喝得挺起劲。

酒吧面积颇大，七成以上的座位都坐满人了，其中有不少是外国人，看来这里很受欢迎，小魏赶忙跑到关琥身旁的高脚椅上坐下，跟服务生要了杯黑啤酒，然后打量着周围环境，说："这里不错啊，好多漂亮美眉。"

"你到底是来喝酒还是来泡妞的？"

"我是来学习外国文化的。"

啤酒来了，小魏跟关琥干了杯，他喝着酒，又继续搜寻目标，考虑今晚的艳遇概率有多高——太高太壮实的女生不适合他，他比较喜欢小鸟依人的可爱型，其实叶菲菲跟谢凌云都不错，可惜她们的脾气太糟糕。

在打探目标的过程中，小魏看到了那位穿蓝色长裙的女人，她正拿了杯葡萄酒轻抿，垂下来的金黄卷发配着曲线有致的裙装，还有优雅得体的举止，让她的存在相当显眼，不大一会儿工夫，就有几名男士上前跟她搭讪，但她都兴致缺缺，直接回绝了对方。

"噗……咳咳……"

发现是那个被张燕铎拒之门外的女人，小魏呛到了，含在口中的啤酒被他一口气都喷了出来。

"你搞什么？"

关琥被喷了个措手不及，刚换上的外衣前襟有一大半沾了酒水，他气得放下酒杯，探身，伸出双手卡住小魏的脖子。

"你最好给我一个往我新衣服上喷酒的正当理由，否则……"

"冷静冷静，如果你不是杀手，那杀人是没有好处拿的，"小魏夸张地摇摆双手，指向前方，小声说："那个女人，那个女人……"

关琥回头一看，刚巧艾米也往他们这边看过来，两人视线对到一起，她很淑女地向关琥点点头。看到魅力四射的女人主动向自己示好，关琥有些不自然，急忙把头转回来，又掐住小魏的脖子继续摇。

"泡美女不是正当借口，撤回！"

"不是泡美女，你先把爪子放下，听我慢慢说好吗？"

周围有不少奇异的目光投过来，为了不突显自己的失礼，关琥将手松开，改为帮小魏整理衣领，又友好地拍拍他的肩膀，用英文说："你衣服皱了，我帮你整整。"

"你不用装了，再装也掩盖不了你暴力的本质，你就是穿了警察制服的土匪。"

小魏悻悻地把关琥的手拨开，让服务生重新换了酒，又探头悄悄往对面打量，小声说："刚才我看到那个女人喝醉了，走错房间，去了你哥的客房。"

关琥的微笑收敛了，小魏赶忙摆手，"没事啦，老板不喜欢女人的，所以最后什么都没做成。"

"不喜欢女人？"关琥的表情更古怪。

"都是我的猜测啦，从我去店里打工，就没看到老板找过女人，好，你说他太忙没时间找就算了，但刚才明明美女自动投怀送抱，他还把人家像扔抹布似的扔出来，假如不是讨厌女人，又怎么会这样做对不对？"

关琥很庆幸周围没人听得懂汉语，否则小魏的话很可能会构成名誉损害罪的。

"你确定？"

"当然，我经过老板的房间时，刚好看到她靠在老板身上，为了不引起尴尬，我就体贴地又躲回了房间。"

"难道你不是为了看八卦？"

"别这样，我不看八卦，你现在哪有八卦听呢对不对？"小魏喝着酒，又说："话说回来，你哥到底是不是真的……那个啊？如果有美女来自动邀请我的话，我一定不会让她伤心的。"

关琥的眉头打结了。

明明他跟张燕铎认识时，小魏已经在酒吧打工了，可神奇的是不知从什么时候开始，大家都天经地义地认为他跟张燕铎是兄弟了。

"艾米……就是那美女又在看我们了，你说她是不是对我有兴趣？"

"你确定她感兴趣的不是我吗？"

"不会的，"小魏老神在在地说："你比我老。"

关琥突然很想把手里的酒泼去小魏的脸上。

他转头看去，那个叫艾米的女人还是一个人，看来来搭讪的都没有人她的法眼，他拿着酒站起来，说："那现在我就要让你见识下什么叫魅力。"

关琥让服务生调了杯女士香槟给艾米，等香槟送过去后，他上前搭讪，"美丽的小姐，你一个人？"

艾米听了服务生小声的解释，向关琥微笑说："现在是两个人了。"

"谢谢你的赏脸。"

关琥坐到她对面，两人碰了下杯，他说："我叫关琥，你呢？"

"大家都叫我艾米，"艾米感兴趣地上下打量他，"你是观光游客？我也是，不过我被同伴放鸽子了。"

"如果你的同伴是男人，那他一定不知道自己错失了什么。"

艾米被关琥的奉承逗笑了，又主动跟他碰杯，说："你的嘴可真甜……所以，接下来有什么节目玩吗？"

"床上运动，你喜欢吗？"

"啊哈，喜欢，不过我不太擅长。"

"没关系，我擅长就行了，去你房间吧。"

"我对你的房间比较感兴趣。"

"难道你不是对我这个人感兴趣？"

"好吧，我很有兴趣探索你。"

"那还等什么？"

关琥站起来，直接发出邀请，女人也没含蓄，跟随他离开，小魏坐在不远处的吧台前，看着关琥将手搭在艾米的纤腰上，亲热得就像是情人，他惊讶得下巴差点掉下来。

"不是吧，这也行？"

因为音乐的阻碍，小魏不知道关琥跟艾米聊了什么，不过看这情形，就算听不到也能猜到接下来将要发生的故事了，他立刻放下酒杯，拿出手机，手指在触屏上乱戳。

"在异国他乡乱开房间不太好吧，告诉菲菲去……其实也没什么，男人嘛……呃不过，关琥不是在追菲菲？这样想想，不专情是不对的……可他是老板的弟弟，管太多不太好……"

就在小魏为自己要不要出卖情报而犯愁时，关琥已经跟艾米来到了他的房间。

两人进了客房，他反手带上门，艾米主动靠到了他身上，两人相拥走到床前，艾米先将关琥推倒，然后自己屈膝上了床，她这个动作更凸显出了妖娆的身段，关琥伸手要去摸她的腰，被她拦住，微笑说："让我来，你直接享受就好。"

关琥只好改为抚摸她的金发，笑道："原来你喜欢掌握主导权啊。"

"我还喜欢玩捆绑呢。"

"要怎么捆？"

"像这样……"

艾米跨坐在关琥身上，伸手去解他的上衣扣子，另一只手则探入自己的小包里，关琥笑道："难道你还随身带着？"

"是的。"

艾米向他微笑，将手伸到了他面前，关琥还没看清那是什么，就闻到一股怪异的香味，艾米拿着一个微型喷雾剂管，将无色气体连续喷向他，直到他眼睛迷蒙阖上，头歪到一边才罢手。

"色鬼。"

艾米拍拍关琥的脸，不见他有反应，她将药剂丢开，从床上跳下来，迅速拖出他的旅行箱。关琥的旅行箱没有上锁，她放平打开，里面只有一些衣服跟为数不多的礼品，都是今天逛街时关琥购买的。

艾米翻找了一会儿，没发现需要的东西，又改为翻他的随身旅行包，东西在她的翻动中落了一地，她用脚踢开，又去别处找，但客房不大，她很快就找完了，却毫无所获。

"到底藏去哪里了？"

艾米泄了气，站起来双手叉腰，盯着一片狼藉的房间呼呼喘气。

"美女，你想要什么，直接说出来会比较省时间。"

身后传来话声，打断了艾米的嘟囔，她回过头，差点叫起来，原本应该躺在床上昏睡的男人现在就站在她面前，双目炯炯，完全不像是晕后醒来的样子，状况发生得太快，她不由自主地向后趔趄，结结巴巴地用德语问："你、你没被迷晕？"

"虽然听不懂小姐你在说什么，不过大概是在惊讶我怎么会醒这么快吧？"

关琥向她走过来，拿起她随手丢在床上的小药剂罐，笑眯眯地说："它的性能看来不太好，下次记得换大剂量的。"

艾米缓过神，在发现自己被耍后，她气愤地大叫："你骗我！"

"别说得我好像骗了你的感情似的，我只是想知道你刻意靠近我是为什么。"

"难道不是你先邀请我的吗？"

"我不认为我的魅力盖过了之前邀请你的那些人，"关琥耸耸肩，"所以你刻意坐在那种显眼的地方，是为了引起我的注意吧？"

"没人跟你说你的脸皮很厚吗？"

"应该厚不过你，至少我不会装喝醉酒，跑去向男人投怀送抱。"

被戳到了痛处，艾米的脸涨得更红，看着关琥向她继续走近，她突然抬脚踹了过去，长裙随着她的踢腿飞起，遮住了关琥的视线，要不是他躲得及时，胸口绝对会被对方尖锐的高跟鞋尖踹到。

趁关琥向后躲闪，艾米冲上前，挥起双拳向他痛击，她看似柔弱纤瘦，抡起拳头来竟然虎虎生风，腿功更是厉害，旋起的长裙又不断阻碍关琥的视线，让他屡次中招，一不小心，大腿被鞋跟踹到，痛得他直咬牙。

"你不要以为我不敢打女人啊！"

关琥发出警告，换来的是更强烈的攻击，他不敢怠慢，在摸清了艾米的拳脚路数后，马上反攻过去，艾米的脸被他的拳头挥到，跌了出去，关琥追上前扣住她的脖子，将她顶在墙上，问："你来找什么？"

艾米先是恨恨地瞪他，在发现局势对自己不利后，她选择了妥协，"钱。"

关琥伸手摸她的头发，艾米还以为他想揩油，谁知关琥的手往前一带，将她的头套扯了下来，露出里面棕色的发丝，关琥将假发套丢去一边，上下打量她。

"还是这发型适合你。"

艾米这才明白先前他在床上抚摸自己头发的真正用意，不由得笑了，柔声说："原来你从一开始就在算计我。"

"彼此彼此。"

"你比我想的要聪明，我喜欢跟聪明人打交道，帅哥。"

"我也是，所以我们不妨开诚布公地交流——我的钱包就在口袋里，你根本没翻过，所以你要找的是比钱更重要的东西吧？"

"你该知道，许多像你这样的外国人会把高额钱币放在不起眼的地方。"

感觉到卡在自己喉咙上的手劲放松，艾米轻微活动身躯，向关琥做出友好的微笑表情。

"其实我是专门干这行的，从外国游客那里偷贵重东西……"

下一秒她的咽喉一紧，关琥再次卡过来，她被卡得闷哼一声，关琥说："再给你一次机会，小姐，你是选择在这里答？还是去警局答？"

这句话起到了效果，艾米收起微笑，抿着嘴不作声，像是在思考利弊，然后点点头，做出坦白的表示。

关琥放松了手劲，谁知下一秒，艾米伸手抓住旁边的装饰花瓶，向他头上砸去。

为了不被砸到，关琥只好伸胳膊挡住，艾米又握紧那只戴了钻戒的手，将拳头挥过来，关琥的脸颊被钻石划到，艾米趁机抬起腿向他猛踹，在关琥不得不向后闪避时，她撩起长裙，拔出扣在大腿上的微型手枪，冲他扣下扳机。

随着消音器发出的轻响，子弹擦着关琥身边射过去了，关琥没想到她还随身带了枪械，急忙躲去床铺一边，还好艾米没想赶尽杀绝，在开了两枪把他逼开后，就夺门而逃。

谁知她刚逃到门口，迎面就是一记铁拳，却是闻声赶来的谢凌云，艾米仓皇中冲她开枪，被她飞脚踹开，紧接着又是一脚，让艾米没有扣扳机的机会，艾米只好把枪随手丢进领口里，然后挥起拳头，跟谢凌云直接近身搏斗。

谢凌云的拳脚凌厉，艾米的攻击速度同样也很快，甚至招式毒辣，两人拳来脚往打了没几个回合，艾米的脸颊被谢凌云的拳头打到，谢凌云也被踹了两脚，不得已向后趔趄跌倒，艾米本想趁机掏枪，但关琥的客房里传来脚步声，让她不得不临时改变计划，转身向对面的安全楼梯口飞奔。

只要离开这层楼就没问题了，先去同伴预先准备的房间躲一下，接下来的事情由他们处理。

耳郭里传来叫声，艾米用手按住耳朵，急切地说："行动失败，切换第二步计划……"

话刚说到这里，在楼梯拐角处突然伸出一条腿，将她绊个正着，由于速度太快，她在绊倒后整个人都飞了起来，额头撞在对面墙上，顿时头晕眼花，半天看不清眼前的景物。

放在领口里的微型手枪也随着艾米的跌倒飞到了半空中，在落地后向前滑去，滑到一半，被一只穿拖鞋的脚踩住了，随后脚的主人弯腰捡起了手枪，双手持枪，对准她的额头。

"别乱动，否则我会开枪的。"

叶菲菲刚洗完澡，头发还没有擦干，随意搭在脑后，身上穿了件粉色睡袍，这副过于随便的打扮让她的持枪姿势看起来有点滑稽，不过她手里的枪却是货真价实的家伙。

见艾米还企图从地上爬起来，她又追加："我的枪法很准的，并且为了日后不被报复，我开枪的话，一定会干掉你，所以你最好老实点，还有……"

接下来要说什么，她一时间想不起来，挠挠头，有些为难。

这时关琥跟谢凌云都赶了过来，关琥上前抓住艾米的手，艾米还想用她的钻石戒指当武器，攥紧拳头向他脸上猛撞，不过关琥吃过一次亏，这次轻松拦截了，扣住她的手腕向后一拧，按住她的背部将她按在地上，她失去了反抗能力，气得大叫："混蛋！"

关琥没在意她爆粗口，看看她手上那个害自己挂彩的钻石戒指，直接撸了下来，钻石不大，不过打人挺疼的，他将戒指放进了口袋里，随口应付，"啊哈，你要称赞我是帅哥的话，或许哥哥会放了你。"

"混蛋！色鬼！"

一条白色带子递到关琥的面前，关琥道了声谢，拿过来，三下五除二把艾米反绑了，又顺便将她耳朵里的微型耳塞拿出来，但什么都听不到，大概对面的同伙发现艾米失手，当机立断切断了通话。

"晚了一步。"

关琥嘟囔着站起来，发现绑人的绳子是腰带，他转头看去，就见张燕铎站在自己身旁，身上穿着的睡袍跟叶菲菲的做工相同，只是他们一个是粉色的，一个是白色的。

怎么又有种情侣配的感觉啊。

关琥挠挠头，在看到叶菲菲手上还拿着家伙时，他选择先处理眼下的麻烦，跑过去把枪夺下来，说："小心走火。"

"小心走火的是你吧，你这色鬼，看到美女就挪不动步子了，差点被干掉都不知道！"

"我哪里色鬼了？我是将计就计……哎哟，你为什么踹我？"

小腿中招，关琥光顾着抱着腿跳脚，没法再反驳了。

叶菲菲一指艾米，气呼呼地说："她都说你是色鬼了，你还有话说？"

"她是反派的，她当然说我不好。"

"那小魏呢，哼，要不是小魏及时打电话联络我们，你客死异乡都没人知道啊笨蛋，你还不感谢我们？"

"这都是误会……我根本没……"

关琥解释到一半，看到小魏从电梯里探出头来，看到眼前的状况，没等关琥咆哮，他又重新缩回电梯，只留下一句话。

"我去报警，你们慢慢聊慢慢聊。"

"你这犹大！"气急之下，关琥只想到这个词。

"他又没有说错，明明就是你邀请我去房间的，还说你最喜欢……"艾米趴在地上动不了，看到关琥陷入危机，她故意嘲讽道。

这番话引来大家不悦的目光，当然，都是冲着关琥来的，连谢凌云也皱起眉头，露出不赞同的表情，关琥被看得如坐针毡，有心要解释，嘴刚张开，就被叶菲菲打断了。

"你不需要解释，坏人都不会说自己是坏人！"

但就算被关审讯室，他们警察也会给坏人辩解的机会对不对？怎么到他这里，解释就成了狡辩呢？

一只手搭到了关琥的肩膀上，张燕铎站在他跟叶菲菲之间，将他拉去一边，小声说："别跟女人讲理，因为她们不讲理。"

"那也不能冤枉我啊。"

"冤枉？"

张燕铎看向艾米，她趴在地上，长裙掀开到大腿部位，显得妖娆风情，还带了种禁忌的美感，他挑挑眉，那表情好像在说——这种尤物，你真能忍得住？

"真的不是啊大哥，我拜托你们不要当猪队友……"

关琥说到一半，搭在他肩上的手劲加紧，张燕铎拿走了他的手枪跟联络耳塞，看着闻讯赶来的保安们，他收敛笑容，小声说："这些东西我来处理掉，到了警局，你就说她趁约炮想偷东西，其他的什么都不要说。"

"不是约……"面对张燕铎郑重的表情，关琥把临到嘴边的反驳改为，"我觉得我早晚会被你们害死的。"

第三章

　　警察赶来得很迅速，在听了关琥的解释跟被翻得凌乱的客房后，将艾米带走了，关琥作为当事人也要去配合录口供，张燕铎换上外衣，陪他一起去了，临走时悄悄交代小魏照顾叶菲菲跟谢凌云，小魏愁眉苦脸地回道："那两位大姐那么厉害，哪用得着我照顾，要是出事，第一个死的是我吧？"

　　安排好三位同伴，张燕铎陪关琥来到酒店附近类似派出所的地方录了口供，关琥照他交代的认下了约炮的事实，又坚持说他跟艾米只是普通的约会，谁知到了房间后，艾米就用药水把他弄晕了，还想偷他的东西，幸好被他的同伴们及时发觉，抓住了艾米。

　　他不知道艾米那边是怎么交代的，总之笔录手续很简单，记录完后，警察让他签字，提醒说现在是旅游旺季，像艾米这种靠卖相偷东西的窃贼不胜枚举，让他一定要多加注意，别为了一时风流自食恶果，这番话翻译成汉语就是"色字头上一把刀，您千万别色令智昏"。

　　一大通说教听得关琥心里很郁闷，又没法反驳，只能乖乖接受了对方好心的建议。

　　等手续都办完，关琥乘坐警车回酒店时，不经意地将手揣进口袋，却触到了一个硬物，他瞅瞅在前面开车的警察，用手沿着那硬物摸索了一圈，终于想起那是艾米用来打他的戒指，被他撸下后顺手放在口袋里，事后完全忘记了。

这算是赃物吧？可眼下的状况，即使知道是赃物，关琥也没法上缴，只好先戴到自己的小拇指上，准备等席勒解除了对他们的监控再说。

等他们回到酒店，已是凌晨时分了，乘坐电梯去客房时，关琥靠在电梯壁上，打量自己的小拇指，那钻石不大，戴在他手上还挺配的，没想到一场灾祸下来，艾米不仅什么便宜都没占到，还丢失了钻戒，他自嘲地说："每天都有神奇遭遇发生，真是紧张刺激的德国之旅啊。"

张燕铎默默站在一旁，眼帘低垂，不知在想什么，一言不发。

关琥看看他，凑过去，用肩膀小小地顶了他一下，"那个耳塞通信器你放哪去了？"

张燕铎还是不说话，伸手指了指自己的耳朵，关琥好奇地问："还能听到她的同伙联络吗？"

"只是没地方放。"

关琥不知道张燕铎是不是在说冷笑话，反正他笑不出来，比量了一个枪的手势，"那这个呢？"

"给叶菲菲玩了。"

关琥被呛得咳嗽了起来。

张燕铎瞟了他一眼，"她的身份比较特殊，就算有什么事被牵连，也很容易摆平，还有就是她可以熟练运用那东西。"

听着张燕铎的侃侃而谈，关琥很想问——熟练运用枪，是准备去抢银行吗？

"希望那些警察不会查酒店的监控录像。"

"只是普通的偷窃案，等他们真查了再说，这方面叶菲菲有办法应付的。"

"嗯，至少她有个足以应付一切的外公。"

关琥吐完槽，他们所在的楼层也到了，时间太晚，两人没去打扰同伴，直接去了关琥的客房，他的房间里还保持着跟艾米搏斗时的状态，其惨状让关琥觉得用一片狼藉来形容都是美化它了。

"我觉得明天清洁人员会想干掉我的。"

打架的时候他没注意，现在看到现场，关琥头大了，对不擅长收拾家务的他来说，要怎么把散乱的衣物收拾回原处是个脑力活。

张燕铎看了一眼，也不由得皱起眉头，然后冲关琥摆摆下巴，"明天再收拾，今晚去我房里睡。"

习惯成自然，关琥抬步就要跟上，但是想起今晚小魏的那番话，他心里咯噔一下——老板对美女毫不上心，等于说他喜欢的应该是男人，而自己就是个货真价实的男人，再等于说跟他同睡的危险性非常大。

要说打架能不能打得赢对方，关琥心里还真没底，踌躇着问："嗯，那个，你房间里就一张床吧？"

"我允许你睡我旁边。"

睡旁边，那不更危险？

看着张燕铎的后背，关琥干笑说："占用你的地方，那多不好意思啊，我还是……"

"我不介意。"

"其实是……我……"

"我知道你也不会介意的对不对，弟弟？"

张燕铎停步转头，对上他眼镜片后面狡黠的目光，关琥一抖，不知为什么，他很怕张燕铎这种似笑非笑的表情，既然伸头缩头都是一刀，他一咬牙跟了上去。

"当然不会了，呵呵，我们是兄弟嘛，呵呵。"

走进张燕铎的客房，关琥站在房间当中愣了好几秒，他总算明白了所谓天渊之别的含义——他的房间就算没被折腾之前，也没这么干净，这充分显示出张燕铎的洁癖，而他最讨厌的就是有洁癖的人。

"去洗个澡。"

张燕铎给他下指令，然后拖着放在墙角的旅行箱往外走，关琥一时没明白过来，问："你去哪？"

"帮你整理东西。"

整理他的东西跟拖自己的旅行箱有什么直接关联吗？

关琥搞不懂，见他不回应，张燕铎停下脚步，问："还是你要自己来？"

"不不不，你请你请。"关琥忙不迭地拜托道。

反正他也没什么隐私物品，有人帮忙收拾总是好的，虽然对于张燕铎的行为，他不是很理解。

张燕铎走后，关琥满怀疑惑地去浴室冲了澡，随手拿了条浴巾，边往腰上围边往外走，由于注意力都放在打理自己的发型上，关琥一出来就跟人撞了个满怀，浴巾掉落到地上。

在发现那人是张燕铎后，关琥急忙捂住他的小鸟，又弯腰慌慌张张地捡浴巾，随口问："你这么快就搞定了？"

"随便翻翻而已。"

随便翻翻？

不知是不是没有得到充足睡眠的关系，关琥的大脑严重跟不上思考速度，反而导致浴巾再次落地，这次张燕铎上前帮他捡了起来，递给他。

在对方冷静地注视下，关琥更不自然，打着哈哈道谢，又手忙脚乱地围浴巾，谁知张燕铎竟然伸过手来捏他的肩膀。

这只是个很普通的表现友好的动作，换了平时关琥不会觉得怎样，但是在听了小魏的情报后，他打心里犯怵，闪身想装作不经意地避开，却没想到张燕铎亦步亦趋地跟上，而且手指往下滑，又去捏他的锁骨跟胸腹肌，眼神扫过他的小指钻戒，微微点头，说："不错。"

眼看着那只手即将到达隐私领域，关琥再也忍不住了，双脚向后一蹦，跳出了危险圈里，张燕铎被他的突兀动作弄愣了，奇怪地看他。

"为什么你要僵尸跳？"

关琥翻了个白眼。

如果可以，他很想像电影里的僵尸那样挥拳揍人，但张燕铎在没化身黑衣人的时候不禁打，所以他不能做出不文明的行为。

张燕铎的眼神还放在他身上，薄薄的镜片后目光锐利，让关琥有种被X光扫描的错觉，接着张燕铎又转到他身后。透过对面的镜子，关琥看到张燕铎的目光在自己的身体上不断游走，像是急于吞噬猎物的豹子。

如果说张燕铎现在是豹子，那关琥觉得自己就是小兔子了，他被盯得发毛，看到对方的手又伸过来摸自己，他终于忍不住了，再往前一个僵尸跳，然后转过身，小心翼翼地往后挪着步，说："我觉得吧……我还是回自己房间睡好了。"

提议被张燕铎直接否定了，"不行。"

"为什么？"

"因为有件事，我想还是跟你坦白比较好。"

关琥还在挪动脚步，听了这话，他僵在了那里，注视着张燕铎的表情，确定对方并没有开玩笑，为了今后相处愉快，他决定还是打开天窗说亮话的好。

"那个……其实……"

解释要比想象中困难，最后关琥深吸几口气，在张燕铎的冷静注视下，他大声说："其实我不喜欢男人的！"

哈？

张燕铎的头向旁边微侧，虽然没说话，但他此刻困窘的表情完整地表达了出来，然后轻声慢语，"你喜不喜欢男人与我何干？"

"难道你不是喜欢……小魏说……你喜欢同性……不，我的意思是说，你好像对异性不怎么感兴趣。"

"小魏啊，呵……他这么喜欢聊天，也许回国后，我该找他好好谈谈心。"

张燕铎托托眼镜，看到眼镜片后精光一闪，关琥有种自己的结局将会很糟糕的感觉，他对出卖小魏感到抱歉，但马上想到今晚他向叶菲菲他们出卖自己了，一正一负刚好抵消掉。

"我没有喜欢的人。"张燕铎用他好听的声音追加道："而且就算喜欢男人，我也不会对自己的弟弟下手对吧？"

这句话说了等于没说，关琥很想反驳说他们根本不是兄弟，但是话临到嘴边改为——"那你还抢我女朋友？我跟你讲，你们不要总是穿情侣衫，连睡衣都一样，这会让我很没面子的。"

"前女友。"

"过去式也会变成现在式，只要努力。"

关琥说得振振有词，张燕铎看了他一眼，很想说你哪里努力了？你追女朋友的拼劲还没有查案一半多。

他看看表，凌晨三点了，如果明天还想出去玩的话，现在最好补觉，但方便说话的时间只有现在，就他们两个人，周围没有外人，也没有窃听器。

"困吗？"张燕铎坐到床上，问。

在发现是一场误会后，关琥安心了，打了个哈欠，往前一探身，趴到了床上，嘟囔道："困。"

"等我说完你再睡。"

"有什么事明天再说，我被女人折腾了一天，不想晚上再被男人折腾。"

关琥说睡就睡，脸埋在枕头上闭上眼，做出入眠的状态，张燕铎坐到他身边，轻声说："今晚这件事你怎么看？"

"看那女的身手跟带的家伙，她绝对不是普通盗贼。"关琥闭着眼，嘟囔："可能是席勒派来的吧？"

"席勒早就知道我们的身份，她只要随便杜撰个借口，就可以控制我们的行动，不需要这么麻烦。"

"那就是劫机犯的同党……"

声音说到最后渐渐变低，张燕铎转头看他，心想他都猜到与劫机事件有关联了，居然还能安心入睡，这到底是神经粗还是智商欠妥啊。

"我在旅行箱里找到了窃听器。"他说："这就是刚才我说要跟你坦白的事。"

"窃听器？喔，明天再说……"

关琥迷迷糊糊地应和完，警觉的神经天线竖了起来，他下一秒睁开眼睛，眨眨眼，在确定自己没听错后，迅速爬起来，盘腿坐在张燕铎面前，小声问："你没搞错？"

张燕铎摇头，"从你的房间杂乱状况看，艾米的目的不是钱，也许跟劫机事件有关。"

说到劫机事件，关琥就不免想到军方，他再问："那菲菲会不会有危险？"

"有谢凌云跟着她，暂时应该没事。"

"那他们想做什么？"关琥挠挠头，表示不解，"劫机者都捉到了，飞机安全降落，我跟那些劫机犯也没有直接沟通，为什么他们要盯着我们不放？"

张燕铎耸耸肩，给了他一个模棱两可的表达方式，"我只知道劫机案不像表面看上去那么简单，否则他们不会监控我们所有人。"

原来这就是张燕铎把旅行箱特意拿去他的卧室的原因，关琥转头看四周，张燕铎明白他的担心，可是这个笨蛋注意到了所有地方，却没留意自己手上的钻戒，他没提醒，而是说："这里我都检查过了，应该没问题。"

"那你刚才检查我的身体，不会也是为了找危险携带品吧？"

"这是一个原因。"

"菲菲她们知道吗？"

"我没说，这种事她们不知道比较好。"张燕铎的嘴角上翘，露出算计似的微笑，"反正就算在她们的旅行箱上放了窃听器，能听到的也只是女生们的八卦。"

"那他们的目的到底是什么？"关琥想了半天想不通，呻吟一声，重新躺到了枕头上。

"应该跟艾米的目的一样，还有一点很奇怪，我问过菲菲，她说昨晚医生帮你做的检查大部分是有关血液方面的。"

回想当时的情况，关琥点头，"是啊，他们抽了我七八管血，真难得我还可以这么活蹦乱跳的。"

"你跟歹徒搏斗，受的是外伤，需要抽血做精密检查吗？"

"不需要。"

"虽然猜不透原因，不过我想短时间内我们无法躲避监视。"

"想不通就不想了，我们静观其变，"关琥说完，转头看张燕铎，"今天购物时，你一直心神不定，不会是发现被他们跟踪监视了吧？"

"是昨天的事了。"

张燕铎指指对面的壁钟，把话题岔开了，他不想说那些联邦警察他根本没看在眼中，他担心的是吴钩那些人，假如吴钩跟那些警察合作的话，那结果才不堪设想。

"快天亮了，先睡觉吧。"

张燕铎不想再说，关琥也没多问，看着他下床，将外衣脱了，接着是内衣，然后半裸体地走到衣柜前。

张燕铎穿着衣服时会让人感觉他很瘦，但脱掉衣服，关琥发现那应该说是精壮结实，他身上有不少大大小小的疤痕，在灯光的映照下分外显眼。

这个人以前到底经历过什么？为什么看他的伤疤，像是从火线上下来的？

张燕铎从衣柜里拿出睡袍套上，转过身来，在他系睡袍的瞬间，关琥看到了他胸前的伤疤，疤痕呈弯月状，像是镰刀似的禁锢在他的胸前，关琥还想再细看，张燕铎已经把睡袍围好了，走回床边，对他微笑说："有件事我也要声明一下，我也不喜欢男人，所以你这样直勾勾地盯着我看，会让我很为难。"

"谁直勾勾盯着你看了？唔……"

棉被掀起，盖在关琥的脸上，制止了他的发言，等他把被子拉下来时，灯已经关掉了。

张燕铎到底是什么人，关琥不知道，他只知道喜怒无常这四个字在他身上得到了最完美的体现。

第二天关琥醒来，张燕铎已经不见了，他看看时间，快中午了，都这个时间了，居然没人来吵他，真是奇迹，他爬起来穿好衣服，收拾整齐后拉开窗帘，马上明白了没人来打扰他的原因。

不知道什么时候开始下雪了，一夜之间，慕尼黑整座城市被装饰成了银色世界，雪还在下，大片雪花在窗外飞舞着，仿佛在暗示这场雪接下来还要下很久，所以对他的同伴们来说，比起骚扰他，雪景更有魅力。

关琥洗漱完，套上外套去餐厅，在经过自己的房间时，他听到里面传来说话声。

难道还没过几个小时，又有人登门偷东西了？

关琥火了，上前一脚踹开门，正要大吼，却在看到眼前的景象后愣住了，嘴巴张开，半天才吐出一句话。

"你们……怎么在我房间里？"

站在他对面的除了小魏还有克鲁格，两个大男人现在正站在一片狼藉的房间里，摆弄他的衣物跟随身用品。

关琥进来时，小魏的手里正提着一个他的小裤衩，被关琥问道，他拎着小裤衩待在那里，画面看上去很搞笑，而克鲁格则拿着关琥的一对晴天娃娃来回看个不停，娃娃脸上充满了好奇的色彩。

那是他们出发之前叶菲菲跟谢凌云两人做的，说是用来保佑天气晴朗旅途顺利，关琥不知道为什么她们要塞给自己携带，不过懒得跟女生们争执，就同意了，没想到会被一个外国人注意到。

一个大男人拿着两个粉红色的晴天娃娃，怎么看怎么都觉得太娘气，再看到克鲁格看向自己的目光，关琥就知道在他心中，自己的形象又歪掉了。

"不要乱翻我的东西，这是私人物品，私人物品是什么懂不懂？"

形象正在悲剧地愈见下滑中，却偏偏无法解释，关琥恼羞成怒地冲过去，先是夺下自己的小裤衩，接着是晴天娃娃，克鲁格对那对娃娃很感兴趣，用还算流畅的汉语问："这两个娃娃很可爱，是你做的？"

"当然不是。"关琥飞快地将两样东西扔回了旅行箱里。

"我们不是在乱翻，而是帮你整理衣物，老板交代我们做的。"小魏在旁边解释道。

"整理？"

昨晚张燕铎不是说帮他整理了吗？

关琥的脑门上打了个问号，但马上就反应过来了——昨晚张燕铎不是整理，而是来检查他的行李箱，然后就把工作转嫁给了他的手下。

"你以为我想做这种事啊？"小魏不爽地对他说："我也想去拍雪景，但老板说我不做的话，就不负责我今后的伙食了。"

"那他……"关琥指指克鲁格。

"他来早了，菲菲跟凌云去拍雪景，有老板跟着，他没事做，就来帮我，幸好有同伴，否则我一个人收拾，会更无聊的。"

关琥看看克鲁格尴尬的表情，他相信不是克鲁格来早了，而是叶菲菲临时改变了计划而已，看看房间，比昨晚的状况好一些，他道了谢，说："剩下的我自己来做就好，你们也去玩吧。"

"关琥你不想看雪吗？"

"这种东西我从小看，都看腻了，不用看。"

说到这里，关琥想起了他的童年，他是在北方长大的，他很喜欢冬季的雪天，但是现在回头看看，除了记忆中茫茫白雪外，什么都没有留下。

小魏正巴不得去看雪，听了关琥的话，他立刻丢下手上的活跑了出去，克鲁格却选择留下，说："我来帮你吧，这么多东西一个人收拾会很辛苦的，你先吃饭，要我帮你点餐吗？"

虽然这家伙是暗探，但是挺有眼色的，关琥说："那就麻烦你了。"

克鲁格打电话点了餐，没多久早餐送了过来，关琥在旁边吃着饭，顺便观察克鲁格的举动。

看不出这个魁梧健壮的男人做事还挺细心的，他将翻乱的衣物都规整好，一样样放回箱子里，那对晴天娃娃也仔细地放在了箱子的收纳袋里，他边做事，边说："有关昨晚的事，我已经听张先生提过了，也跟同事做了确认，他们说查到了艾米的资料，她是个惯偷，有很多化名，最擅长在不熟悉当地环境的外国游客身上下手。"

"她有同伙吗？"

"这个……我不负责这块，不太清楚，不过假如有的话，我们会想办法让她招供的。"

关琥觉得这个德国人的撒谎水平很低，他的支支吾吾正表明了其中还隐藏了其他事实，他大清早就过来，肯定也是想探听情报的，所以张燕铎就将计就计，让他来房间里找，这样一来，既有了免费帮佣使唤，又消减了警方对他们的怀疑，一箭双雕，嗯，那家伙不愧是属狐狸的。

张燕铎既然这样安排了，相信早在克鲁格来之前，被子弹射中的地方就做了伪装，所以关琥不担心，跟他随便聊着，吃完饭，又打开电视看新闻，里面有不少英文节目，不妨碍他观看。

正看得起劲儿，新闻字幕里突然跳出 vampire（吸血鬼）的字样，关琥还以为是电影介绍，谁知接下来播音员提到了万圣节，屏幕上也依次显示出与节日有关的画面。

随着镜头闪动，关琥看到了在深夜街头踯躅的人影——有人穿着病号服，也有人身穿分不清性别的纯白长袍跟奇怪的官服，看背景跟时间，这些视频都是最近陆续拍到的，有好事者还把偶然摄下的录像传去网上分享，新闻报道说这种深夜变装游戏是今年万圣节里最流行的节目，但因为街拍都是在半夜玩的，所以变装的人是谁无从查寻。

见关琥看得入神，克鲁格也看向屏幕，刚好画面镜头放大，照在几个变装人的身上，那些人的脸上涂了层白漆，只能看到一片白，只有眉毛跟嘴唇点了颜色，再看他们的服装，克鲁格啊的叫出声。

"这……这不是僵尸吗？"

"确切地说，是电影里的清朝僵尸。"

关琥点头附和，昨天他们才看到僵尸的宣传单，这形象实在太深刻了，他问克鲁格，"你们最近很流行另类僵尸吗？"

"不知道，我只知道他们不该翻译成 vampire，而是 mummy（木乃伊）。"

关琥觉得 mummy 也不对，确切地说，该是 zombie（僵尸）吧，不过现在不是纠结这个问题的时候，他做了个双手平举向前的动作，说："不会这样跳的僵尸不是好僵尸。"

古板的德国人听不懂关琥的冷笑话，继续看新闻，新闻很快就结束了，播音员在最后提醒公众说虽然变装游戏很有趣，但近期发生了不少盗窃事件，警方怀疑与这些变装族有关，请大家深夜出游时要注意安全等等。

"会不会是艾米的团伙？"关琥故意问道。

克鲁格摇头，他从口袋里翻出昨天拿到的僵尸宣传单，照着上面的介绍双手平举跳动，一副无法容忍新闻介绍出现这种错误的样子。

关琥看在眼里，很想跟他说，不用这么执着于传说，想知道僵尸的构造跟行为，去僵尸展参观一下就一目了然了。

等克鲁格跳了一圈后，大家拍完照回来了，看到他呆呆的模样，小魏问关琥，"我就出去了一会儿，你怎么就把他弄傻了？"

"不关我事，都是新闻搞出来的。"

关琥将那段新闻讲了一遍，张燕铎掏出手机找到相关的报道，关琥凑过去跟他一起看，叶菲菲跟谢凌云对新闻没兴趣，拉着小魏看她们拍的雪景。

张燕铎看完报道，什么都没说，按了重播键又看了一遍，见他沉思不语，关琥问："有什么发现？"

"发现——今后一段时间里，这个国度将会很流行僵尸的话题。"

"……"

这话说了等于没说，关琥忍不住也举手做了个蹦跳的动作，自嘲地说："万圣节我们可以组织个节目，去楚格峰的最高峰上玩跳僵尸。"

"那我们趁热打铁，接下来就去看僵尸吧。"

叶菲菲跟谢凌云看完相片，将照相机递给关琥，关琥翻了一下，发现在不长的时间里，她们足足拍了上百张，除了两个女生的合照外，还有一部分雪景跟小魏的照片，张燕铎一张都没有，看来他是完全做义工了，关琥同情地看看他。

"你辛苦了。"

"我们想跟老板合影的，但他说在雪地里拍照很容易照到鬼，怎么都不肯照。"叶菲菲解释道。

谢凌云也点头附和，"我也没想到老板会这么迷信。"

关琥相信，张燕铎拒绝拍照的理由绝对不是怕鬼，为了不引起其他人的怀疑，他很夸张地伸手搭住张燕铎的肩膀，说："这是我们家的规矩，你们小女生是不会懂的，怎么样？照片也拍完了，我们是不是该去看僵尸展了？"

他的提议得到了大家的赞同，一行人拿了随身物品出门，已经到了中午，大家接受克鲁格的推荐，在附近一家很有当地特色的老餐馆里吃午餐，可惜关琥刚吃过早餐，面对一桌热气腾腾的德国猪脚火锅，他完全吃不下去。

"为什么你在帮我点早餐时不提醒一下，接下来我们会吃大餐？"

大冷天吃火锅正是最佳享受，看着大家大快朵颐，关琥郁闷地问克鲁格。

被埋怨，克鲁格很不好意思，双手拘谨地搭在膝盖上，小声说："那时我担心你会饿到。"

"如果知道马上有这么美味的午餐吃，我宁可饿到。"

"这样好了，我会帮你将所有菜都打包一份，等你晚上吃。"

面对一板一眼的德国人，关琥不知道该怎么吐槽才好。

旅行途中没必要特意打包吧？那还不如直接出来吃划算，可是看看克鲁格认真的表情，关琥决定还是咽下这句话，免得他又冒出其他奇妙的想法。

饭吃到一半，叶菲菲抬起头来，问关琥，"昨晚约炮的事，那女人没在警局反咬你一口吧？"

"咳！"

如果不是因为克鲁格在场，关琥一定会解释他没有约炮，但小腿被踢了一脚，看到叶菲菲故意给他眨眼，关琥反应了过来，他明白了张燕铎特意陪两个女孩拍雪景的原因，看来昨晚的事，他都跟大家解释清楚了。

他故意顺着叶菲菲的话说："没有，反正钱没丢，那件事我也不想再追究了。"

"为了其他的游客不再受害，还是要查清他们的身份，对不对啊克鲁格先生？"

被点名，克鲁格的脸又红了，很肯定地说："对的，我相信关先生是被冤枉的，那些窃贼有很多办法骗人，所以一定不可以姑息养奸。"

"好厉害，你连姑息养奸这种词都知道。"谢凌云发出赞叹。

"只是自学的一些成语，不知道说得对不对，如果有使用不当之处，还请指点。"

克鲁格说话正统古板，搞得大家不知道该怎么接下去，叶菲菲看看张燕铎，张燕铎给她使了个眼色，让她先放弃追问。

第四章

有"监视者"在场，大家无法聊敏感话题，只能围着天气跟旅游景点打转，本来谢凌云跟小魏还提议去宁芬堡参观古迹，但雪越下越大，大家在商量后，一致决定先去观赏僵尸展，晚上吃大餐，明天天气放晴后，再去宁芬堡。

他们乘坐克鲁格的车来到僵尸展厅，那是栋有百年历史的老房子，虽然外观有装修过，但风格上还保留着久远的记忆。

一行人走进去，大厅的天花板很高，呈半圆弧形跟墙壁相连，四面装饰着彩绘玻璃，给人误入教堂的错觉，再加上特意设置的暗光，导致整个氛围都灰蓬蓬的，但不影响它的受欢迎程度，在这种糟糕的天气里，里面居然有不少参观者，完全颠覆了关琥的想象。

门口站着派发宣传单的服务生，展会是免费的，宣传单上还附赠了做成小玩具的僵尸塑像，所以参观者大半以上是学生，或是碰巧经过的游客。

"你们来了，谢谢光临。"

一个服务生认出了他们，很热情地上前用汉语打招呼，又往他们手里塞宣传单，关琥本来想拒绝，但是看到上面的小僵尸吊坠赠品很有趣，便收了下来。

服务生派完宣传单，指着大厅内部，改换英语介绍说："我们这里有很多有趣并且有教育意义的展览品，你们一定会喜欢的，昨天我跟李先生提到了你们，看到你们来捧场，他一定很兴奋。"

既然是称呼李先生，那应该是亚洲人吧？

关琥这样想着，顺着展厅的指示牌往里走。

跟普通展会的气氛不同，这里充斥着怪诞夸张却又相当写实的气息，音乐是那种大家都有听过却叫不上名字的老歌曲，更加深了怪异的氛围，各种等身高的僵尸塑像被放置在玻璃柜里，依次向前延伸排列，让他们仿佛进入了多年前那个僵尸传说流行的时光里。

塑像摆出各种不同的动作姿势，做得异常逼真，为了增强视觉效果，玻璃柜上方打了照明灯，最开始是传说中的僵尸形象，龇牙瞪目，脸青发黄，看上去非男非女，下方摆着僵尸的名称木牌，上面附有详细的文字说明。

关琥看了下英文说明，那是有关僵尸缘起的解说，不知是他的英语能力太差，还是解说太隐晦，他看得一知半解，最后还是谢凌云为他们做了解释。

"这上面说的是最早的僵尸出自轩辕黄帝之女，因遭受蚩尤的诅咒，化为僵尸，而人类是万物之灵，所以僵尸需要吸血才能活命，这种僵尸跟西方的吸血鬼有点类似。"

再往里走，陈列的塑像变得更奇特了，长相接近怪物，口中喷火，做出攻击的架势。

谢凌云说："这是发展后的僵尸，传说可以杀龙吞云，造成旱灾，所以有旱灾出现时，乡民们就会四处寻找僵尸，将它们烧掉，说白了，这其实就是一种祭天仪式——有权位的统治者为了巩固自己的地位，利用僵尸传说愚昧民众，对付政敌而已。"

"这上面有讲到吗？"小魏指着解说木牌，好奇地问。

"没有，这是我以前在研究僵尸学术时看到的文献，当初都是受父亲的影响，才会对这些知识感兴趣，没想到这些无聊的知识有用到的一天。"

"这绝对不是无聊知识，这位姑娘，你真是太博学了！"

身后传来赞叹声，流畅的汉语让大家还以为遇到了同乡，没想到那是位金发碧眼的高个男人。

男人大约不到三十岁的年纪，金黄头发留到齐肩那么长，鼻梁上戴了副金边眼镜，高高瘦瘦，穿着普通的夹克衫，颈上象征性地围着两圈灰色围巾，看上去有几分学者的风度。

"我叫伦纳德·冯·菲利克斯，是这次展会的主办者，昨天我听说了你们的事，很高兴你们来光顾展会，哦，你们是不是觉得我的名字很难记？没关系，我有中文名字的，上李下当归，还请多加指教。"

男人一边说着，一边将名片掏出来派发给他们，名片背面是一个很大的阴阳鱼图案，正面当中印着汉学研究学家的字样，底下是他的中文名字——李当归。

他的汉语很流畅，个性也很欢脱，自我介绍时，原本的儒雅气质一扫而空，步履轻盈，给人一种他随时会跳起来的错觉，说完后，双手手指交握，放在胸前，笑嘻嘻地看大家，一副我已经讲完了，现在轮到你们作介绍的样子。

看到他的中文名字，关琥呛了一下，强忍住没让自己喷出来，看着表现得异常友好的男人，他问："这个当归，不会是我理解的当归吧？"

"假如你指的是中药当归的话，那你 bingo 了，我是从中学开始接触汉学文化的，它真是博大精深，越深入越会发觉它的魅力源源不绝，比如'当归'，既是药材，又有希望家人早日归来的隐喻，真是妙不可言哪。"

男人好像很喜欢用成语，也不能说用得有误，但总觉得哪里怪怪的。

见他大有长篇大论的趋势，关琥及时开口打断了，恭维道："名字真是起得好，非常好。"

"承蒙赞赏，不胜荣幸。"

李当归用力点头，表示很享受他的称赞，关琥以为可以到此结束了，谁知他又问："你们不问问我为什么起'李'这个姓吗？"

谁有兴趣关心一个外国人姓什么啊？

关琥给同伴们使眼色，想走开，李当归又开始自问自答："因为我很喜欢百家姓，'李'又是头一个字，为了表达我对它的喜爱，我就选了'李'。"

"百家姓头一个字是'赵'吧？"

"我不喜欢前三个，我爱李太白，所以在我心中，'李'是头一位。"

关琥大脑混乱了，明明李当归的汉语说得异常流利，但他就是听不懂对方想要表达的意思，扶额呻吟，"我为自己理解力的低下感到羞愧。"

"他大概是想表达——他中意的，那东西在他心中就是第一位，无关物品本身的价值。"张燕铎小声解释道："比如这里的一堆废铜烂铁。"

"废铜烂铁还可以卖钱呢，这里的塑胶模型没人会想要吧。"

两人吐着槽，那边李当归已经跟谢凌云和叶菲菲聊上了，他对谢凌云的学识连连称赞，又拿出小本子，记下了她们的名字，等关琥跟张燕铎在附近转了一圈回来后，发现他们几个已经聊得很投契了，李当归还主动为他们讲解木雕僵尸的起源。

那木雕刻得很抽象，与其说是僵尸，倒不如说是在扭曲的木墩上刻了几刀后的造型，李当归介绍说那是第六代僵尸，要对付它，需要用铜镜、糯米等物品，听得关琥好想吐槽——能把一块畸形木头看出僵尸的样子来，那眼力也真是够锐利的。

木雕僵尸过后，才是香港电影里常出现的官服僵尸，每尊僵尸的动作都不同，头上还贴了黄色道符，妙趣跟怪异的感觉穿插在一起，引人注目，所以聚集在这里的参观者最多。

可能是借助了万圣节僵尸夜拍的风潮，有不少学生站在塑像前玩合拍，还有些好动的同学照着注解双手平举，做出僵尸蹦跳的样子，关琥看看牌子，上面密密麻麻写了有几千字。

可以把解说写得这么详细，至少李当归是做过功课了，解说里还提到了许多香港僵尸电影，推荐大家去看，看起来他相当热衷并了解这种另类文化。

"为什么你会对中国僵尸这么感兴趣？"看到最后，连克鲁格也忍不住好奇地提问。

克鲁格的汉语还算不错，但是仅限于口语沟通的程度，跟李当归相比，那就差得太远了，所以对同胞如此沉迷于另类文化，他感到很不可思议。

"我感兴趣的不单单是僵尸，还有其他汉学文化，今年我还举办了汉服展，兵器展，比起僵尸展来说，那些才更辛苦呢。"

"听说这里租金不便宜，"克鲁格打量着展示大厅，说："我本以为门票会很贵。"

"如果收钱的话，可能不会有太多的人来参观，我的宗旨是发展汉学文化，让更多的人了解那个神秘的国度，所以钱不是问题，李先生有句话说得好——千金散尽还复来嘛。"

几秒钟的沉默后，大家逐渐明白了那位所谓的"李先生"指的是李太白。

通常说钱不是问题的人，是因为他没有尝过没有钱的艰辛。

想想自己遥遥无尽头的房贷，关琥不由得在心里大为感叹。

李当归还在讲："这次办展也是一波三折，本来什么都搞定了，谁知在开展前一晚一箱物品被偷，还好我急中生智，将没有官服的僵尸改为僵尸初代来展示，那些介绍内容也是我临时写上去的，里面肯定有很多不足之处，谢姑娘如果发现问题，请一定告知我。"

"有人偷僵尸？"

关琥已经走开了，听到他的话，又临时转回来，在他看来，偷僵尸比展览僵尸的行为更神奇。

"不是僵尸被偷，而是它们的衣服被偷了，最近有不少玩万圣节造型的人都穿了那种衣服，我怀疑是盗窃团伙干的，所以在看到网上流传的视频后，就马上报了警，可没想到塞翁失马，盗贼的视频让僵尸话题突然变火热了，现在每天来参观的人数是我预料中的十倍以上。所以从某种意义上讲，我还要感激他们。"

偷这种只有在摄影棚里才能看到的衣服？

想起上午看到的新闻，关琥更无法理解德国人的思维了，说："那些夜拍的人穿的衣服可能是自己设计的吧？这种服装看上去都一个样。"

"当然不一样，僵尸的官服根据等级不同都会有微妙的改变，这一点谢姑娘一定懂的。"

大家看向谢凌云，谢凌云尴尬的表情证明对于神奇的僵尸等级划分，她是不了解的，但是很显然，李当归已经将她视为知己了，口若悬河地讲述他对僵尸的看法。

打断他的蓬勃高涨的演说，张燕铎问："除了服装道具外，你们还有什么被偷的吗？"

"没了，只有那一箱东西，可是对我来说，那是比金钱更珍贵的东西，谢姑娘，你一定懂的吧？所以当时我很生气，还向保全公司申请索赔了，他们标榜是全德国最有信誉的公司，可是盗贼进来，他们所有的感应系统都没发出警报，这种糟糕的技术真让人难以想象，谢姑娘，你怎么看？"

"这个……怎么说呢，虽然东西被偷了，但也算是因祸得福吧……"

在谢凌云模棱两可的敷衍中，其他人都趁机走开了，这时候死道友不死贫道，让谢凌云一个人去应付这个像是从某个平行世界穿越过来的僵尸爱好者吧。

展厅内部比想象中要大，在走到一个圆形拱门时，关琥还以为看完了，谁知过了拱门，里面竟然还有展示，看着被涂着白脸还贴着道符的僵尸造型，关琥后悔地想——早知是来看这些无聊的东西，他宁可陪女生逛街算了，百货大楼的人体模特都比僵尸好看。

"mummy。"有人在他耳边小声说。

关琥回过头，周围的人都在看僵尸，估计这些老外把僵尸当成是mummy了，他没在意，冲身旁某位帅哥恨恨地说："我被你阴了，张燕铎。"

"别这样，"后者笑眯眯地看他，"你不觉得偶尔听听这些传说文化，也是很有趣的吗？"

"没有！"

"来看这个，这应该就是宣传单上说的干尸。"

无视关琥的闹别扭，张燕铎拉着他的手，硬是将他拉到特别展区前，那里横放着一副类似棺材的玻璃长柜，所谓的僵尸平整地躺在里面，跟之前的展品不同，这一具的外表比较特别。

如果说其他展品给人的感觉是艺术，那这具则是真实——

干枯却没有萎缩的外皮、微凸的骨架，还有头盖骨上连着的少许发丝，都无一不显示出它的真实感，比起传说中的充满传奇色彩的僵尸，它更该说是木乃伊，在风化后或是经历过药水处理做成的标本。

李当归给它套了简单的衣服，所以看不到它的内脏是否存在，但干尸的面容栩栩如生，嘴巴微张，牙齿跟十指指甲均有保留，让它看起来非常贴近于人类。

如果这是手工制作的话，那就太真实了。

可能正因为做得太真实，反而难以引起大家的注意，学生们都对新事物满怀好奇，像这种在学校里就能看到的标本，自然不受瞩目，所以玻璃柜附近只有他们几个人在围观。

出于好奇，关琥用手量了标本的身长，加上萎缩的长度，它大概有一七五到一八零厘米，从骨架来看应该是男性标本，关琥还想凑过去细看，额头碰到玻璃上，发出砰的响声。

头撞得很痛，但比起痛来，更多的是尴尬，关琥捂着头迅速站起身，就见克鲁格仰头看天花板，像是什么都没看到，张燕铎则伸手托眼镜框，毫不掩饰忍俊不禁的表情。

关琥很尴尬，凑近张燕铎，小声问："你觉不觉得这东西像是真的？"

"看解说。"张燕铎指指放在玻璃柜前的木牌。

木牌上写着这具干尸只是标本，它实际上是百年古尸的仿造品，从骨架到肢体发肤，都完全参照古尸制作而成，原本的干尸被安置在考古部门进行研究，所以大家只能通过观赏仿制品了解有关僵尸的全貌，干尸的左上角放了一小堆糯米，那是用来对付真正僵尸的，以防止猫类动物经过尸首，导致诈尸还魂现象的发生。

注解下面还附加了一句玩笑——请大家放心，虽然它看上去很形象，但并非真的古尸，这里唯一真实的只有糯米。

"你想摸摸看吗？"李当归跟其他人也走了过来，发现关琥对古尸有兴趣，他问道。

关琥觉得这位德国人在语言表达上很有问题，听他的话，就好像自己是色情狂似的，他呵呵干笑了两声，说："假如它不诈尸的话。"

"虽然要让一个道具诈尸是件很难的事，但假如真有这种事发生的话，你可以用糯米来对付。"

李当归拿出钥匙，打开了玻璃柜上的锁，小魏帮忙，跟他一起将上面的盖子抬到一边，露出里面的干尸。

"我本来还想在它脸上贴道符，用来吸引观众，但那样的话，虽然增加了趣味效果，却少了真实感，所以最后就放弃了。"

"所谓遇猫诈尸的传说是真的吗？"克鲁格翻着手里的宣传单，好奇地问。

"传说中是必须怀孕的母猫经过尸体，才会引起诈尸，但是从科学的角度来说，那只是磁场造成的反应，而糯米在中药材中性属阳，可以截断这种磁场，所以就有了糯米对付僵尸的说法，说穿了，其实都是有科学依据的，谢姑娘，你认为我说得有道理吗？"

众人的目光一齐转向谢凌云，弄得谢凌云哭笑不得，支吾道："野史传说，不可不信，也不能尽信。"

李当归听得眼睛都冒光了，连连点头说："姑娘言之有理！"

关琥成功地被这位文绉绉说话的德国人打败了，嘟囔道："我怎么感觉好像进了武侠片的摄影棚。"

话声被克鲁格盖过去了，他继续好学不倦地问："也就是说，假如磁场一样，即使不是猫狗，同样也可以造成诈尸？"

"理论上讲是这样的，但所谓的诈尸最多也只是尸体坐起来而已，想要让它跳来跳去，还要靠其他药物的辅助，这就比较复杂了，属于我朋友的知识领域，而我更对传说轶闻感兴趣。"

这一点不用李先生特意解释，相信在短短的时间里，周围的人都对他的兴趣有了深刻的了解。

克鲁格张张嘴，似乎还想再问，但最后却忍住了，低头观察干尸，他的举动引起了关琥的兴趣，问："可以碰一下吗？"

"请！请！"

在得到肯定的答复后，关琥伸手触触干尸的脸颊，比想象中的要有弹性，再去按下面的骨骼，也都一根根排列得很清楚，要不是有解说，他会认为这是真人躯干做成的，再看看干尸微张的眼皮，关琥有种把它的眼皮扒开窥视的冲动，但为了不被视为变态，他只好放弃了。

"那边还有各种对付僵尸的法宝，你们要看吗？"

李当归指着后面悬挂的铜钱剑、阴阳镜还有其他一些僵尸片里常见的道具问，另一边则挂着十字架跟大蒜等物品，以表示僵尸跟吸血鬼在本质上的不同。

大家的注意力被吸引过去了，关琥也跑去看，只有克鲁格依然对着玻璃柜里的干尸出神，并伸手想触摸。

看到他的反常，张燕铎走了过去，就在这时附近传来铃声，像是铃铛发出的声响，非常轻微的，很快就被掩盖在了喧闹声中，张燕铎回头去看，只看到人群中隐约晃过的红颜色，仿佛红笔旋转时发出的光芒，随即一群学生挤过来，遮住了红光。

张燕铎心头一惊，他知道吴钩不会死心，但没想到他敢这么近距离地追踪过来。

为了制止他接近自己的同伴，张燕铎立刻转过身，拨开人群迎上前去，一名学生跟他擦肩而过，他在经过时，顺手拔下了对方书包上别着的圆珠笔，笔尖朝外握在了手里。

可是等他穿过人群时，吴钩已经不见了，展览大厅的门口比较空，张燕铎迅速看向可能会藏人的地方，但都没有找到他。

忽隐忽现不是吴钩一贯的做事风格，难道他出现在这里的目的不是自己？

突然间的，这个念头窜上了张燕铎的心房。

关琥从游客当中退了出来，因为李当归的讲解太无聊，他回到摆放干尸的玻璃柜前，张燕铎不在，只有克鲁格站在那里，一只手搭在干尸上。看到关琥回来，克鲁格脸色一变，将手收回，虽然他做得很镇静，但关琥看到了他将某个牙签似的东西藏在了蜷起的手中。

"有没有看到我哥？"他无视了克鲁格的小动作，故作轻松地问。

"你哥？喔，你是问张先生？我没有注意到。"

嗯，因为你只注意僵尸了。

关琥给克鲁格打了个手势，示意自己去外面找，至于克鲁格想对干尸做什么，原谅他没有心情去理会。

他穿过参观的人群，边往外走边左右环顾找人，没走几步，就跟一名参观者撞到了一起，那人对他说："mummy。"

关琥看了他一眼，男人是欧洲人，可能分不清木乃伊跟僵尸的不同，关琥随口说："这不是 mummy，是 Zombie，你看一下说明，上面讲得很清楚。"

那人没有马上说话，看着他，表情闪过一丝诧异，然后点点头，迅速走开了，关琥又转去其他地方找张燕铎，但没走几步，他突然感觉到不对头。

等下，这声音好像他才不久还听过。

刚才就在他们跟随李当归欣赏僵尸塑像时，也有人在他附近提到过 mummy，从嗓音来辨别，那应该是同一人！

同一个人对他重复同样的话，关琥只想到一种可能性，急忙转回去找那个人，却只看到他的背影，就见他步履匆匆，粗鲁地推开挡路的参观者，冲出了展览厅的大门。

关琥追了出去，门口地上积雪打滑，他差点摔倒，急忙抓住扶手，几步跳下台阶，在那个男人即将跑到马路之前，抓住了他。

男人被他拉了个趔趄，转身时将拳头挥了过来，关琥歪头避开，同时来了记左勾拳，那人挨了记重拳，却只是稍微晃了晃，把手伸向腰间，像是要掏枪。

关琥抢先一步按住他的手，再一拳打在他的软肋上，趁他吃痛弯腰时，拧住他的胳膊控制了他的反抗，喝道："mummy 是你跟我讲的暗号对吧？"

"我不知道你在说什么，快松手，否则我报警了！"

"我就是警察，你要不要直接报给我？"关琥将戴在小指上的钻戒亮给他看，再问："你是不是艾米的同伙？"

"不知道！"

"你们想找什么？是有关僵尸复活的情报吗？"

后一句关琥本来是在诈唬人，因为男人一直在提 mummy，没想到听了他的话后，男人停止了挣扎，反问："你知道多少？"

这回轮到关琥发愣了，"难道你们真想复活僵尸？"

男人瞪着他不说话，就在二人僵持不下的时候，对面传来响声，一辆车以飞快的速度驶近，关琥抬起头，刚好看到车的前窗落下，类似枪管的物体对准了他们。

下一秒，强大的力量袭向关琥的肩膀，他被撞得向后扑去，有人顺势抱住他的腰，在雪地里连翻几个滚，等他们停下时，就见前面雪花飞溅，那个男人像筛沙似的站在原地不停地颤动，随后向前扑倒，周围的积雪被弹起，原本雪白的颜色瞬间变成了殷红。

关琥的大脑有一瞬间的停摆，但随着车辆引擎声的远去，他马上明白是怎么回事了，腰上还搭着某个人的手臂，告诉他，假如刚才再稍晚一步，他也无法逃脱死亡的追杀。

"谢谢。"关琥心有余悸地说。

"习惯了，"张燕铎将手收回，自嘲道："从认识你的那天起，我就有了当免费保镖的觉悟。"

关琥爬了起来，不顾得积雪的湿滑，冲去那个男人面前。

男人趴在地上，后背有几个被打穿的血洞，看样子已经没救了，由于杀手的手枪装了消音器，这场突发事件没有引起太多人的注意，只有几名路过的行人发现不妥，站在附近戒备地看过来。

关琥摸到男人的腰部，掏出他的手枪，起身，顺着街道向前跑去，这条路宽阔笔直，加上下大雪，车辆不多，还能勉强看到那辆车的车尾，他往前跑了几步，举枪对准车尾，但很快就发现在大雪纷飞的状况下很难命中目标。

身后传来引擎声，一辆越野车飞快地冲过来，经过关琥的身边，车窗落下，张燕铎坐在驾驶座上，问他，"要去追吗？"

关琥的回应是下一秒跳上了车，在关上车门的同时，他叫道："当然追，不追我还是警察吗？"

张燕铎看了他一眼，踩住油门加快了车速，"系好安全带。"

关琥照做了，并握紧手枪，进入备战状态。

车以惊人的速度向前疾驰，厚层的积雪导致车辆颠簸个不停，他稳住平衡，看着前方的目标，问："这好像是克鲁格的车。"

"是他的车没错。"

"你为什么会有他的车钥匙？"

"外出的时候钥匙一直都在我这里，回酒店时才会还他。"

"他知道？"

"我没有跟他提过，不知道他知不知道。"

听着张燕铎淡定的回答，关琥忍不住翻白眼了。

说来说去这就是偷嘛，他气得冲张燕铎大声吼道："你偷我的就算了，怎么还偷别人的？而且还专偷警察，你是不是想试试进监狱的滋味？"

"拿而已，别说偷那么难听。"

张燕铎继续加快车速，在剧烈的颠簸下，他用力握住方向盘，表情里蒙出一层紧张的色彩，但即使如此，他也不忘回敬关琥，"这也是为了有备无患，你看现在不就派上用场了？"

关琥相信张燕铎"拿"钥匙的初衷绝对不是为了帮他，不过他这样做也不是想要掌控全局，而是出于不安的心态——自从那个要红笔的男人出现后，他就发现了，张燕铎一直在不安，所以他随时随地都会做出应敌的准备，不是为了自己，而是为了同伴不遭受伤害。

但不管怎样说，偷盗总是不对的。

"以后不管出什么事，不许'拿'别人的东西，要'拿'拿我的，记住了吗！？"

吼声太大，张燕铎往旁边歪了歪头，嘴角却翘了起来，说："记住了，关警官。"

难得看到张燕铎这么乖顺，关琥愣了愣，随即就看到在他们的急速追踪下，目标车辆已经近在眼前了，对方也发现了他们的车，开始呈S形左右摇摆着行驶，让关琥的射击几次都落了空，子弹弹在车圈上，发出低沉的撞击声。

眼看着双方车辆的距离近在咫尺，坐在副驾驶座上的歹徒探出头来，将枪口对准他们。

为了躲避反击，张燕铎只好临时将车拐开，子弹擦着他们的车身射向后方，留下一连串刺耳的响声，关琥叹了口气，"希望这辆车是警局配给克鲁格的。"

"你认为那些联邦警察会大方到给个小警员配车？"

张燕铎凉凉的反驳比外面的枪声更惊悚，接着关琥感觉到一阵激烈的碰撞，张燕铎竟然直接将车头撞在了对方的车后座部位，撞击导致枪手的子弹打偏了，他的半个身子也因为惯性弹了出来，手忙脚乱地缩回去，继续选择S状行驶。

关琥也在同时向前猛晃，看着张燕铎继续将车毫不留情地向对方撞去，他赶忙用脚撑住前面稳住平衡，同时为那位倒霉的德国小警察感到抱歉。

就当这辆车是为国捐躯吧！

两辆车在同时飙出了最大的时速，导致飞雪不断卷向挡风玻璃，在车辆不断的相互撞击中，雨刷几乎失去了作用，还好国道颇宽，路上没有其他的车辆，所以暂时还没引起交通事故。

但关琥不敢保证接下来会不会有事故发生，因为张燕铎把车速提到了一个可怕的程度，再加上互撞跟地面坑洼，导致车辆有好几次出现了半腾空的状态，杀手的车也好不到哪去，一路跌撞个不停，但司机技术不错，有几次眼看着越野车几乎可以跟那辆车并行了，都被他甩到了后方。

关琥看得急躁，连续开了几枪，见不奏效，他抓住车壁上的把手，问："能再快一点吗？"

"如果你不怕翻车，我可以试试。"

"赌一把，我信你的技术！"

听了这句话，张燕铎的表情更冷峻了，伸手将眼镜摘下，往旁边一丢，看这架势他是要拼命了，关琥立马坐稳身子，以防在这种速度下真的翻车。

即使不特意看迈速表，关琥也能明显感觉到越野车的提速，两车很快再次处于了并行飞奔的状态，关琥几乎可以窥到里面的人影，但由于车窗做了特殊处理，他不仅看不清凶手的长相，子弹也无法射穿玻璃。

"他们好像戴了面具。"张燕铎在旁边说。

"我会摘下他们的面具的！"

正好对方落下车窗，举枪向他们射击，关琥抢先下手，风雪迷乱了视线，但他听到了对方的哀号，他射中了凶手，接着又举枪对准飞速旋转的车轮，如果这么近他还射不中目标的话，那他该回去拜叶菲菲为师了。

谁知就在关琥扣下扳机的一瞬间，强烈震动突然从车的右后方传来，车身被撞得往左侧车道滑去，关琥也在震动中失去了准头，整个人向前倾斜，子弹射在对方的车皮上发出铛的响声。

撞击导致双方的车再次拉开了距离，关琥还没弄清是怎么回事，撞动再次袭来，一辆黑色轿车飞速冲向他们，硬是从疾驰的两车当中挤了进来，并不断用车头撞击他们的车身，导致张燕铎无法掌握住平衡，冲向车道外的积雪。

见有人帮忙，凶手停止了攻击，集中精力来飙车，黑色轿车冲越野车撞了几下后，改为跟他们并驱行驶，于是在短短的几秒钟内，状况完全改变了，形成了越野车与黑色轿车抢车道的状态，而由于轿车的抢路，导致张燕铎一直无法将车转回原有的车道里，假如这时候对面有大型车辆经过的话，后果不堪设想。

"干！"

关琥忍不住爆了粗口，他抓住把手勉强稳住平衡，准备冲那辆碍事的车开枪，却见轿车车头突然向自己这边一歪，再次做出挑衅的撞击。

撞击导致双方都无法握稳方向盘，两车同时在车道之间摇摆，牵连到车的尾部也被擦到，让越野车再度滑向对面的车道里。

关琥头一次遇到这种玩命的飙车方式，眼看着追踪的车辆正在逐渐跟他们拉开距离，他又急又气，叫道："这人疯了，他是想跟我们同归于尽吧？"

张燕铎的反应异常平静，"他是疯子没错。"

平淡的话声，像是早就有心理准备似的，关琥一怔，随即就见黑色轿车再次冲了过来。

这次它没有做出挑衅的撞击，而是跟他们玩起了同样S形的并肩滑行模式，假如这是在碰碰车场地，那该是很有趣的游戏，但现在给关琥的感觉则是疯狂——这不是杀手应该做的事，他不是要杀人，而是在玩游戏，拿他们所有人的生命当赌注来玩！

对方的车窗落下来，露出了精致俊俏的脸庞，这个人关琥见过他两次，第一次是诡异，第二次是戏谑，而这次，则是彻底的疯癫，再看到那张脸上堆起的笑容，他更确定了，这人是彻头彻尾的疯子。

大概是关琥的表情太丰富，吴钩被逗得咧嘴大笑，将一只手举起来冲他摇了摇，关琥起先还以为他拿的是手枪，但马上就发现那是手机。

车里响起音乐声，不合时宜的铃声从张燕铎的口袋里传来，夹杂在油门跟驱动器的噪音之间，谱写出诡异的乐章，关琥看向隔壁的疯子，探手将张燕铎的手机拿了出来。

"哈罗，关警官。"

男人的嗓音很好听，带着类似张燕铎的声音的清亮感，略微有些散漫，这种漫不经心的态度让关琥更恼火——这混蛋想玩命是他的事，拜托不要扯上别人。

"你到底想干什么！？"他吼道，那吼声即使不用手机也能直接传达过去。

吴钩没被他的气势震到，平静地说："让流星接电话。"

"他现在正忙着你没看到吗？让他听电话，你是打算让我们一起死吗？"

"不会的，在我的认知里，跟流星为敌的人，最后没一个活下来，所以我很想知道我会不会成为例外。"

"你这个疯子！"

"我们都是。"

吴钩仅用一只手握方向盘，这让车的行驶变得更加扭曲，他却毫不在意，斜瞥关琥，发出轻笑，"不过疯子或许知道别人不知道的秘密，就比如这次的僵尸事件……"

"你从哪里听说的？"

"抱歉，我跟你不熟，我只想告诉我的朋友……"

除了疯子，谁还有心思在这种生死关头讲电话？

话不投机，关琥把手机移开，想直接挂断，却被张燕铎抢了过去，他用眼神示意关琥帮忙握住方向盘，又向后仰身腾出空间，改为听电话。

现在不是一个人玩命，是两个人一起玩！

关琥震惊了，但现状不容许他有反对的余地，只好将枪塞给张燕铎，上半身整个靠到张燕铎的身上，目视前方，努力避开从对面冲过来的车辆。飞雪中隐约传来咒骂声，但关琥没时间理睬，只顾着配合张燕铎踩油门的动作奋力向前追赶。

为了不妨碍他驾驶，张燕铎又往后移了移，听到手机那头的笑声，他冷静地问："你接了什么案子？"

"啧啧，流星，你该知道我们的规矩，有关案子的事我不能透露，不过看在兄弟一场的份上，我可以说些别的话题，别信那帮联邦警察，他们跟军方是一伙的，不想你亲爱的弟弟出事，就赶紧带他回家吧。"

"僵尸是怎么回事？"

"什么僵尸？我不知道啊……"

"少装糊涂，你去李当归的僵尸展是为了什么？这跟飞机上运输的死尸有什么关系？"

"啊哈，不愧是流星，这么小的线索都被你看到了，不过我还真不知道它们的关系，我这次来也不是为了僵尸的，你知道的，我只对活着的人感兴趣……"

后面的话张燕铎没听清，因为对面突然有车冲过来，关琥躲避不及，车头跟对方的车头蹭到了一起，导致越野车失去平衡，穿过马路中间线，转了个半弧，还好最终有惊无险，车辆被他重新导入正轨，但两人都惊了一身冷汗。

后面遥遥传来警车的鸣笛声，飙车都到这种程度了，警察不出现反而奇怪，可是关琥不希望在抓住凶手之前被他们拦截，除了凶手下手狠辣，会伤及无辜外，更有可能导致真相被掩藏。

"再加车速！"他盯着前方渐趋靠近的车辆，向张燕铎发出指令。

张燕铎的视线被挡住了大半，看不清前方的状况，所能做的只是继续往下踩油门，吴钩在对面听到关琥的话声，嘿嘿笑道："别这么拼，完全没意义的。"

无视他的提醒，张燕铎问："这些杀手是谁派来的？"

"他们不是杀手，杀手是我。"

张燕铎一怔，下意识地转头看去。

吴钩已经放下了手机，他的手指间此刻转着那管红笔，发觉张燕铎的注意，他冲张燕铎摇摇手，红色闪烁中张燕铎隐约看到了其他东西，随即吴钩就在他的视线中消失了，原本并肩疾驰的两辆车交错开来——吴钩竟然放开了油门踏板，导致他的车瞬间落在了越野车的后面。

这时候越野车已在关琥的驾驶中靠到了凶手的车屁股，但吴钩的话提醒了张燕铎——拼命无意义，因为杀手是他，还有他手中握的物体……

脑海中灵光闪过，千钧一发之际，张燕铎也放松了油门踏板，又扑上前抓住方向盘，向一旁猛力打转，突兀的举动让关琥不由得惊讶地看过来，张燕铎只来得及说一句。

"车里有炸弹！"

几乎在他开口的同时，前方传来轰响，原来疾奔的轿车瞬间被吞噬在了火光当中，即使张燕铎已经临时转开方向了，却仍然因为双方距离太近而被波及，在强大的气流冲击下，车辆碎片伴随着火龙一齐向他们冲来。

关琥只来得及看到蘑菇云在刹那间出现，车外的景观就被黑色气体包裹了，他本能地向前一扑，将张燕铎压在了身下，随后车体被震到，腾空而起，将冲击带给他们。

关琥有种瞬间天地倒转的错觉，剧烈的震荡导致他的双耳暂时失聪，无法判断车体是不是仍在翻转，他所能做的是紧紧按住张燕铎，以防两人被冲力荡出车外，紧接着又是一阵巨响，原本停下的车体再次动荡起来，翻滚中关琥的头部不知撞到了哪里，剧痛刺激下，意识随着外界的响声逐渐离他远去。

接下来关琥的神智一直处于恍惚当中，隐隐听到警车跟救护车的鸣笛声，随着车门的打开，光明好像传了过来，有人在拍他的脸大声呼叫，他猜想那是在询问他的伤情，喉咙却痛得厉害，无法出声，他不知自己现在有没有睁眼，只觉得眼前有不少人影在晃动，灰蒙蒙的一片，混在一起，无法分清那是什么。

"我哥……看我哥……"

这是在意识存留时，关琥唯一记得的话，也是他奋尽全力吐出来的字符，有没有人回应他，他无从得知，之后他的记忆一直处于长时间的黑暗状态，等再度有知觉时，他发现自己已经躺在了四壁灰白的房间里。

周围充斥着药水的气味，一些身穿白大褂的人在恍惚晃动着，不知是不是脑子撞出问题了，他竟然感觉自己又回到了劫机时的货舱里，棺材在他跟劫机犯的搏斗中被掀翻了，里面的物品跟尸体一起掉出来，洒落了一地，尸体在地上慢慢地爬，指甲划过地板，发出怪异的刺啦声，然后抬起头，凸出的眼珠狠狠地瞪着他，嘴巴一开一合，像是在发泄被打扰后的怨气。

"引起诈尸的可能性很多，只要磁场接近，即使不是猫，也会引起尸变。"

李当归的话划过耳边，关琥的大脑混乱了，无形中他将不同时间的经历混到了一起，当看到诈尸爬起向自己冲过来时，他本能地往后跑，后面就是李当归的展示厅，里面陈列着无数僵尸，还有对付僵尸的法宝，慌乱中，他撞翻了玻璃柜，看到糯米洒出来，他急忙抓起来向后面撒去。

诈尸被糯米挡住，不敢再向他靠近，站在另一边伸出双手，不断冲他发出吼叫，它的十指尖尖，指甲幽黑，像极了电影里的僵尸。

假如现在是在看电影，关琥会觉得场面很有趣，但当自己置身其中时，那就是另一种感觉了。

此时心脏跳得飞快，阴森森的空间让他感到恐惧，但又不明白自己在恐惧什么，这世上是没有僵尸的，他不断暗示自己不需要怕，却又不由自主地向后躲，身上没戴枪，他随手抓起法器扔过去，终于将僵尸打倒了，却惊恐地发现，那些陈列品竟然都活了，做着呆滞的动作伸出双臂，纷纷向他围拢过来。

周围传来怪异的笑声，许多南瓜灯吊在上空，随风摇晃着看他，每盏灯都是一副笑脸，照亮了前方幽长的街道，街道上也呆呆站立着很多穿白衣跟清朝官服的僵尸，这让关琥想起了那些恶搞夜拍。

僵尸们发现他的存在，改变了原本僵立的状态，跟陈列品一起走向他。

"滚开！都滚开！"

关琥发出狂吼，转身想跑，却挪不动步伐，街道幽黑旷阔，除了他之外，再也找不到一个正常的生物，连张燕铎都不在，这不符合常理，通常在危险状况中，张燕铎一定会在他身边的！

"张燕铎……大侠……哥……"

他转头大声呼叫，换来的却是迎面一掌，一只干枯的手掌拍向他，将他打倒后，又压在他的胸前，用双手狠掐他的脖颈，这具干尸跟其他的不同，眼看着他白惨惨的脸庞逐渐向自己压低，关琥突然想起来——这不就是李当归特别制作的古尸仿造品吗？

干尸狰狞的脸庞反而给了关琥勇气，想到即将被杀掉，他不知从哪里冒出的气力，挥起拳头砸向干尸的脸，又双脚齐飞，阻挠其他僵尸的靠近。

就听叫痛声不断，还伴随着其他物品跌落的响声，终于眼前一亮，关琥恍惚睁开双眼，发现刚才那一切都是做梦，他仍旧躺在床上，周围站满了穿白衣的人，大家合力按住他，有人安抚说："没事了，睡一觉，一切都会过去的。"

声音很柔和，让关琥联想到张燕铎，但这声音起到了反作用，想起昏迷前的经历，他呻吟道："叫我哥来，让他来……"

"他马上就来，你再等等。"

那人继续做出安抚，并向关琥靠近，这次关琥恍惚看到了他的脸，并非干尸怪物，而是个半秃顶的男人，脸盘有些肥胖，这让他看起来很亲切，关琥还想再看清楚一点，眼前却模糊起来，胳膊上传来刺痛，他听到男人用柔和的语调说："你哥哥没事，放心，你们很快就会再见了。"

希望是这样……希望如此……

这样想着，关琥再次陷入了沉睡中，手松开，手中握着的医用剪刀落在地上，发出轻微震响。

再次醒来时，关琥觉得自己这次才是真正地从梦魇中逃了出来，他睁开酸涩的眼皮打量四周，四壁都是白色的，空间里弥漫着某种他讨厌的药水气味，不知道是不是长时间的昏迷造成的结果，他感到很乏力，想撑着手臂坐起来，动作也没有如期的灵活，全身像是被碾压机压过，说不出的酸痛。

"你醒了？"

有人在问废话，也成功地让关琥发现这个房间里不只有他一个人，他顺着话声看过去，原来是席勒，这不奇怪，发生了这么多事，假如席勒不出现，那才有鬼。

关琥晃晃头，想起昏迷前的冒险经历，越发确定了席勒会在这里的原因。

"你好。"

他本想来个"嗨，美女"的招呼语，但是在看到席勒紧绷的表情后，临时改为硬邦邦的问安。

"我很好，不好的是你。"

席勒双手交抱在胸前，走到病床的一边，这个姿势让她的存在多了份压迫感，问："你知道这是哪里吗？"

"整个房间白成这样只有两种可能——天堂 or 病房。"

为了缓解气氛，关琥开了句玩笑，但效果适得其反，席勒没被他轻松的情绪感染，而是仍然面无表情地看着他。

这让关琥感到拘束，低头看看自己的衣服，已经换成了病号服，手背上包了纱布，他又摸摸脸跟头，谢天谢地，脸上没有缠纱布，四肢也可以自由活动，这表明他从车祸中逃生了。

"从某种意义上讲，你很幸运，克鲁格的车后座上放了很多柔软的玩具抱枕，在翻车中它们起到了气垫的作用。"

那个身材高大的德国男人在车上放娃娃抱枕？

虽然关琥曾见过车上的抱枕，但数量之多，可以达到护身的程度，他还是有些想象不能。

"我哥呢？他怎么样？"他抬头问席勒。

席勒没回答，而是反问："你跟张先生是亲兄弟吗？"

昏迷没造成关琥的思考障碍，他面不改色地说："是的，我们是一奶同胞。"

"可是你们姓氏不同。"

"我随父姓，他随母姓。"

关琥随口说完后，突然想到他母亲的确姓张，张燕铎也姓张，这难道只是巧合？

张燕铎没有在他醒来后第一时间出现，关琥的心提了起来，紧张地问："我哥是不是出事了？他伤势怎么样？需要我输血给他吗？"

"你想多了，张先生很好，好到差点把医院砸了的程度，"席勒摇头叹息，"我想只有亲兄弟才会这么紧张对方吧？"

"喔。"

听说张燕铎没事，关琥放下了心，看着他的反应，席勒说："看来你们兄弟感情很好，你们醒来后首先问的都不是你自己的情况。"

"我这不是挺好的吗？"

关琥捶捶胸膛，确定除了酸痛外，没有其他不妥，他掀开床单跳到地上，在床边转了两圈，脑袋一开始有些眩晕，但很快就恢复正常了，可是他在活动中发现了病房的不同，病床两边摆放着各种医疗仪器，虽然无法一一叫出名称，但他知道那都是重症病患才需要的东西，再转头看向门口，门上 ICU 的标记让他的表情僵住了。

席勒在他面前来回踱步，虽然她尽力掩饰了，但看得出她现在的情绪很烦躁，她没有回答关琥的话，而是说："早在一开始，我就提醒过你们当游客就好，可是你不仅没听，还在这里大肆上演飙车枪战片，现在整个慕尼黑的市民都知道你的英雄事迹了。"

"那我是不是要感到荣幸？"

"我并没有在表扬您。"

"抱歉，不过我觉得我现在更像是重病患。"

"从某种意义上说，你是。"

"那我哥呢？"

席勒不回答，把头转去其他地方，关琥有些急躁，不想再跟她磨蹭，转身往门外走。他才走出几步就被叫住了，席勒在他身后说："请冷静，他没事，除了刚才跟我们警方发生冲突，暂时被控制自由外，他一切都好。"

"发生冲突？"

想想张燕铎的身手跟他的爆发力，关琥的心打了个突，转过身战战兢兢地看席勒，生怕她说出有警察被揍到要住院的程度。

"车祸之后，你的状况很不乐观，所以我们将你转入隔离病房，但张先生对我们的成见好像很大，他一直在阻挠我们进行抢救，最后还是医生出面制止，才让闹剧告一段落，现在你的朋友都在外面等候消息，他们已经知道你的伤势了，但不是很放心。"

关琥不喜欢席勒这样的口气，就好像张燕铎是无故闹事似的，以当时的状况来看，他们周围说不定还潜伏着凶手，在经历了一场生死交战后，张燕铎不放心将他交给警察是很容易理解的。

"那谢谢你的解释。"他不无嘲讽地说。

"我也要谢谢你，你把这座城市的交通搅得一团糟，现在整个警局的电话都快被打爆了，到处都是投诉跟报警电话，老天，我以为到了世界末日。"

被这样赞扬，关琥感到荣幸，但为了不再刺激这位女探员，他尽量不让自己的心情表现得太明显。

"我知道我的鲁莽行为给你们造成了很多困扰，但当时被害人就在我面前被杀，身为警察，我实在无法对凶手的行为坐视不理……对了，他们的身份搞清楚了吗？"

"暂时还没有，不过从他们使用的枪支来看，初步估计是黑帮内讧，"席勒说完，又问："被害人临死前跟你说了什么？"

"什么都没有，我只是路过打酱油的。"

关琥说完，见席勒半天没回答，他猜这位德国人大概听不懂自己的冷笑话，只好摆着手解释说："我的意思是我跟那人不认识，只是刚巧路过，遇上了凶杀案。"

"先生，我不认为撒谎是一个好的行为，"席勒看向他，表情有些不悦，"道路监控上显示当时你从大楼里冲出来拦住死者，并且你们有肢体纠纷，之后死者才被杀，所以你知道这代表了什么吗？"

被咄咄逼人地质问，关琥在心里骂了句脏话，都怪他刚从昏迷中醒来，头脑不灵活，居然忘了这世上还有监控这种东西。

他挠挠头，做出懵懂状。

"如果我跟凶手是同伙，就不会自己主动暴露在监控下了，那纯属是巧合，那人撞了我不道歉，还蛮横地骂人，所以我就拦住他理论，现在回想起来，他应该是在逃命途中吧。"

席勒盯着他看，关琥坦然接受了她审视的目光，就听她问："你认为一个逃命的人会跑去看僵尸展吗？"

"这你得问他了。"

"那我要同样躺在太平间里才行，不过我更相信关先生你如果不是出车祸导致头部受伤，应该记起更多的细节，所以我等候佳音。"

"我尽力。"

关琥蜷蜷手指，发现原本戴在上面的小钻戒没了，席勒走到他面前，将那枚钻戒递给他，说："这是你在被急救时，护士小姐取下的。"

"哦，谢谢。"

关琥接过来，套到了小拇指上，席勒看着他的举动，说："很少看到男人将钻戒戴到小拇指上，是有什么讲究吗？"

这女人的眼睛可真够毒的。

关琥心里想着，嘴上却笑道："没有，就我女朋友……就那位叶菲菲小姐，你也见过的，她买给我的，谁知买小了，我不戴她又不高兴，所以只好勉强戴小指上了。"

"原来是叶小姐，那难怪了。"

席勒投来的目光略带同情，大概是想到了被叶菲菲折腾的事，说："既然你们是情人，那也许接下来的事情比较好解决。"

关琥不懂席勒的意思，他的眼神不断往门那边看，比起跟席勒鬼打墙，他更想跟朋友见面，所以特意表现得很明显，就差没直接说自己现在忙，要录口供等出院后再说了。

总算席勒没有太笨，看出了他的情绪，说："请少安毋躁，相信我，听完接下来我要说的话，你会发现自己的时间并没有被浪费掉。"

"是什么？"

老实说，关琥并没有对这种交流抱认真的态度，可是席勒接下来的话让他很吃惊。

"首先，我要对你说声抱歉，关先生，有件事我一直隐瞒了你。"

她收起了最初傲慢的态度，走过来，向关琥低头认错，关琥被她的举动搞得措手不及，他不怕别人来硬的，但他很不擅长应对这种示弱的态度，尤其对方还是女性。

"有什么话慢慢说，不用行这么大的礼，我们又不是上下级。"他慌慌张张地摇着手，连声说道。

席勒抬起头，走到对面的桌前，拿起放在上面的资料，交给关琥。

关琥接过来，那是一叠表格文件，看起来像是化验单，上面是清一色的德文，不过里面的医学符号简写跟数值他看得懂，再往下翻，表格排列类似，但数值或增或减，比照旁边的标准数值，化验结果大幅度地超过了正常值，虽然他不知道这是什么化验，但是敢肯定，接下来的话题会很糟糕，因为最后他在姓名栏里看到了自己的名字。

"如果这是我的病历的话，那你们是不是搞错了？"他把资料合上，说："我现在的状态很好，除了这点算不上外伤的伤以外，什么事都没有。"

"这些糟糕的数据不是车祸导致的，而是更早以前。"

席勒捋了捋鬓发，像是在揣摩该怎么解释，这让关琥觉察到不对了，他想起了到达慕尼黑那天接受的各种体检。

"这几天里，你有没有异样的感觉？比如头晕、咳嗽或偶尔四肢痉挛的情况发生？"

席勒说得很郑重，关琥不得不收起笑脸，改为认真思考——嗯，上次被艾米的拳头揍到脑袋时，他是感到了头晕，跟小魏一起喝酒时，他好像有呛到咳嗽，至于痉挛……关琥想了半天，确定应该没有。

"你的指甲也长长了很多。"席勒继续说："至少在这两天里有长出两毫米。"

关琥抬起手观看，老实说，他完全看不出自己的指甲跟之前相比有什么变化，谁会没事干整天盯着自己的指甲看呢对不对？

"你到底想说什么，请直接一点吧。"

"直接点讲，那就是你的血液在短时间内发生了多种非正常的变化，我们怀疑这是特殊病毒渗入你的体内导致的结果，至于病毒的感染源，你还记得劫机事件中货舱里的棺材吗？棺材里的死者就是病毒携带者，你很可能是在跟敌人搏斗时感染上的。"

听着席勒的娓娓而谈，关琥的脑海中闪过他昏迷时的梦境，原来潜意识里他已经猜到了那位死者有问题，皱眉问："所以你们警方一早就知道这件事，却一直隐瞒我不说？"

"关先生请你冷静，我们并非刻意隐瞒你，而是事关军方机密，作为普通警员，我不得不服从命令。"

"这是种什么病毒？"

"我不清楚，我只知道这是种新型病毒株，军方给它暂定的命名叫'僵尸'，因为人体被它侵蚀后的变化类似僵尸，病毒的效果大概类似于炭疽杆菌，所不同的是它的隐蔽性更强。感染后，它有五至七天的潜伏期，病毒携带者在初期多数不会有感觉，但他们的血液跟神经及免疫系统会逐渐被病毒侵占，就像这份检验报告上的数据一样，简单来说，就是皮肤会陆续出现斑疹，神经系统被麻痹，血液逐渐停止循环，内脏衰竭坏死，变成行尸走肉。"

联想到僵尸展，关琥自嘲地说："你的意思是——我也将会变成僵尸？"

"这个我不敢肯定，因为到目前为止我没看到超过七天还活着的病例。"席勒认真地说："这是种很强烈的病毒，而里昂中将正是在接触这种病毒时不小心感染到的，刚好你在货舱时身上有外伤，病毒遇到血液后，会变得非常活跃，我很抱歉……"

道歉被无视了，关琥现在大脑很乱，没心思听她啰唆那些没意义的问题，他揉着额头极力让自己冷静下来，首先想到里昂这个名字他之前是在哪里听到的，其次是在这场怪异事件中，席勒扮演了什么角色？警察控制自己的行动又是出于什么目的？

想了一圈，关琥想起了第一次听到里昂的名字是在货舱里，当时劫机犯冲着死者这样喊过。

这里想通了，剩下的疑问就一应而解了，为什么那些劫机犯会是军人，为什么他在飞机上出手帮忙，事后却被软禁，还半强制地为他检验身体，应该是那时候联邦警察就收到来自军方的命令，要对可能被感染到的人加以控制。

"这么说里昂中将就是被装在空运棺材里的那个人喽？那么你们所谓的押解重犯的说辞也是假的了。"

"有关这件事，我要向你道歉。"

他不需要道歉，他只想知道自己现在是什么情况，还有就是整件事与有人被暗杀又有什么关系？

"这件事的内情我也不了解，我只知道军方的某些高层参与了病毒研制计划，而里昂中将就是其中之一，可是在研制过程中发生了一些变故，导致中将感染病毒死亡，我们这次就是奉命将他的遗体以及唯一找到的一管解毒血清一起运送到慕尼黑总部，进行进一步的解剖化验，却没想到中将的一些部下为了抢夺他的尸首跟血清，引发了劫机事件。"

"既然是军方内部的秘密实验，为什么要委托警察负责处理？用军机载送不是更安全吗？"

被问到，席勒面露难色，"这里面关系到一些特殊人物跟问题，据说中将会出事是因为内部有人捣鬼，并向外泄露僵尸病毒的秘密，至于谁是泄密者，现在还在调查中，所以上头选择了让警方来处理这件事，你还记得艾米吗？她名义上是盗贼，其实是双料间谍，为了钱，任何情报跟有价值的物品都会盗取，而且他们是一个团伙，艾米会主动找上你，就是为了解毒血清。"

"那又是什么？"关琥越听越糊涂了，接着又强调说："不管那是什么，我都没有。"

"我知道，但事实上它原本是跟尸体一起放在棺材里的，却在劫机事件后消失了，当时货舱里除了死者跟歹徒外，只有关先生你，再加上我们要确认你是否有感染病毒，所以才会请你们暂时留在慕尼黑，以备你万一出事，可以及时得到治疗。"

比起这个原因，关琥更相信他们是为了寻找解毒血清，那才是军方急于找到的东西。

回想那天的劫机经历，他确信在事后至少有一名警察进入过货舱，那名警察随后还通过客舱里的通信设备向席勒报告情况，看来那个倒霉蛋也被控制了。

"既然你们怀疑我被感染，那为什么不在第一时间将我隔离，难道你不担心我将病毒传染给我的同伴或是克鲁格吗？"

"不会的，这种病毒虽然在发作时毒性剧烈，但是在潜伏期它很温和，要让它存活并繁殖必须要有跟它相吻合的菌床。"

关琥有种自己在培育香菇的错觉。

"所以即使同样有人受伤并碰到这种病菌，也不一定会被感染对吧？"

"至少在我拿到的数据资料中，是这样的。"

"那还有其他传播途径吗？"

"除了直接注射外，就没有了，至少它比艾滋要安全很多。"席勒说完，好奇地问："为什么你对感染部分感兴趣？难道你不担心你的身体吗？"

他的状况已经这样了，担心也没用，所以他现在必须知道自己的朋友是否会被连累到，尤其是张燕铎，张燕铎也曾去过货舱，有感染的概率，幸好他没受伤没出血，所以至少跟自己相比，他是安全的。

"我没有见过血清。"他避重就轻地说。

席勒没回应，表情里透露着一点点怀疑的色彩，关琥自嘲地说："假如我有，现在我会第一时间拿来自救。"

"请你不要误会，我们只是想尽快找到它的下落，因为它也许是唯一存留下来的解毒血清。"

"艾米想要血清，又是为了什么？"

"当然是转卖给需要它的人，这个计划泄露后，很多人都盯上了血清配方，其中也包括里昂中将的部下。"

"原来他们亡命劫机，不是出于忠诚，而仅仅是为了情报。"

"在金钱面前，忠诚会变得一钱不值。"席勒耸耸肩，"可惜最后大家都没得到，那唯一的解毒血清现在在哪里，没人知道。"

"也就等于说还剩两天，我就变僵尸了？"

想想货舱里那具形象比僵尸还要糟糕的死者，关琥厌恶地皱起眉。

他不怕死，当警察的，他也算是习惯了整天跟死亡打交道，所以死亡本身并不让他畏惧，可他不想变成干瘪瘪的像是风干茄子的那种模样。

"也许是四天，只要在四天里找到血清，你就有救。"

连你们警察还有间谍神偷都找不到的东西，他这个外地人要去哪里找？

关琥没说出口，但他把自己的心情完全表现在了脸上，席勒会意地点点头，"我理解你的心情，总之，会发生这种意外状况，我很抱歉。"

这种不断重复的制式官方用词让关琥听得很恼火，愤愤不平地问："你有见过果脯吗？有见过葡萄干吗？有见过被腌得全身都皱皱的梅子吗？你能想象得到我将变成跟它们相同的样子吗？假如无法想象，那就不要谈理解我的心情。"

"我只知道这些都是吃的，先生。"

面对这种冷静的回复，关琥转身坐到床边上，双手搓着头发，叹道："我只是想在死之前享受下吃货的乐趣。"

"也许事情还没那么糟糕。"

关琥抬起头，"你的意思是还有其他血清？"

"资料数据上表示没有——自从里昂中将出事后，那些备用的解毒血清都不见了。"

"那你还是慢慢看着我变葡萄干吧。"

"资料上说没有，但未必就真的没有，"席勒冲他一笑，"可能是你的运气好，今晚我刚拿到分析员带来的情报，也许福尔贝克上将家里有备份的血清，只要你找到它，就等于可以获救。"

"福尔贝克又是谁？"

席勒看着他，毫不掩饰内心的惊讶，"你的女朋友没跟你讲吗？托比亚斯·冯·福尔贝克上将就是她外公。"

呃……

烦琐的名字让关琥的大脑成功地停摆了三秒钟，重启后，他试探着问："你的意思是说——那位早就退休的上将先生也有参与僵尸病毒的研制？"

"我只是在转述分析员帮我分析的情报——福尔贝克上将与里昂中将是旧友；里昂在近期有去拜访过他；他的古堡住宅有一百多年的历史，里面放什么，可能连主人都未必找得到……"

关琥摆手打断了她的解释，"你的意思是要我去我女朋友的家里偷窃吗？"

"不，是找回属于军方的物品，"席勒严肃地回答他，"顺便自救。"

听了她的话，关琥很想回应两个字——呵呵。

"既然你们已经有目标了，那怎么不自己去搜查？你们做事应该比我方便得多吧？"

"我们当然也没有放弃调查，但别忘了你的身份特殊，所以也许可以看到我们忽略的地方。"

关琥低下头，继续揉两边的太阳穴。

席勒没把话说得很清楚，但言外之意是——里昂跟福尔贝克交往密切，解毒血清很可能在福尔贝克那里，假如他将血清卖给了艾米等人的话，那对于身为军人的福尔贝克来说，可是叛国的罪名。

他是否叛国，关琥没兴趣知道，但他不想被这些联邦警察当枪使，甚至连累自己的朋友。

所以短时间内，他在脑子里盘算好了应对的计划——先配合席勒找到血清，救了自己再说，至于之后的事，再另想办法，假如找不到血清，那他不用几天就挂了，连想都不需要想了。

"我跟你们合作，"关琥站起身，走到席勒面前，向她伸出手来，"条件是飙车造成的一切损失由你们警方负担。"

"没问题。"

席勒跟他握了手，握手的力量很大，让关琥间接感觉到了这个女人的强硬气势，但该说的他还是要说："比起死亡，我现在更担心另一个问题——我该怎么偿还克鲁格的车钱。"

"我可以负责帮你解决，所以你现在只要专心考虑血清这件事就行了。"

"你真是个爽快人，"关琥对她的答复很满意，拍拍手，说："那最后一个请求，把福尔贝克上将家的人物关系图、他的交友网还有住所的平面图都给我。"

"这些我会让克鲁格为你安排，你可以选择随时启程，今后一切行动你都可以交给克鲁格来操作，他会无限度地配合你。"

"谢谢，我只想知道在之后的两三天里我会不会变葡萄干。"

"那倒不会，最多是出现一些让你不适的反应，比如暴躁发狂、头晕咳嗽，还有头发指甲的怪异生长，克鲁格会携带缓解不适的药物，假如你感觉不舒服，随时联络他。"

谢了，他宁可不舒服，也不要乱吃药，谁知道这些还在研制中的药有没有其他副作用，万一僵尸没变成，变得了四不像，岂不更糟糕？

"对了，艾米今早逃掉了，警局里有内鬼，她逃得很轻松，所以你也要防范她。"

"放心，在没有找到血清之前，我不会让自己挂掉的。"关琥问："最后一个问题，为什么血清这么重要的东西，你们在乘机时没有随身携带？"

"因为它是液体试管，随身携带太引人注目，这个理由你满意吗？"

"勉强通过。"

关琥耸耸肩，尽管对于席勒的这个解释，他半个字都不信。

外面传来喧闹声，席勒看看表，"我们聊得太久，你的朋友们都等得不耐烦了，我去叫他们来……有关我们刚才的谈话，还请保密。"

"说了也解决不了问题，那说出来只是浪费时间。"

"关先生，你是个聪明人。"

席勒走到门口，又转过身，问："你跟那位举办僵尸展的李先生很熟吗？你们好像对他的展览很感兴趣。"

"到今天为止，我都不认识李当归，假如知道自己会变僵尸，我一定不会去展会的。"关琥一脸诚恳地说："不过我很高兴醒来后看到的是你，而不是那群张牙舞爪的僵尸。"

席勒端量他，然后刻板地点点头。

"谢谢，我的荣幸。"

第五章

席勒出去不久，病房门就被推开了，叶菲菲第一个冲进来，后面还跟着谢凌云跟小魏，再后面的是李当归，他居然也在，这很出乎关琥的意料。

没等他开口发话，就被叶菲菲冲到面前，抓住头发一通乱揉，问："关琥你怎么样？那女人说你没事，没事为什么要抢救这么久，还关你进 ICU ？"

关琥被她晃得头晕，急得大叫："小姐你可以温柔一点吗？这是头，是刚撞过的头！"

"哦，对不起啦。"

叶菲菲慌忙松开手，探头打量他的前胸跟后背，"那你到底伤到哪里了？看起来好像没事……那些警察太过分了，硬说你重伤需要抢救，不让我们跟随！"

关琥适当地应和着，问一旁的谢凌云，"你们怎么知道我出事的？"

"枪杀案后你跟老板就消失了，我拜托克鲁格打电话调查，才知道你们开车追凶手，却在中途出了车祸，后来克鲁格就直接带我们来医院了。"

"是在我的强烈要求下，克鲁格才不得不带我们来这里的，他本来说要送我们回酒店的。"叶菲菲叉着腰，气呼呼地说。

"我负责开车，"见关琥的目光落到自己身上，李当归耸耸肩，解释说："因为克鲁格先生的车被你们开走了。"

"真是不好意思，这样不会妨碍到你的展会正常进行吧？"

跟席勒聊天后，关琥变得疑神疑鬼，这个以展示僵尸为乐的洋人在他看来也很不地道，因为他出现得太巧合了，他说展览僵尸是出于兴趣，但关琥觉得他现在对他们这个小团队更感兴趣。

李当归没有感觉出关琥刻意表现出的冷淡，连连摆手，热情地说："你说这话就太见外了，大家都是朋友嘛，应该相互帮助的，展厅没问题，我交给助手处理了，这里有不少医生我都认识，本来还想万一有什么事，可以请权威帮忙，现在看来不需要了。"

李当归啰啰唆唆了一大堆，关琥只想回一句——什么权威都救不了他的，现在能救他的只有他自己。

脚步声传来，张燕铎最后一个出现，他的额头、脸颊还有手背有些轻微擦伤，眼镜也换成了深绿框样式的，关琥觉得他不管戴什么眼镜都很帅气，同时又好奇他究竟在身上放了多少副备用眼镜。

张燕铎的目光里充满了焦虑跟担心，虽然他表现得很克制，但不难看出他的不悦，克鲁格一路小跑地跟在他身后，关琥相信假如现在他要阻拦张燕铎的话，一定会被张燕铎一拳头砸出去。

其他人也感觉到了张燕铎不善的气场，自动为他让开路，张燕铎走到关琥面前，上下打量他，问："怎么样？"

"还好，就是头有点晕。"

这不是敷衍，从醒来后关琥就感觉到会偶尔眩晕，这也许是撞车造成的，也许是病毒吞噬的结果，他揉揉额头，看着指甲，忍不住怀疑地想——在接下来的几天里，他的指甲会不会真像僵尸电影里演的那样暴长。

"可是这里的医生说你头部可能有颅内出血，需要急救，不让我们靠近。"

张燕铎说着话，眼神扫向克鲁格。

觉察到他的不悦，克鲁格将头呈四十五度角上扬，做出与己无关的表示，关琥知道张燕铎是在迁怒，他会被强制隔离是警方高层做出的决定，克鲁格作为一个小卒，只能服从。

为了不让气氛变得太尴尬，他打了个哈哈，说："可能是误诊吧，当时撞得有多厉害你也不是不知道，还好我没事，大家有没有很开心？"

他刻意地拍拍巴掌，来活跃气氛，但效果不明显，张燕铎还是一副在冷静地暴怒的状态，克鲁格依旧仰头看天花板不作声，谢凌云跟叶菲菲的表情也都不好看，只有小魏没有读解到现在的气氛，还添油加醋地说："就是啊，怎么说也不能控制我们的行动嘛，还隔离我们，要是关警官真出什么事，他们负得起责任吗？"

关琥觉得张燕铎的脸色更难看了。

"总之，我们明天就离开慕尼黑，去我外公那儿，谁要是还敢挡路，神来杀神，佛来杀佛！"

叶菲菲说完，将手挥下，做出斩人的动作，克鲁格吓得一抖，将眼神瞟得更远。

"是是是，女王您说怎么办就怎么办，今晚就让克鲁格先生订票，我们坐明早的车出发怎么样？"

为了不让现状陷入僵局，关琥只好再次开口打圆场，心里却忍不住感叹——为什么他一个快死的人要在这里为大家做协调工作啊？

"为了庆祝关先生平安无事，不如我请大家吃饭吧？"李当归开口提议，"不用跟我客气的，你们想吃什么，尽管跟我开口。"

关琥觉得头更晕了，在这个多事之秋里，他不想再多一个人掺和进来。

"谢谢李先生的好意，不过你还要忙展会，就不用特意招待我们了。"他假意应付道。

不知李当归是不是还没有真正理解汉语的精髓，他没注意大家的冷淡，热情地说："不会不会，俗话说，有朋自远方来，不亦乐乎？跟朋友相比，展会不算什么的，我刚才听菲菲说你们明天要去楚格峰滑雪，作为对滑雪非常有经验的本地人，我有责任陪你们一起参加，谢姑娘，你不会反对吧？"

谢凌云一脸尴尬，看得出她不是不反对，而是不知道该怎么去拒绝。

关琥被这个不通人情的外国人弄得有点烦了，正准备帮谢凌云回绝，胳膊被叶菲菲偷偷掐了一下，说："那挺好的啊，大家一起玩，不错不错。"

"那我先打电话订餐位，你们想吃什么？"李当归双手交握在胸前，很认真地看向大家。

"随便什么都行，就点你想推荐的菜好了。"

反正对关琥来说，现在就算是燕窝鱼翅放在眼前，他也没胃口吃，比起死亡的恐惧，他更在意自己接下来身体将会发生什么变化。

李当归乐颠颠地跑出去打电话了，克鲁格要去帮关琥办理出院手续，关琥把他叫住，因为他们的行为，导致克鲁格的越野车报废了，虽然席勒说了会赔偿，但他还是觉得很抱歉。

"没事的，只不过是一辆车而已，您不用放在心上，"克鲁格很好脾气地对他说："不过我比较好奇，车钥匙你是怎么拿到的？"

"这个……"关琥看看张燕铎，后者冷峻的表情让他决定将整件事揽到自己身上，咳了两声，说："其实是我在追可疑人时，顺手从你口袋里拿的，还请见谅。"

"可是我觉得如果有人拿钥匙，我不会注意不到才是。"

但事实上钥匙正是在你没有觉察的情况下被别人偷走了。

关琥忍住吐槽的冲动，认真地说："可能当时你看僵尸看得出神吧。"

"那我明白了。"

克鲁格歪头想了想，也不知道他是否真的想通了，出门办手续去了，关琥跟在后面也想离开，被张燕铎拦住，再问："你真的没事？"

眼镜片后的目光很凌厉，关琥被他看得心虚，为了提高真实度，他特意捶捶自己的胸膛，表示自己真没事，反问："倒是你，你有没有伤到哪里？"

"除了差点被你压成肉饼外，一切都好。"

跟往常一样的吐槽，让关琥确定了他大哥应该没事的。

生怕张燕铎继续再问，关琥抢先一步跑出了病房。

李当归打完电话，兴冲冲地返回来，拉着谢凌云聊天，关琥忍不住小声问叶菲菲，"你确定要让他来当我们的滑雪教练吗？"

叶菲菲瞅瞅谢凌云，将关琥带去旁边，说："你没看出他对凌云很感兴趣吗？"

"我只看出凌云对他不是很感兴趣。"

"那不一定啦，说不定只是因为有我们在，她不好意思说而已，所以我打算今晚先问问凌云的意思，如果她真的没兴趣，那明天我们就坐早一班的火车离开就好。"

不得不说叶菲菲的提议很有效，虽然手法不正当，不过非常时期，不管李当归是好是坏，不让他跟随都是正确的选择。

关琥冲叶菲菲竖竖大拇指，"不知道他懂不懂什么叫'放鸽子'。"

"不知道他以前知不知道，但以后他会很懂的。"

叶菲菲冲关琥举起拳头，笑得像小恶魔，关琥被她逗笑了，握起拳头，跟她对了一下。

周围的空气有点冷，感觉到不悦的目光投向自己，即使不用特意去看，关琥也知道那是谁——其他人都好骗，但要说可以骗过张燕铎，他还真没那个自信。

还好克鲁格及时回来了，为了防止张燕铎的追问，关琥找了个借口，热情地跟克鲁格聊天，克鲁格被他弄得莫名其妙，但还是很配合地跟他交流。

一行人来到医院门口，那里停了辆白色休旅车，要容纳他们绰绰有余，车型也很新，虽然不算是超豪华车，但价格绝对不低，关琥忍不住偷偷看了看张燕铎，心想请仁兄千万手下留情，不要再随便拿人家的钥匙玩飙车了。

大家上了车，李当归没有坐驾驶座，而是跟他们一起坐在后座上，开车的是个很年轻的德国小伙子，没人询问，李当归却自来熟地解释说那是他的雇员小弟，专门负责开车的，他们办展会，许多时候需要搬运大件货物，所以这种车很方便。

大家都累了，李当归的话题没有引起共鸣，只有谢凌云为了不使他难堪，适当地应和他。

这时天已经很黑了，雪虽然停了，但街道两旁的路灯跟建筑物上都积了厚厚的一层雪，再配上应景的南瓜灯和隐约传来的音乐声，让人有种置身于童话世界的感觉，可惜在经历了一场被僵尸追逐的梦魇后，关琥对南瓜灯造型再也提不起兴致了。

大家就在这种奇怪的气氛中回到了酒店，关琥之前的衣服沾了血跟玻璃碎屑，已经不能穿了，张燕铎的外衣状况也很糟糕，所以大家先各自回房间收拾，约好了半小时后在酒店外碰头。

关琥回到客房后先看镜子，从他醒来就一直在跟大家做交流，还没正经看自己的脸。

还好，镜子里的人虽然额头肿了，嘴角发青，但总算没破相，他又神经质地看看自己的指甲，接着是牙齿，看了半天才想起他最多是变僵尸，而不是吸血鬼，就算血液发生状况，应该……也不会长出獠牙吧？

对着镜子观察了一分钟，在确信至少他的外表还没有变化后，关琥暂时放下了心，将病号服脱下，简单洗了澡，然后换上新衣服，一切收拾完毕，他戴上那枚小钻戒，准备出门。

谁知门口站了人，关琥刚打开门，迎面就看到一团黑乎乎的东西，他还以为又遇到歹徒了，本能地向后仰身躲避袭击，却因为躲得仓促，下盘没站稳，直接跌在了地板上，再躺在地板上仰头去看，才知道黑乎乎的物体是张燕铎的外衣，张燕铎站在那里，又是惊讶又是好笑地看着他。

"拜托，大哥你不要一声不响地站在人家门外，这样对心脏真的不好的。"

关琥没好气地说道，今天已经遭遇各种危险了，他不想在客房里还要继续玩枪战片，用手撑住地板想起来，却眼前一晕，没顺利爬起来。

仰头看着张燕铎走近，关琥索性又躺回到地上，直到张燕铎向他伸过手来。

关琥抓住张燕铎的手，接着他的力量站起身，并且不给他询问的机会，抢先走出客房，他想在人多的地方，张燕铎不会问那些敏感话题的。

所以在出门后，关琥马上加快了脚步，张燕铎跟上来拦住了他，打量着他的脸色，问："你真的没事？"

"哥，你别这么疑神疑鬼的好不好？假如我有事，还能活蹦乱跳地在这里跟你聊天吗？"

"既然没事，那他们为什么要把你隔离那么久？"张燕铎没被关琥的笑颜骗过去，一脸严肃地说："你知道出车祸后我们的经历吗？"

张燕铎一向是笑眯眯的狐狸表情，关琥很不适应看到他冷脸的模样，偏偏自从他醒来，张燕铎就一直没笑过。想到他醒来后考虑的都是自己的事，只想着怎么逃避张燕铎的询问，而没有去关心过他，关琥的心里感到歉仄，相对来说，张燕铎对他的在意程度就明显重了很多。

"是不是在我昏迷的时候，他们为难你了？"

"那倒没有，他们还很好心地帮我检查身体呢，顺便限制我接近你。"张燕铎托托眼镜，不无讥讽地说。

在越野车被气浪冲击掀翻时，由于关琥的挺身遮挡，张燕铎只有短时间的昏厥，等他的神智再度清醒时，整辆车已经处于肚皮朝上的状态了。

关琥昏迷不醒，张燕铎担心油箱爆炸，便想办法踢开了车门，将关琥扶到车外，没多久他们就被追上来的警察团团围住，并不听他的辩解，控制了他的自由，为了让关琥尽快得到治疗，他没有反抗。

救护人员随后也赶到了，说关琥遭受的撞击过重，可能导致颅内损伤，需要马上送医，张燕铎也被一并送上了救护车，由警察押送去了医院。

他不知道席勒是什么时候到达医院的，在他接受完检查出来，席勒就已经在了，问了他一些简单的问题后，说关琥还在接受急救，让他安心等待。

张燕铎很怀疑席勒的说法，但又不能拿关琥的生命冒险，所以他选择了服从，之后叶菲菲等人也赶来了，直到急救手术完成，他们却依旧被限制接近关琥，叶菲菲本来想打电话联络她外公，也被禁止了，这让张燕铎更加确信事情不对劲。

为了见到关琥，他跟席勒的属下发生了冲突，被临时关押在医院的某个小房间里，当时他也曾考虑过各种营救办法，但最后都放弃了，只因为席勒临走时的一句警告。

"关琥暂时没事，但你的轻举妄动可能会导致他的死亡，所以张先生，不管你要做什么，都请先考虑后果。"

所以他不敢去赌，只能乖乖留在小房间里，直到克鲁格去将他放出来，那已经是关琥醒后的事情了。

听完张燕铎的讲述，关琥火了，立刻问："所以他们明知你受了伤，还将你关押？"

"嗯。"

关琥伸手拉过张燕铎的手，张燕铎皮肤白皙，这让他手腕上被手铐铐过的勒痕异常明显，看到勒痕，关琥更火大，问："你受了伤，他们怎么还铐你？"

"在我打断一名警察的肋骨后，他们就没把我当伤员来看了。"

"……"一瞬间，关琥明白了为什么席勒会说张燕铎精神很好了。

"别这样弟弟，"看到关琥一脸囧相，张燕铎扑哧笑了，伸手拍拍他的肩膀，"所以他们没以袭警罪名逮捕我，已经是法外开恩了。"

关琥侧头，看看那只搭在自己肩上的手，指甲还算正常——张燕铎应该没被感染吧，他今天也接受检查了，如果有问题，席勒会跟他提到的，作为警察，他们一定也不希望病毒携带者到处跑。

虽然这样想，关琥还是忍不住仔细观察张燕铎，重点是他的眼睛、指甲还有皮肤，试探着问："那你有没有车祸后遗症？比如头晕、恶心、咳嗽、皮肤瘙痒，还有……"

"皮肤瘙痒跟车祸有什么直接关系？"

关琥被问得张口结舌，只好傻笑，转身想去乘电梯，被张燕铎再次拉住，问："你是不是有事瞒着我？"

"怎么会？"

"真的？"

关琥努力克制住心虚，跟张燕铎对视，严肃地说："你应该相信你的兄弟，我就连存折上有多少钱都在你的控制之下，你想想我还有什么秘密可以瞒得过你？"

张燕铎不说话，继续盯着关琥的眼瞳看，这反应就代表他不信。

两人靠得很近，让关琥了解到了所谓的强烈压迫感的含义，他被盯得额头都快出汗了，灵机一动，抓住张燕铎的手拉到自己面前，笑道："我帮你看看手相，嗯，脉络挺正的，大哥，你很快就能找到你的另一半了……"

"看手相还需要看指甲吗？"

淡淡话声传来，把关琥又惊了一头汗，心里吐槽张燕铎太精明，嘴上呵呵笑道："看手相，顺便看看你是不是营养缺乏才导致贫血，你看你指甲上的月牙这么小，就证明你不够健康。"

张燕铎没说话，倒是小魏开了口，他刚从自己的房间出来，看到兄弟俩手把手相对站在一起，他小声嘟囔："现在我明白了老板不喜欢女人的原因。"

这句话同时引来两人的怒瞪，小魏识趣地退到一边，赔笑道："你们慢慢聊慢慢聊，我先下去了。"

"按住电梯，"张燕铎跟小魏交代着任务，眼神依旧盯住关琥，然后说："你是我见到的撒谎撒得最烂的一个。"

他撒谎烂？他撒谎时至少还用心了，哪像某个人撒谎撒到不用戳就破的程度？

关琥愤愤不平地想着，张燕铎已经把他的手甩开，走远了，看着他的背影，关琥自嘲地想——对，他不该说张燕铎撒谎，张燕铎那只是说了不符合事实的话而已。

"等等我，我也下楼。"

见张燕铎进了电梯，关琥不顾得吐槽，急忙跑了过去，可是迎接他的是刚刚关闭的电梯门，额头砰的撞在门上，关琥感觉整个脑袋都撞晕了，现状告诉他——对于他的隐瞒，张燕铎生气了。

不知道连续撞击会不会导致毒性快速发作？

揉着额头，关琥忍不住嘟囔："比起小心眼的男人，又小心眼又聪明的男人更讨厌。"

"你们吵架了？"

快速下降的电梯里，小魏小心翼翼地向张燕铎询问，在没得到回答后，他又说："这样……不太好吧？兄弟嘛，有什么事说开了不就好了？"

张燕铎转头看过来，被他冷峻的目光注视，小魏的声调越来越小，最后选择转身面朝电梯一角，把头卡在对角上，自我催眠他现在是透明的，是不会被迁怒的。

两人来到酒店一楼，其他人都已经到了，谢凌云正被李当归缠得烦，看到他们，跑过来问："关琥呢？"

张燕铎没回答，小魏看了他一眼，伸手指指电梯，"不出问题的话，他坐下一班。"

关琥没出问题，他很快就乘电梯下来了，首先观察了一下张燕铎的脸色，然后老老实实地跟随大家坐上李当归的车。

车一路开到附近一家著名的西餐厅，李当归说这是照两位女士的喜好预定的，餐厅除了提供讲究的正餐外，还有不少当地风味的餐饮小吃跟小甜饼，所以两个女孩子都吃得很开心，小魏跟克鲁格也很捧场地把饭菜都吃光了，李当归跟他们畅谈甚欢，看来好不容易遇到可以聊相同话题的朋友，他是打算长时间交流下去了

张燕铎偶尔也参与聊天，只有关琥一个人，处于食不知味的状态中。

任何人，当知道自己快死亡时，相信面对任何美食，都不会表现得太开心的。

除此之外，关琥还要考虑更多的问题，比如他该怎么面对接下来的状况，怎么了解古堡里的路线，又要如何找到血清，更糟糕的是谁也不确定古堡里是否真有血清，也等于说——他会变僵尸 or 他很可能在白费一场工夫后变僵尸。

这两种结果都不令人喜闻乐见，啃着手里的猪肘子，关琥郁闷地想——也许没多久，他也会变得跟这肘子一样，这样一想，原本美味的食物也变得如同嚼蜡了。

晚餐后，李当归送他们回酒店，又跟大家约好了次日出发的时间，

这才乐呵呵地坐车离开了，克鲁格跟他一起走了，剩下的五人组乘电梯上楼时，叶菲菲说："明天我们坐头班火车去加尔米施，大家早点睡，早点出发。"

"刚才我们跟僵尸李约的不是十点？"

小魏自来熟地给李当归起了绰号，叶菲菲临时改的计划让他很惊讶，"我看他人不错的，这样放他鸽子不太好吧？"

"接下来我们要去菲菲家留宿，我们跟李先生不熟，带他去不方便，"谢凌云说完，又看看关琥跟张燕铎，"而且从我们来到这里，就麻烦不断，这时候不太适合让外人插进来，虽然骗他不对，但总比连累他遭遇危险要好。"

李当归今天向谢凌云表现出的热情瞎子都能看得出来，谢凌云都这样说了，见关琥跟张燕铎也没有反对，小魏不好再讲什么，挠挠头，嘟囔："我只是觉得假如多一个垫背的，将来万一出什么事，我的处境也会比较安全。"

"你是配角啦，不管什么时候，你都会很安全的。"

"难道在电影里，最先遭殃的不是配角？"

"放心吧，到了我外公那里就安全了，我们家有很多卫兵的，比那些雇佣兵都厉害，到时小魏你还可以多学几招擒拿术。"

"免了，我只想滑雪，在楚格峰最高峰上滑雪。"

电梯到了他们所在的楼层，为了避免跟张燕铎单独相处，出了电梯，关琥跟大家道了晚安，就加快脚步跑回了自己的房间。

幸好早上小魏跟克鲁格帮他收拾了行李，最后的整理收纳没有花关琥太多的时间，他把东西放好，以备明日一早可以顺利启程，接着又去浴室洗漱，等整理完毕，换上睡衣，门铃响了起来。

不会又是隔壁那位先生跑来向他问案情吧？

想到又要搜肠刮肚地找借口骗人，关琥就觉得头痛起来，看来从某种意义上来说，张燕铎是比病毒更可怕的存在。

不见他回应，门铃又响了一声，关琥不得不过去开门，正琢磨着该怎么应付这位精明的狐狸先生，却没想到门外站的根本不是张燕铎，而是克鲁格，他手里还提了个礼品袋。

"怎么是你？"意外让关琥张大了嘴巴。

"关先生你还有其他要等的人吗？"

"啊不，我只是……哈哈，没想到你会这么晚过来。"

关琥借着笑声敷衍了过去，请克鲁格进房间，顺便探头看看门外，还好还好，没有惊动其他人。

"这是席勒女士让我转交给你的文件，刚才人太多，不方便交谈，所以我才冒昧来拜访。"

克鲁格从口袋里掏出一个信封递给关琥，又环视四周，问："是不是打扰到你了？"

"没事没事。"

这可是对他来说生死攸关的文件，所以任何打扰都不算打扰。

关琥将信封打开，里面只有几张纸，内容也简单明晰，除了他要求的古堡内部结构平面图跟福尔贝克的家族构成外，还有福尔贝克的交友网、喜好跟习惯。

克鲁格将手里的礼品袋放到桌上，说："蓝色德堡雷司令是福尔贝克先生的最爱，如果看到你送他这样的礼品，他会很开心的。"

关琥看看礼品袋，见里面放了两瓶装的葡萄酒盒，他诧异地说："连礼物都帮我买好了，席勒想得还挺齐全的。"

克鲁格有些不好意思，"这是我个人的意思，席勒女士让我凡事配合你，我想登门拜访，送些主人家喜欢的礼物，应该有益无害。"

没想到这个德国人想得还挺周到的，假如不是立场不同，关琥觉得他可以跟克鲁格做朋友的。

关琥看完资料，见克鲁格还没有离开的意思，他咳了两声，"今天的事挺不好意思的，弄坏你的车……那个，席勒说赔偿的，她应该不会食言吧？"

"有关这件事，你已经道过歉了，可以因此看到你飙车的神技，我觉得是非常物超所值的。"

关琥不知道这是不是克鲁格的真心话，最重要的是车并不是他开的，哈哈笑了两声，准备支吾过去，克鲁格又说："如果你真觉得过意不去，那就把晴天娃娃送我吧，我很喜欢它们。"

"当然可以。"

克鲁格在车上放了很多抱枕，看来他很喜欢玩具，一对娃娃就可以将事情解决，关琥求之不得，将旅行箱打开，找到塞在角落里的那对娃娃，拿出来递给克鲁格。

看着他爱不释手地摆弄娃娃，关琥心里一动，问："你好像很怕叶菲菲？"

"也不是怕，就是……比较恐惧。"

这是比怕更怕的表现吧？

"我的任务完成了，那就不打扰你休息了，明天车上见。"

克鲁格收下娃娃，带着一脸心满意足的表情向关琥道别，他走到门口时，关琥又把他叫住，扬扬手里的资料，问："有关我的事，你知道多少？"

"有听上司提到一些，请放心，我会努力帮你找到血清的。"

既然知道血清的事，那就代表克鲁格知道的不止"一些"，关琥再问："那你老实告诉我，中病毒的人会不会长獠牙？需不需要戴个口罩？"

"这个我不知道，我对僵尸病毒不了解，不过如果先生你需要的话，我会帮你准备口罩的。"

看克鲁格的表情就知道他没有说笑，这让关琥有些郁闷，自嘲地说："那麻烦你准备吧，也许接下来的几天里我会感冒发烧，传染上别人就不好了，哈哈。"

"好的。"

"席勒好像还说要帮我准备药物。"

"是带一些必备的消炎药，或许有用。"

绝对没用。

关琥忍不住又笑了，如果消炎药可以抗病毒，那青霉素就是神药了。

克鲁格还在认真地看着他，然后说："请相信自己，你不会有事的。"

门关上了，关琥锁上门，回到床前，叹着气仰面躺到了床上——好吧，眼下这种状况，他只能赌一把了，至于能不能赌赢，那要看接下来的运气了。

"我的运气一向都很好的！"为了给自己打气，关琥大声说道。

仿佛回应似的，对面传来哗啦响声，声音不大，但关琥的神经立刻绷紧了，跃起身的同时探手去掏枪，却摸了个空，这才想起自己飙车时用过的枪早不知去向了。

哗啦声再次响起，这次关琥听得很清楚，那是从衣柜里传来的，他顺手抄起旁边的摆设花瓶，蹑手蹑脚地走过去，做出迎战的准备。

柜门被推开，有个黑影把头探出来，关琥挥起花瓶正要甩过去，对方先开了口。

"是我。"

听出那是张燕铎的嗓音，关琥手里的武器滑去了一边，跟着就看到张燕铎猫腰从里面跳了出来。

眼前空间不大，为了给他让出地方，关琥只好往后躲，却忘了身后就是床，脚下被绊到，他仰面跌到了床上，花瓶顺着床铺骨碌碌地滚出去，一直滚去了地上。

关琥没注意，只顾着仰头看着张燕铎向自己走近，平静悠闲的举止让他看起来一点不像才做过偷摸行为的人，反而关琥自己有种被捉奸……哦不，应该说是隐私被窥探后的紧张感，结结巴巴地问："你、你你怎么在我这里？你什么时候进来的？"

"在你洗漱的时候。"张燕铎平静地说："有人进来都不知道，在跟人密谈时也不检查房间，真难以想象你居然是重案组刑警。"

这话听起来怎么好像错的是他似的。

"正常情况下，没人会偷偷进别人的房间吧？"他不忿地反驳，"而且正常情况下，也没人可以打开别人的房门。"

"在被几次偷袭后，你还认为现在是正常状况吗？下次记得用安全链，记得检查房间，还有拿武器时不要选择花瓶，如果它被打碎，首先受伤的是你自己。"

张燕铎说完后，冲关琥伸过手来，关琥仰头看他，"你这是在现场亲临指导我怎么应付突发状况吗？"

"看在兄弟的份上，我不会收你学费。"

"那谢了，哥哥。"

关琥抓住张燕铎的手站了起来，这个相对而立的姿势比较好，否则他会一直有种自己被欺压的错觉……

"不管怎么说，你这样偷进别人的房间，窥探隐私的做法都很过分。"站起来，他冲张燕铎不爽地说。

后者义正词严地回他，"因为你不跟我说实话。"

"没有……呵呵。"

"没有？那为什么克鲁格三更半夜来找你？"

张燕铎拿起关琥放在桌上的资料，关琥想去抢，却晚了一步，就见张燕铎翻着那些文件，哼道："帮你买礼物讨主人欢心，还给你准备这些，你们是想去叶菲菲家里打劫还是找宝藏？"

"听你的口气，好像是来捉奸在床的大房太太？"关琥没抢到资料，只好任他去了，苦笑道："真的没什么了，是你太敏感。"

"那病毒还有血清又是怎么回事？席勒把你一个人关那么久，都跟你说了什么？"

"没什么，就是突然下大雪降温，感冒病菌会流行嘛，所以我让克鲁格准备几个口罩，这些……"关琥指指资料，在脑子里飞速转着念头，说："我不是想把叶菲菲追回来嘛，就想办法讨好下未来的外公，呵呵。"

"关琥。"

张燕铎打断了关琥的絮絮叨叨，他看看手表，"我不想把时间浪费在这种无聊的拉锯中，既然你不想说，那我们换个方式来交易，你想知道你大哥的事吗？"

关琥的表情变了，看着张燕铎，半晌问："你在开玩笑吧？"

"我不会在这种事上开玩笑，现在你有两个选择——一，继续隐瞒真相；二，拿你知道的来跟我作交换。"

"你到底知道什么？你怎么知道我在找我哥？我哥他现在在哪里？"

关琥上前抓住张燕铎的衣领质问，由于力气过大，张燕铎被他顶在了墙上，他没反抗，在关琥吼完后，才冷静地回道："在我知道病毒的真相之前，不会说的。"

"这根本就是两件事！"

"对我来说是一件。"

"你信不信我揍你！？"

"暴力不会让你更快地知道真相。"

两人眼对眼互瞪了好久，最后还是关琥先投降了，恨恨地把手收了回去，坐到床上，说："你为什么一定要知道这件事？这跟你根本没关系的。"

"如果是关于你的事，那就跟我有关。"

关琥看向张燕铎，明明张燕铎长得没有他结实，却比他更有依靠感，他曾经想过张燕铎会不会就是他哥，他也很希望那是真的，但现在真相近在咫尺，他却不敢再多问，生怕问到自己不想听到的事实。

"你跟我哥很熟吗？是他让你来找我的，所以你才一直跟着我？还是你就是……"

"这个问题我现在拒绝回答，"张燕铎冷漠地打断了他的话，"而且现在你需要考虑的也不是这个。"

关琥重新低下头不说话了，张燕铎转身便走，在他快走到门口时被叫住了，关琥说："我说就是了，你先检查有没有窃听器再说。"

"那东西我早就搞定了。"

张燕铎回来，坐到对面的椅子上，做出聆听的准备。

事到如今，关琥也不想再隐瞒，将席勒跟他说的话原原本本讲了一遍，还有货舱死尸的身份以及他感染病毒的情况。

说完后，房间里有好一阵的沉默，直到关琥忍受不住压抑的气氛，抬起头，张燕铎才问："所以你担心我也感染病毒，才向我问那么多废话？"

"那叫关心，不叫废话。"

"关心的意思是患难与共，不是有难自己当。"

张燕铎走过来，粗暴地捏住关琥的下巴，让他仰头看自己，关琥傻愣愣地任由他摆布，见他越贴越近，急忙伸手挡在中间。

"先生，我觉得我们现在的距离有些过于暧昧了。"

"我只是在帮你看病。"

张燕铎把关琥的手推开，扒开他的眼皮看了一会儿，其用力之大让关琥怀疑自己的眼睛会不会被戳瞎，接着张燕铎又去看他的指甲跟手上的皮肤，关琥一边抹泪一边问："有看出什么来吗？"

"暂时还没有变化。"

"这是今天我听到的第一个好消息。"

"别这么乐观，病毒的潜伏期越长，就代表发作时毒素的蔓延速度越快。"

"那就在我还没毒发之前告诉我哥的事吧。"

无视关琥投来的殷切目光，张燕铎把头撇开了，"我没打算现在说。"

"张燕铎你食言而肥！"

"你最多还能再活五天，所以当下首先要做的是自救，如果五天内问题解决了，我会将你哥的事，包括我的身份原原本本地告诉你；反之如果你不幸挂了，你哥的事你也没有知道的必要了。"

这话说得很有道理，可是在关琥听来却像诡辩，他小声嘟囔道："总感觉自己又被耍了。"

像是没听到他的抱怨，张燕铎沉吟道："在这次的事件中，席勒到底扮演了什么角色？她最在意的应该是僵尸病毒的流传问题，却没有在第一时间问你这件事，反而先问你暗杀跟飙车的情况，明明她知道假如你了解自身的情况，会更配合他们。"

顿了顿，他又说："可能因为对警方来说，那个被害者的情报并不是非知道不可，或是他们早就掌握情况了，她只是在试探你，看你是否有利用价值。"

关琥点头。

既然席勒知道艾米的秘密，那多半也掌握了其他想要血清的人的身份，他唯一搞不懂的是另一件事。

"那个耍红笔的男人是谁？杀手干掉了艾米的同伙，他又干掉了杀手，他也是杀手？"

"他不是，不过如果有足够的钱，他也会杀人。"

"听起来你们好像很熟，你们是朋友吗？"

"关王虎，请不要拉低我的格调。"

"那他到底是谁？叫什么？跟你是什么关系？是谁指使他的？"

一连串的问题劈头盖脸地问下来，张燕铎先是沉默了一会儿，才说："有关他的身份，我会在告诉你有关你哥哥的秘密时一起说的，不过我可以先说他的名字，他叫吴钩，我们认识很多年了，我想杀了他，就像他想杀死我一样，但要说这世上还有谁更了解我，那也非他莫属。"

"……"

不知是不是大脑被病毒影响到了，关琥觉得他听不太懂张燕铎说的话。

还好张燕铎很快把话转去了正题上。

"他不重要，现在我们要知道的是有很多人想查出病毒的秘密跟血清的下落，有人看到艾米的同伙跟你联络，误会了你的身份，所以想顺便干掉你，但随着他们的死亡，至少你暂时没有危险了。"

"你的意思是吴钧算是间接帮到了我？"

"他是救了你，不过不是帮你。"

见关琥一脸懵懂，张燕铎说："那个变态喜欢在杀人的过程中享受乐趣，假如你死了，接下来他就只能无聊地杀人，所以留你下来，看你们自相残杀对他来说更有趣。"

"……"

关琥觉得能如此了解一个变态的人，他的心态应该也好不到哪儿去。

"还有一个奇怪的地方，既然警方跟军方知道解毒血清可能在古堡，为什么不自己去查，而浪费这么多天的时间。"

"这个问题我也有想过，我想一个可能是警方还没有接到上面的命令，不敢轻举妄动，另一个可能是军方不敢跟那位退休的上将先生正面挑衅，所以干脆利用我当前锋，死了就死了，不死，他们也有利可图。"

关琥用手支着下巴，揣度着说："所以我认为席勒的话不可全信，但是在血清的问题上她没有必要撒谎，毕竟她也很想找到那个东西，所以我先配合她看看。"

张燕铎没说话，眼神落在远处，不知在考虑什么，关琥没等到回答，看看小拇指上的钻石戒指，想摘下来，张燕铎突然说："别摘。"

"这东西很可能是接头或定位用的，戴着它，我会再次成为狙击目标的。"

"有我呢，你怕什么？"张燕铎说："留着戒指，把艾米的人都引来，让他们相互残杀，不能我们打冲锋，便宜都让他们占了。"

关琥觉得现在的张燕铎拽得让人很想揍他。

接下来张燕铎做了件让关琥真想揍他的事——他拿出打火机，打着火，将看完的那叠资料点着了，等关琥反应过来，想抽回资料，纸张已经烧了个七七八八，还把他的手烫到了，疼得他直甩手。

"张燕铎我跟你有仇吗？你把东西都烧了，我还怎么去找血清？"

"你不怕按图索骥的时候被人看到，到时你怎么解释？还是你认为自己的智商高到不拿资料就可以找东西的程度了？"

"……"

"所以带路这种事交给我，现在这些东西都在我的脑子里了。"

关琥相信张燕铎有瞬间默记的能力，但无法忍受他自以为是的行为。

"那你也要先征得我的许可啊，那是 my 的，不是 your 的。"

"你又用错语法了。"

"这叫关氏语法，you know？还有，这是我的打火机吧？我说过很多遍了，不要偷我的东西！"

"我记得前不久你还说过——我可以随便'拿'你的东西。"

"我不记得！"

"撒谎是不好的行为，而且你现在的状态不宜生气，过度暴怒很容易加速毒素的运行。"

他也不想生气啊，问题是有人一直在惹他生气！

关琥在数度深呼吸后，掀开被躺到了床上。时间很晚了，他要睡觉，至于张燕铎，就扔他在那里自生自灭吧。

眯着眼躺了一会儿，关琥听到窸窸窣窣的声音传来，他还以为张燕铎要走了，结果睁开一只眼看过去，发现他居然也脱了衣服上了床，手里拿着手机，正在拨线。

"喂，回你自己房间睡！"

他们付了两间房的钱，为什么要每晚都挤一张床？

张燕铎给他的回应是做了个嘘的手势，让他噤声。

关琥只好压低嗓音，问："你给谁电话？"

张燕铎还在等待接通，伸手在空中写了几个字，关琥没看懂，直到电话打通了，属于小柯含糊的嗓音传过来，他才知道张燕铎在联络谁。

"我还没上班呢，不管现在有什么事，等我上了班再说。"

对面很不耐烦的话声告诉关琥，小柯又熬夜了，而张燕铎在他抢时间睡觉的时候把他揪起来了。

"是生死攸关的大事，如果你不想关琥死的话，就马上查清楚刚才我传给你的资料。"

"那个关王虎的关琥？"听出了张燕铎的声音，小柯打着哈欠，懒洋洋地问："你们不是去旅游了吗？传过来一个美女让我查，是准备泡她吗？"

"我们差点被她干掉，所以请将有关她的所有情报以最快的速度查给我们，回头关琥请吃饭。"

张燕铎拜托人家做事，为什么要他来请吃饭？

大概听出了张燕铎语气的郑重，小柯没再啰唆，说："那好，我会尽快给的，不过你们要记得多带礼物回来犒劳我。"

"假如可以活着回去的话。"

张燕铎关掉手机，看看关琥，"我让他调查艾米组织的事。"

"我知道，但我不知道什么时候你跟小柯也这么熟了。"

"有吗？"张燕铎取下眼镜，揉着鼻梁躺了下来，略带倦意地说："那可能是因为我是你哥，大家都自来熟吧。"

"可你不是我哥。"

"谁能证明？"

关琥被问得张口结舌，随即眼前一黑，张燕铎把灯关了，躺了下来。

这回答加这行为实在太无赖了，一瞬间，关琥很想扑上去掐住张燕铎的脖子大吼——难道老子自己不能证明吗？老子跟你这个不知从哪里蹦出来的家伙压根不熟的好吧？

不，不可以发怒，如果愤怒加速毒性发作，那他就死得太冤了。

第六章

不知道是不是一整天折腾得太辛苦，那一夜关琥睡得很沉，直到他被咳嗽声弄醒，过了好半天，在发现咳嗽的源头是他自己后，关琥想起了这几天的经历。

咳嗽是病毒侵袭的症状之一，想到命不久矣，关琥的情绪有短暂的消沉，但随即就想到与其在这里做无谓的伤悲，还不如抓紧时间做应做的事，转头看看床的另一侧，张燕铎已经离开了，房间里只有他一个人。

关琥爬起来，飞快收拾整齐，把窗帘拉开，发现外面沉浸在一片银色世界中。

这场雪下得很大，雪后却是晴朗天气，关琥下意识地对着阳光观察自己的指甲，指甲似乎没什么变化，手背上有些不显眼的红斑，不过还好是冬季，戴副手套就能蒙混过关了。

等关琥拖着他的旅行箱来到一楼大厅，大家都已经到齐了，他比约定的时间晚了一个多小时，可能是张燕铎交代过了，谁都没说什么。

饭后，叶菲菲请酒店帮忙叫了出租，五个人乘车来到火车站，买了去加尔米施－帕滕基兴的车票，叶菲菲的外公住在离楚格峰很近的小山区里，探亲外加滑雪是他们这次旅游的主要目的，结果所有计划都因为劫机事件被打乱了。

他们比约定的时间推迟出发，本来还担心跟李当归遇到，但直到他们上了车，找到车位坐下，李当归都没出现，也没来电话。

"他一定是随便说说的啦，有钱人都是这个样子的，"叶菲菲说完，看看张燕铎，追加，"老板除外。"

"你怎么知道僵尸李有钱？"小魏好奇地问。

"是昨晚我跟凌云推理出来的，虽然李当归的穿着跟开的车很普通，但如果那些展览会都是免费提供的话，应该很烧钱的，所以他至少要比一般的有钱人要有钱一点。"

"那你们就更不该放他鸽子啊，难得的一只大金龟。"

关琥注意到谢凌云没有参他们的对话，而是偶尔看向窗外，显得心事重重，他开始怀疑叶菲菲的说辞——也许谢凌云是希望李当归来的，女孩子嘛，很多时候都心口不一的，当然，这个定理不适合套在叶菲菲身上。

如果谢凌云对李当归有意思，关琥想他不妨帮忙提供机会，清清嗓子，说："要不……"

话被打断了，张燕铎说："要不我们联络下李先生看看？"

几个人一起惊讶地看过去，其中以关琥最震惊，他相信张燕铎会这样提议绝对不是出于关心谢凌云，他一定另有目的的，但偏偏自己猜不出他的目的。

看到大家看完张燕铎，又转而看向自己，谢凌云脸红了，急得连连摇手，解释说："不是啦，我没有在意李当归，我是感觉有人在暗中监视我，可是又找不到人。"

"警察？"叶菲菲压低声音问。

"不是，"谢凌云皱眉思索，"这种感觉从鱼藏事件后我就有了，不知道是不是自己神经过敏，到了国外还是觉得被跟踪，但那人似乎又没有敌意。"

"真这么神奇？"叶菲菲问。

谢凌云点头，张燕铎问："劫机中那人在吗？"

"嗯……当时太混乱了，我没注意……"

过道传来脚步声，意外的来客打断了大家的对话，看到竟然是克鲁格，不了解情况的几个人都愣住了，克鲁格穿着翻领的小皮夹克跟牛仔裤，下面配马靴，他把旅行箱放去行李专区，然后转回来跟大家打招呼。

"不好意思，我来晚了。"

"比起晚这个问题，我比较想知道为什么你会出现？你不会是想一路监视我们到楚格峰吧？"

面对叶菲菲不善的询问，克鲁格面露尴尬，他把求救的目光投向关琥，关琥整个不在状况，张嘴想解释，却先打了个喷嚏。

他知道克鲁格会跟来，但没想到他是正大光明地跟随，现在想想，他高估这个德国人的能力了，克鲁格又不会忍者神功，怎么可能飞檐走壁地配合他行动？不过他没有跟克鲁格说出发的时间啊，唯一掌握情况的只有……

他把目光投向张燕铎，果然就见张燕铎微笑说："是我邀请克鲁格先生参加滑雪的，他说他是在楚格峰山下长大的，对那边的地形很熟悉，有他在，对我们来说也是一种保护。"

不知克鲁格是否听出了张燕铎的一语双关，但是看他的表情就知道他绝对没有这样跟张燕铎说过，惊讶地看向关琥，像是在问那件事张燕铎是不是知道了？

关琥笑得很尴尬，正琢磨着该什么解释，外面响起即将启程的广播声，适时地打断了尴尬的气氛，张燕铎请克鲁格坐下。见是张燕铎安排的，叶菲菲便没有再特意针对克鲁格了。

六个人面对面坐着，座位刚刚好，但克鲁格的旁边是叶菲菲，他对叶菲菲看似很忌讳，坐在最边上，尽量不跟她靠得太近，他坐好后，在随身的背包里翻了翻，掏出一个口罩，但张燕铎抢先他一步，将准备好的口罩塞给了关琥，用眼神示意他马上戴上。

关琥交替着看看这两个人，直觉告诉他这两人之间有种强烈的敌视感，他甚至可以看到相互散发的排斥电流。

头又开始晕了，不知道是不是被电晕的，他默默地接过张燕铎的口罩戴上，心里悲愤地想他都快死了，就不能让他在死之前清闲一会儿吗？

克鲁格的口罩没成功地送出去，又不好再收回去，只能讪讪地戴到了自己脸上。看着他的举动，关琥摸摸口袋，手机果然不在，看来这一切都是他这位大哥趁他睡觉时搞的鬼。

"你又偷我的手机，以我的名义给别人留言了？"他凑到张燕铎耳边，小声问。

"你早上还在'呼呼'，我就'拿'了。"

"我那不叫'呼呼'，叫'休息'。"

"要喝点什么吗？我请。"打断他们兄弟俩的交谈，克鲁格问。

服务生推着小食品车从对面走过来，车厢里飘动着咖啡的清香，但关琥没胃口，他拒绝了，其他人也没捧场，由于克鲁格的突然出现，气氛变得有点微妙，大家要么睡觉，要么低头玩手机，谁也不主动说话。

火车在寂静中很快就跑过了一半的路，谢凌云起身去了洗手间，接着是张燕铎，见他们好久都没有回来，关琥坐不住了，担心他们有事，跟着跑了过去，却发现他们在休息区聊天，看似还聊得很开心。

　　看来他是白担心了。

　　关琥没好气地伸手圈住张燕铎的肩膀，把他拉去一边，小声问："你到底是要追谁？有钱人也不能一脚踏两船，菲菲跟凌云都是我的朋友。"

　　"也是我的。"张燕铎用胳膊肘轻轻撞他，平静地说。

　　"你确定你有朋友？"

　　"我确定以你现在的精神劲，你还可以活很久。"

　　张燕铎的眼神落到关琥的手臂上，关琥立刻老实乖乖地把手撤开了，张燕铎这才往下说："刚才我跟凌云在聊劫机那天的事。"

　　"有什么新发现？"

　　张燕铎将自己的手机递给关琥，让他用耳机看视频，却是一段劫机的录像，机身动荡加上状况危急，录像画面一直晃个不停，而且声音还颇响，关琥被震得耳膜嗡嗡嗡的叫，手忙脚乱地关小音量，又不爽地看张燕铎，怀疑就算自己这次不中毒而死，早晚也会被这家伙折腾死的。

　　视频的前半部分没拍到什么重点，至少关琥的眼睛被晃得看不清重点，直到后来镜头才稍微稳定了一些，他看到席勒在跟几名同事对话，他们用的是德语，而且声音很小，关琥一句都听不懂，不过看他们的表情，他们一定是在谈论一件很糟糕的事。

　　当时关琥只顾着救人，没想太多，现在重新看录像，反而心有余悸，叹道："这么恐怖的劫机事件，居然没有被报道出来。"

　　"你太天真了，新闻人士会知道的事件，那都是没被当局封锁的，否则消息根本传不出去。"

关琥完全认可张燕铎的吐槽——假如他不天真，会整天被一只黑心狐狸耍着跑吗？

他向谢凌云虚心求教，"我们的东西不是在当天就被警察搜过了吗？这东西你是怎么留下来的？"

"我一早就把磁卡调换了，"谢凌云说："我又不是第一次跟警察打交道，连这点准备都没有，怎么当记者？"

"我听出了你的自豪感。"

"我虽然拍了，但并不想跟德国当局作对，再说我们是来旅行的，所以这件事我一直没提，现在看来，还是跟你们讲一下比较好。"

谢凌云顿了顿又说："本来我是想建议直接回国的，不过你们都没说要走，那肯定有留下来的理由对吧？"

可以想到这一步，可见谢凌云是个很有想法的女生，但关琥不打算让她多做无谓的烦恼，说："再等三天，我们应该就可以走了……他们在讲什么，你知道吗？"

"我问过菲菲，她说席勒在问货舱的东西怎么样了，还有交代说劫机犯一个都不能放过。"

在飞机被暴徒劫持，随时可能坠机的状况下，这些警察只想到货舱物品跟劫机犯，不管出于怎样的理由，关琥都很难认同这样的行为，他将耳机扯下来收起，问张燕铎，"货舱里的东西会不会是指死尸？死都死了，还有什么好担心的？"

当时货舱处于封闭状态，就算死尸在颠簸中翻转出来，也不必担心有人感染病毒，再说，如果他们真担心棺木会出问题，一开始就该钉死钉，而不是用插销这么简单的……

所以只有一种解释！

关琥看向张燕铎，张燕铎的表情证明他们两人的想法一样——那个所谓的死尸根本不是死的，或许是深度昏迷，或许是被人用药物控制住了行动，但席勒那些人不了解真相，所以才会担心他会不会诈尸跑出来，如果出现那种状况，那就真是上演空中僵尸大战了。

谢凌云观察着他们的表情，笑了笑，说："希望它可以帮到你们，我先回去，你们还要聊什么，尽管聊，菲菲会帮忙绊住那个家伙的。"

看着谢凌云的背影，关琥叹道："我为没有拥有猪队友感到万幸。"

说完不见回应，关琥转过头，见张燕铎双手交抱在胸前靠在墙上，眉头紧皱，看起来脸色很糟糕，他忍不住问："喂，你真的没事？那天你……不，我是说大侠先生在货舱没碰到僵尸吧？"

"怎么中毒还会激发啰唆的毛病吗？"

关琥被呛得一口气没喘过来，咳嗽着说："我觉得我被你气死的可能性更大。"

他的咳嗽让张燕铎的表情更阴沉，缓和下语气说："没，我有病毒抗原体，要出事早出事了。"

"也是跟你以前的经历有关？"

"别想趁机套口风，在这件事没解决之前我什么都不会说的。"

张燕铎说完，看了眼对面的车厢，掉头就走，关琥在后面跟着，说："别这么小气嘛，稍微透露一点有什么关系呢？"

两人一前一后回了车厢，没看到从对面车厢的尽头快步走出一个高个男人，他关掉了录音笔，打开手机，接通后，用英语说："我跟上他们了，还听到了一些好爆料。"

说着话，他按下录音笔，准备传给同伙，就在这时，肩膀被撞到，随即肋下传来凉意，有个尖锐物体从他的肋骨之间穿了过去，直达心房。

或许是速度太快了，他居然没有太多痛感，唯一感觉到的是冰冷，随即冰冷从心口蔓延上全身，力气迅速地从他身上流失，他开口想叫，嘴巴奋力活动着，却无法叫出声来，在视觉还没完全消失之前，他看到了眼前一张俊秀得过分的脸庞，还有就是那人的另一只手中旋转出来的红光。

那是什么东西散发出来的光芒，直到男人顺着墙壁往下滑动时，他都没有搞明白。

手机那边传来同伙的叫声，随后手机从男人手中落下，吴钩伸手接住，切断电源，连同录音笔一直放进口袋，接着托住男人的身躯，像是扶醉汉那样把他扶进了临近的厕所里，让他坐在便器上，男人伤口出血不多，大多数溢在了自己的衣服上，没给他造成半点困扰。

给死者调整好姿势，吴钩拿起清洗中的提示牌走出去，门关上后不久，里面传来砰的沉闷声响——死者的身体逐渐往前滑，最后脑袋顶在洗手间门上，刚好将门卡住。

口袋里的手机不断传来震动声，吴钩置若罔闻，将提示牌挂到洗手间外，微笑说："在到站之前，你可以慢慢地休息。"

所有事情都做完，他转身走进了跟张燕铎相反的车厢，红笔在手指间习惯性地转动着，可以让他兴奋的神经保持镇静。

不小心又帮了流星一个忙，没办法，谁让那些人要对付他的人？他希望流星死亡，但前提是死在他的手里，或是流星向他跪地求饶也行，这才是他最想看到的结果，相比之下，抢夺解毒血清这份任务对他来说，反而不重要了。

吴钩坐到原来的座位上，拿起刚才点过的咖啡，一切平静得就像是什么都没发生过一样，但他没有喝咖啡，而是嗅着咖啡的香气，开始阅读桌上的报纸。

过道里传来脚步声，一个小孩子靠近他，他立刻提高了警备，脸上却堆满微笑。

"什么事？"

"有人让我给你的。"

孩子将手里的纸条递给他后就跑开了，吴钩展开纸条，看着纸上的字，他的表情从讶然转为得意，而后一个人低声闷笑了起来。

加尔米施－帕滕基兴小镇到了，从车窗向外望去，这里的降雪量比慕尼黑要大，楚格峰耸立在前方，山峰上积满白雪，浩瀚苍凉，带给人近在咫尺的压迫感，小魏第一个跳下车，手搭帐篷，开心地说："我们终于可以登山了，唷吼！"

其他人没像他这么有精神，在叶菲菲的带领下出了车站，加尔米施有直达楚格峰的小火车，不过叶菲菲要先去外公家，所有滑雪装备也在那里，所以小魏现在只能过过眼瘾。

来接叶菲菲的车已经停在车站外面了，一位身穿司机制服的男人站在车旁，他看上去有些年纪了，脊背却挺得笔直，看到叶菲菲，马上向她行礼。标准板直的礼节，这一个动作就让关琥确定了他是军人出身。

"阿迪！"

叶菲菲把随身行李往关琥身上一推，跑过去很热情地跟阿迪来了个拥抱礼，等她松开手，阿迪上下看着她，满是感叹地说："小姐，好久不见，你长高了好多，我都不敢认了。"

"而且也越长越漂亮了。"叶菲菲挺起胸膛，很自豪地说。

关琥的头稍微让张燕铎那边侧侧，小声问："她这自信哪来的？"

张燕铎没说话，看向站在车另一侧的男人，关琥顺着他的目光看去。那是一位跟阿迪的气质颇像的中年男人，但他没有阿迪的亲和感，微笑中的疏离感很重，发觉大家的注视，他走到叶菲菲面前，向她伸过手来。

"叶小姐你好。"

"你是谁？"

这几天接连遭遇突发事件，让叶菲菲对陌生人的排斥感严重加剧，没跟他握手，而是转头看阿迪，问："为什么不是斯文叔叔来接我？"

"我是提欧·沃尔夫，斯文先生半个月前遭遇车祸，所以他的所有工作暂由我来代替。"

"斯文叔叔的伤怎么样？"叶菲菲问，目光还是看向阿迪。

"只是小腿骨折，不过先生说他平时都没有假期，就趁这个时间好好休息一下，让他回乡下家里休养。"

斯文是跟随她外公多年的老部下了，叶菲菲只知道他的儿子在柏林做事，没听说他有什么亲属住在乡下，不过她没再多问，对沃尔夫夸张地绽开笑脸，说："那这几天就要麻烦你了，我的朋友很多，希望不要让你为难。"

"这是应该的。"

沃尔夫又向叶菲菲行了一礼，并在叶菲菲的介绍后很有礼貌地向大家打招呼，看他举手投足的礼仪很像执事，但是从气场来看他也绝对是军人出身。

大家上了车，沃尔夫最后坐到副驾驶座上，打手势吩咐阿迪开车。

城堡坐落在加尔米施南部的山区，说到具体位置，算是楚格峰的地域，车开出加尔米施后，车外两旁的风景变得很单一，山林两旁积着厚雪，只有偶尔才能看到一两栋房屋，古旧却很有特色。

小魏跟谢凌云忙着拍风景，叶菲菲则拉着阿迪聊天，从阿迪的工作聊到他的家，阿迪都很有耐心地一一解答，脸上挂着笑，充满了对后辈的关爱，但他好像跟沃尔夫不熟，两人除了必要的交谈外，几乎没搭话。

张燕铎低头看唐诗，克鲁格在翻看手机，关琥没事做，只好选择睡觉——接下来还有场硬仗要打，他得抽时间把精神养足才行。

半小时后，车速逐渐放缓，关琥睁开眼睛，看到了耸立在山间的建筑。

说是城堡，其实更应该说是具有哥特式建筑风格的老房子，大约介于普通楼房的四五层的高度，楼房四面还围着高墙，靠山而建，前方则是很大的一片空地，没有任何绿色修饰，看上去带着跟山峰同样的苍老气息，连接围墙的是两扇看不出原有颜色的大铁门，随着车的靠近，铁门自动打开了。

阿迪把车停在了古堡门前，大家依次下车，外面天空晴朗，但气温很低，不知是不是温差太大，关琥在下车后感到有短暂的眩晕，又咳嗽了起来。

"关琥，你还好吧？"叶菲菲转头，担心地看他。

关琥想他现在的脸色一定很难看，否则以叶菲菲的粗心，不会注意到他有问题，急忙掩饰说："支气管炎犯了，没事没事。"

叶菲菲还要再问，楼门打开，一位身材高大的老人从里面快步走出来。

他看上去年过七旬，却没有半点属于老年人的迟缓委顿，走路健步如飞，即使不是现役军官，他作为军人的风范还是毫无保留地展现了出来，花白的头发整个梳向脑后，面容消瘦严肃，再加上炯炯有神的目光，让他看起来很难以接近。

看到叶菲菲，老人的表情稍微缓和，向她伸出手来，叶菲菲扑上去抱住他，叫："外公，你好吗？"

老人拍拍她的后背，等她退开后，微笑说："我很好。"

"我听妈说，你的风湿病又加重了。"

"那只是小毛病，离心脏远着呢，"老人抓住她的手拍了拍，说："放心，在看到你穿上新娘礼服之前，我会活得好好的。"

"外公！"

"好了好了，来介绍一下你的朋友吧，这些小伙子都很帅啊，哪个是你的男朋友？"

老人的目光在几个年轻人之间巡视了一圈，最后转向叶菲菲，叶菲菲的眼睛转转，拉住他的胳膊，摇晃着说："天好冷，我们进去说进去说。"

老人没理会她的撒娇，向大家伸出手，用英语自我介绍说："我是托比亚斯·冯·福尔贝克，欢迎你们来我家做客，也很高兴认识你们。"

小魏抢上前打了招呼，之后是谢凌云、关琥、张燕铎，最后是克鲁格。

克鲁格看上去很拘谨，连口罩都没摘，半低着头小声用德语做了自我介绍，福尔贝克狐疑地看向叶菲菲，叶菲菲解释说："这是我们在慕尼黑认识的朋友，他说他对楚格峰很熟悉，要给我们做向导，所以就一起来了。"

关琥猜这大概也是张燕铎交代叶菲菲这样说的，听了她的话，老人失笑，傲然道："要说对楚格峰熟悉，谁能比得过我？想当年……"

"好啦外公，外面这么冷，你不怕冷，我的朋友还怕呢。"

叶菲菲打断了福尔贝克的话，连拉带拽，把他拽进了家里，沃尔夫跟阿迪帮大家把旅行箱陆续拿进去，大门关上，暖流立刻将众人围拢了。

城堡的内部建造跟它的外观一样，带着深邃古朴的色调，家具的颜色也都偏深，看起来都是年代久远的物品，却不会给人陈旧之感。

大厅顶棚很高，上方挂着一盏巨大的水晶灯，对面是间隔排列的落地玻璃窗，深红色的厚质窗帘往两旁拉开，以银钩挂起。坐在客厅正中的沙发上，可以欣赏到远处的雪景，墙角壁炉里的炉火正旺，偶尔传来木柴燃烧的声响，午间阳光斜照进来，假如躺在阳光下，闭目聆听柴火的燃烧声，一定是很好的享受。

等众人都落座后，一位中年女仆将茶点端上，叶菲菲坐在福尔贝克旁边的沙发扶手上，看到她，不由得嘟起了嘴巴，"又是我不认识的人。"

"你几年才回来一次，有不认识的也不奇怪，不过几位厨师先生都是老人，不用担心你吃不习惯。"

"我听说斯文叔叔的事了，他在哪里休养啊，我想去探望他。"

趁沃尔夫去厨房交代事情，叶菲菲小声问外公，福尔贝克却支吾着把话带了过去，用英文跟坐在对面长沙发上的年轻人们寒暄过后，问叶菲菲，"你还没说到底哪个是你的男朋友。"

"那个……"

叶菲菲的目光投过去，克鲁格推推关琥，又指指礼品酒盒，关琥急忙拿起酒盒，连同他们几个朋友事先准备好的礼物一起拿出来，走上前放好，对福尔贝克说："这是我们几个人的一点小意思，希望福尔贝克先生喜欢。"

"咦，蓝色德堡？关琥你什么时候买的？你怎么知道我外公喜欢它？"

"我不知道，这是我在旅行途中选的，如果福尔贝克先生喜欢，那就太好了。"

关琥大言不惭地说着，又特意向老人做出微笑表情，可惜他的大半张脸都被口罩盖住了，微笑沟通没有达到预期的效果。

"你生病了吗？"

福尔贝克问道，严肃的语气和投来的锐利眼神让关琥感觉自己是来见工的小职员，他被盯得心虚，支吾道："是支气管炎，天一冷就容易咳嗽。"

凌厉的目光在他身上来回转了一圈，让关琥体味到了一次当犯人的感觉，老人又说："那要注意身体，你这种体格可别想到楚格峰上滑雪。"

假如不是中毒，以他的体格还有他的滑雪经验，去珠穆朗玛峰上玩滑雪都没问题的！

关琥在心里很不服气地反驳着，继续微笑点头，"谢谢，我会注意的。"

令人心绪不宁的目光终于从他身上转开了，福尔贝克问叶菲菲，"就是他吗？"

"当然……"叶菲菲顿了顿，说："不是，要说我的男朋友啊，他是……"

她走到沙发那边，小魏立刻倾身，表示自己很有兴趣当男友，克鲁格则悄悄地往后退，叶菲菲的目光划过他们，最后落在张燕铎的身上，拉住他的胳膊，将他带到外公面前。

"是这位。"

"咳！"

看到他们二人并肩站在一起，关琥再次咳了起来，不过这次不是因为病毒，而是被呛到的，结结巴巴地问："你、你们什么时候……"

叶菲菲把他推开了，问福尔贝克，"外公，你觉得他怎么样？"

老人看看张燕铎，微微点头后，又对关琥笑道："看来一瓶蓝色德堡还不够，小伙子，你要多加努力了。"

那不是一瓶，是两瓶套装！

关琥瞪向张燕铎，张燕铎依旧是平时那副笑眯眯的脸孔，既没有反对叶菲菲的话，也没有太多很荣幸的表示，关琥实在搞不懂他的想法，心想早知老先生中意张燕铎这类的眼镜男，他应该让张燕铎献酒的。

大家聊完天，午饭也准备好了，福尔贝克请他们就餐，又抱歉地说因为事先不知道他们今天会来，午餐准备得不周到，晚餐会补上的，请他们不要见怪。

不过在关琥看来，这顿"不周到"的午餐已经非常丰富了，味道也不亚于他们在慕尼黑吃的那几家大饭店的菜系。

随着时间的推移，他的心情从最初知道自己中毒时的震惊、消沉渐渐转为平静，觉得凡事还是顺其自然的好，真要是快死了，多想也没用，于是摘下口罩，将午餐吃了个精光，算是把昨晚的那份也补回来了。

关琥的反常表现引起克鲁格的频频侧目，张燕铎也觉得他不太对劲，张口要劝阻，想了想，最后还是忍住了，直到午餐结束，在他们跟随女仆去卧室时，他才说："虽然可以理解你想做饱死鬼的心情，但你有没有想过假如你真的变僵尸了，一个有肥胖症的僵尸有多难看？或是假如死不了，你要花费多少精力去减肥？"

一席话说得关琥差点被噎到，斜瞥他说："我只知道自己接下来的命运有两种结果——变僵尸 or 变被你气死的僵尸。"

大家的卧室被安排在四楼，跟在慕尼黑时住的酒店一样，他们兄弟两人的房间相邻，其他人在走廊的另一侧。这栋建筑物没有外表看上去那么"纤细"，城堡的内部构造很大，即使是相邻的房间，彼此也间隔很远，这一点对关琥有利，至少在他进行古堡探险时不容易被其他人觉察到。

给他们带路的女仆有着典型的日耳曼民族的特征，长得高大健壮，而且很有力气，她把其他人的客房安排好后，又主动提着关琥跟张燕铎的箱子来到他们的房间，将门打开，又叽里呱啦说了一堆德语。

"可以说英语吗？"

不知道女仆是不是听不懂关琥的话，耸耸肩，直接将旅行箱分别拖进了两个房间里，然后转身离开了。

关琥的房间很大，除了固定的摆设外，对面还有个大阳台，透过落地玻璃窗看过去，外面是层叠起伏的山峰云海，假如不是发生意外状况，这该是一次很不错的滑雪旅行。

福尔贝克的妻子过世多年，他没有再娶，退休后就回到了这栋祖上留下的房子里隐居，在家里做事的人有一半以上是跟随他多年的旧人，所以虽然城堡很大，却完全不显得冷清。

下午，等大家稍作休息后，由阿迪负责带他们在城堡内外游玩，顺便讲解有关这座建筑物的由来跟年代，以及周围风景的逸闻典故，关琥对这个没兴趣，好不容易撑到进城堡内参观，却没想到里面的构造既烦琐又没有固定套路，转了两层楼他就转晕了。

等楼上的都看完，阿迪又带他们去地下室，原来城堡地下还有三层，三层里有一部分建成阁楼似的布局，更甚至有些地方另外开了通道口，砌出上行的阶梯一路连到地面上的楼层，于是简单的三层楼在这种阶梯的引导下变得错综复杂，让人无法弄清自己现在在几楼。

关琥一开始还有用心去记，但没多久他就放弃了，因为他发现就算杀掉一半脑细胞，以他的记忆力也无法记住这些通道，他也开始明白那些警方跟军方的人为什么会放弃寻找了，在这种地方找东西，那根本就是自虐。

"大哥，接下来就靠你了。"他凑到张燕铎耳边，小声说。

后者托托眼镜，轻松自如地回："嗯，没指望靠你。"

走廊的许多地方挂着福尔贝克家族的油画，这些年代久远的物品在灰色石砖的陪衬下，泛着幽幽的暗光，四周没有窗户，即使是白天也需要点灯照明，偏偏灯光不亮，在跟随阿迪观光的路上，关琥感觉自己现在更像是在鬼屋探险。

阿迪介绍说地下几层是作为酒窖跟储藏室来用的，还有福尔贝克先生的私人收藏室跟家庭影院，但主人不喜欢有外人擅入，所以他只是随口提了一下，就带着大家离开了。

为了更好地了解情况，关琥叫住叶菲菲，找借口说他们对这种复古的装潢很感兴趣，能不能多看看。

谁想一向爽快的叶菲菲听后，连连摇头，"还是不要了，外公不喜欢外人在下面乱走的，我小时候偷偷跑来玩，还被他骂过。"

阿迪也说："对的，我们这里每座城堡都有家族神灵守护，假如擅自走动，就会被神灵带走，以前这座城堡就发生过有人失踪的事件，所以即使是先生本人，也只会去几个固定的房间。"

"那是多久以前的事？"张燕铎问。

阿迪的表情变得紧张，像是后悔提到这个话题，叶菲菲抢着说："就是我小时候啊，每次我调皮，大人都这样说，我猜那都是大人编出来骗小孩子的。"

关琥觉得阿迪在听了这话后松了口气，连连点头附和，小魏在旁边取笑叶菲菲，阿迪趁机带他们上楼，话题就这样被岔开了。

等参观完毕，沃尔夫也把他们的滑雪用具都准备好了，照叶菲菲事前交代的，一共五人份，克鲁格则是自带的装备，盔形帽、防风镜一应俱全，看上去还真像要来滑雪的样子。

之后是下午茶时间，叶菲菲去陪外公聊天，其余的人或是在餐厅品茶聊天，或是去室外活动，关琥借休息的时间观察了城堡里的环境，考虑等夜深人静时就可以按计划行动了。

中途张燕铎接了几封邮件，他出去打电话，关琥很想知道他在跟谁通话，但碍于周围一直有人，没办法询问，直到晚餐时间，大家各自就座，趁着酒席上气氛热烈，他才凑近张燕铎，小声问："谁的邮件？"

"小柯的，晚上我去你房间。"

听张燕铎的语气，应该是有线索了，关琥更没心思吃饭了，不知是大家聊天的声音太响亮，还是他的心情太急躁，他感觉被吵得很心烦，酒席中一直坐立不安，在用刀叉时，他看到手背上的红斑更多了，这才明白自己情绪暴躁是毒性在慢慢侵蚀的缘故。

这个发现让关琥心头一惊，手没拿稳，将叉子掉到了地上，女佣帮他换了新叉子，他连道谢都忘了说，慌慌张张地去看指甲，指甲倒是没有长长，但月牙部分开始泛黑，这一转变更证实了他的推测。

注意到自己的变化，关琥的情绪在无意识中被带动了，他发现不知从什么时候开始，自己的耳朵变得特别灵敏，大家的说笑声在他听来清晰得像是炸雷，忍不住揉揉耳朵，很希望那只是耳鸣造成的。

"怎么了？"张燕铎第一时间发现了他的不对劲，问道。

看到克鲁格也在对面注视自己，关琥支吾过去了，好不容易熬到晚餐结束，他以疲累的借口先回了房间，躺在床上闭目养神，原本想等大家都回房后再行动，谁知这一闭眼，还真睡了过去，等他被自己的咳嗽声吵醒，睁开眼时，发现时钟刚好转了一圈。

还好没一觉睡到天亮，如果因为嗜睡而耽误自救，他想他会死不瞑目的。

关琥一边在心里暗叹好险，一边匆匆爬起来跑出去。走廊上很静，关琥走到楼梯口，听到下面隐约传来说话声，他放轻脚步，来到克鲁格的房间外敲门，可是半天都没人回应。

关琥特意没有事先打电话，他想借出其不意来拜访观察克鲁格的反应，谁知还真让他观察到了——克鲁格不在房间里。

难道他已经有所行动了？还是没从聚会中抽出身来？

从克鲁格跟大家的关系来看，关琥觉得后一个可能性不太大，他正琢磨接下来自己该怎么办时，对面楼梯口传来脚步声，他左右看看，刚好身后不远处也有一段楼梯，可能平时不用到，上面没有电灯，他快速藏到楼梯口那头，悄悄探头去看，就见上来的是克鲁格，他没有回自己的房间，而是继续顺着楼梯往上走。

阿迪曾说过上面是主人的书房跟休息的地方，关琥好奇克鲁格上楼做什么，便没有叫他，而是偷偷跟了上去，一直跟到五楼的走廊上，发现克鲁格走到福尔贝克的书房门前，他还以为克鲁格开始行动了，正想说这人太沉不住气了，谁知就见他抬手敲了下门，在听到里面传来回应后推门走了进去。

主人居然在书房里？

这个事实大出关琥的意料，一瞬间他的脑海里闪过几个可能性——克鲁格直接造访，试探福尔贝克；克鲁格拿枪要挟福尔贝克，逼他交出解毒血清；克鲁格跟福尔贝克事先有约……

前两种感觉太冒险，后一种更不可能，克鲁格看上去有点怕那位退休的老将军，再换个角度想，克鲁格会不会以追求叶菲菲为借口，试图接近福尔贝克？

关琥在脑子里努力推测着，见克鲁格没有出来的迹象，他正打算过去查看，忽然听到身后传来响声，条件反射之下，他在转身的同时，做好了攻击的准备，谁知转过去才发现那人站在下面的楼梯口，离他还有好长一段距离。

听力变得更灵敏了，但这一点都让人开心不起来，在看到那人是沃尔夫后，关琥挤出个笑脸。

"是你啊。"

"关先生，你在这里干什么？"

"我……"关琥左右看看，指指墙上挂的油画，"觉得这里的画挺漂亮的，来观赏观赏。"

沃尔夫的目光掠过油画，解释说："福尔贝克先生是世袭贵族，这些都是他的祖上，传说画师在画画时，为了画像更生动，便将自己的血融在颜料中，所以即使历经百年，这些画看起来仍然栩栩如生。"

关琥听得毛骨悚然，再看油画上的人像，心理作用下，真觉得人像的眼珠在随着自己的移动而动，他呵呵干笑了两声，算是应和了沃尔夫的话。

"所以夜深之后，最好不要在城堡里乱走，可能会被祖先的神灵当作侍从带走的，这一点阿迪在带你们参观时没有提到吗？"

也许提到了，但关琥当时正一门心思记路线，所以没注意到，见沃尔夫说完，往楼下走，他急忙跟上，"请问福尔贝克先生现在在哪里？"

沃尔夫奇怪地看他，关琥只好解释道："我……正在追他外孙女嘛，所以当然有必要讨好一下她的家人，我想现在去跟福尔贝克先生聊聊天，应该不会打扰到他吧？"

"他已经休息了，我刚才跟他道了晚安，"沃尔夫说完，又抬头往上看看，"那边是书房，先生的卧室在三楼左数第二间，假如你想跟他聊天，明天一早也许是个不错的选择。"

"谢谢。"

关琥跟沃尔夫一起下了楼，又在他的注视下不得不转去自己的房间，开门时他转头去看，沃尔夫还站在楼梯那边注视着他，看来不看到自己进房间，他是不会走的。

关琥不得不进了房间，心里却在琢磨沃尔夫的话——如果他说的是真的，那刚才克鲁格是去跟谁见面？如果是假的，他又是为了什么隐瞒真相？

不过不管怎么说，这里每个人都怪怪的，说不定真是被祖先的神灵迷惑了……

灯摁亮了，关琥叹着气走到卧室床头，就在这时，他耳朵里的噪音突然加重，远处的窸窣声在他听来分外清晰，顺声望去，声源是从对面的衣柜里传来的，想起张燕铎的警告，他立刻冲过去拉开柜门。

里面空空如也，关琥想起了他进来后懒得收拾，旅行箱还放在地上，没动过。

"我在这里。"

旁边传来轻淡的话声，关琥转过头，就见张燕铎坐在墙角的沙发上，他穿着黑衣，又一动不动像是个隐形人，突然看到一个大活人坐在自己身旁，关琥不由得跳了起来。

"哇，你玩忍者啊！"

"没有，只是你没注意到我而已。"

"你怎么没钻柜子？"

"这次又不需要偷听，我为什么要钻柜子？"

张燕铎那理所当然的表情像是在暗示关琥说了多么可笑的话，关琥没好气地瞪他，随手将外套脱了，撑在衣服架上，放进柜子里，说："那你又偷偷摸摸地进我房间干什么？"

"你的讲述有问题，关琥，我有敲门，发现你不在，我才撬门的。"

主人不在，不是该换个时间再来吗？哪有人把撬门这种事说得这么光明正大的。

没等关琥吐槽，张燕铎先问："你去哪了？"

"去找克鲁格……"

"有什么事你不先找你哥，却去找个外人？"

话里充斥着浓浓的不满，这让张燕铎的微笑看起来不那么有善意，关琥只好说："因为那个是知道很多内幕的外人。"

"那你了解到了什么内幕？"

"什么都没有，因为他不在。"

关琥将自己刚才的发现跟怀疑说了一遍，张燕铎看着他将柜门关上，问："那你现在还能听到那些怪声吗？"

"好像没了，我想可能是因为耳鸣，我听错了吧？"

张燕铎走到关琥面前，先是盯着他的脸仔细看，然后去把对面的阳台门打开，冷风呼的一声吹了进来，关琥打了个寒战，急忙跑去阻止他，"你搞什么？快关门。"

张燕铎无视了他的阻拦，反而将他拉到外面，问："你现在能听到什么？"

"风声。"

"那能看到什么？"

"星星……还有远处的山峦。"

"路灯呢？"

"大哥你这是在测试我有没有幻视吗？"

这里已是山林里了，到了夜间，动物应该比人多，哪里需要什么路灯？关琥狐疑地看张燕铎，不知道他在搞什么鬼。

张燕铎把门关上了，说："假如你的视力跟听力再有变化的话，记得马上跟我讲。"

"我觉得我们有必要先聊一聊小柯的邮件。"

"我渴了。"张燕铎坐去床头的沙发上，说。

事态紧迫，关琥决定忽略张燕铎这种对一个快死的人颐指气使的行为，从旅行箱里拿出两瓶矿泉水，一瓶给他，一瓶自己喝。

张燕铎把手机递给他，邮件附件很大，除了艾米的以外还有李当归，再往后看，关琥居然看到了克鲁格的名字，他很惊讶，抬起头看张燕铎。

"你连克鲁格都怀疑？"

"难道你不觉得他有问题？"

"要查也该查席勒吧？克鲁格只是个小卒。"

张燕铎没说话，这个反应就代表了他有不同的想法，关琥只好先看克鲁格的档案。

克鲁格的履历很简单，就是普通的进学跟就职，最初在某个小镇上做巡警，一年前调去慕尼黑警局，在席勒手下做事，主要负责一些普通社会案例，这次是因为懂得汉语，才被席勒调来负责他们的案子，整体看来，这个人的履历没有太突出，也没有很糟糕，关琥想不通张燕铎跳过席勒查他的理由。

"我也想不出来，就是觉得哪里有忽略的地方。"

听着张燕铎的解释，关琥又去看艾米的档案，艾米的调查资料很详细，从她接过的案件到几次失手以及对她的通缉记录都列得十分清楚。

艾米是德美混血，出身不详，有关她最早的记录是她从小就在马戏团里混，她有很多化名，换名的习惯在马戏团里就养成了，所以无法确定她真实的姓名，艾米·卡佛算是她较常用的一个。

艾米的特技是精通开锁、模仿各种嗓音跟动物叫声，她不隶属特定的组织，而是按酬接案，再根据案子的内容，选择是否跟同行联手，像这次的事件就是他们临时组成的团伙，至于雇佣她的人，因为条件限制，小柯还没有查出来，但根据推断，雇佣方逃不出欧洲几个大国的情报组织。

接下来是李当归的。

李当归的资料出乎关琥的意料，他本名叫伦纳德·冯·菲利克斯，这个名字很平常，但菲利克斯家族却在德国赫赫有名，几乎所有跟赚钱有关的产业都有他们的参与，尤其是新闻业，其中大半以上是由菲利克斯家族垄断的，而李当归还是这个家族的直系子孙，彻头彻尾的富三代，叶菲菲曾吐槽说他是有钱人，现在看来，他岂止是有钱，根本是到了不知道钱的价值的程度。

李当归上面有几个哥哥，赚钱这种事轮不到他，所以他把心思都花在了自己感兴趣的地方，去南非淘金、到古埃及冒险、近年来又迷上了汉学文化，从古币到文字，再到一些神话遗址。家里有的是钱供他挥霍，所以任何兴趣都是一直玩到他厌烦为止，而近期他最沉迷的就是僵尸传说了。

"这份资料应该没弄错吧？"看完后，关琥抬起头说："那家伙穿的用的还有言谈举止不像是超级富豪的样子啊。"

要说李当归的举止，关琥更倾向于他是哪个武侠时代穿越过来的古人。

"喜欢炫耀吃穿花用的人，只能说他还不够富有，真正到了李当归这种程度的，穿不穿名牌对他来说已经不重要了，一块黄金跟一块石头在他眼中的价值是一样的。"

"那我可以用石头跟他换黄金吗？"

"下次遇到，你可以问问他，前提是可以找到他。"

"为什么这样说？"

张燕铎会特意查李当归，当然不是因为他的富豪世子的身份。联想到他的家世，关琥有些紧张，"你查他，是不是怀疑他有插手军方的僵尸计划？"

"他是否有插手还难说，但如果菲利克斯家族想插手的话，那将是个很好的赚钱途径，而李当归的僵尸展又办得这么醒目，很难不引起警方的怀疑。"

这也是张燕铎拜托小柯查李当归的起因，而李当归的出身着实让他吃了一惊。

菲利克斯家族财大气粗，如果他们真有插手的话，要请艾米或比她更厉害的人绰绰有余，他甚至怀疑他们被带去僵尸展本身就是对方布的局，所以在接到小柯的联络后，主动联络李当归，想探探他的口风，却一直联络不上，直到傍晚才接到他的回电。

李当归说自己的车在去火车站的路上抛锚了，手机也丢了，他不记得谢凌云的号码，等他成功拦到车，赶到火车站时，谢凌云已经离开了。

"他会不会是在说谎？"听完张燕铎的讲述，关琥问道。

"应该不是，如果他想打听情报，应该像克鲁格那样找借口接近我们才对，所以听他说会驾车直接过来，我就把这里的地址告诉他了，顺便让他帮我调查几件事。"

"这件事你跟菲菲提过了吗？引狼入室会不会给她的家人带来危险？"

见关琥紧张，张燕铎似笑非笑地扫了他一眼，"亲爱的弟弟，你忘了还有句话叫——关门打狗吗？"

"那打死了怎么办？"

张燕铎眉头挑挑，关琥就知道他接下来不可能说什么好听的话，立刻伸手制止，把话题拉回去，"你们还聊了什么？"

"还问了有关僵尸的事，不过李当归正在赶时间，我就没多问。"

张燕铎回答得很轻松，但直觉告诉关琥他还有话没说出来，正想找个借口往下问，外面传来敲门声，关琥看了张燕铎一眼，走去门口，问："是谁？"

"我，克鲁格。"

听到克鲁格压低的声音，关琥忍不住又看向张燕铎，之前他考虑的是跟克鲁格摊牌，三人联手一起找血清，但克鲁格刚才的行为让他对这个人多了一份戒心。

张燕铎伸出双手，在胸前做了个交叉的动作，见他拒绝，关琥冲他摇摇头，又用下巴指指衣柜，示意他躲起来。

张燕铎的表情有些不快，关琥急得又再次向他摆了摆下巴，示意他时间宝贵，别在那里磨蹭，反正钻衣柜对他来说也不是第一次了，没什么心理障碍的。

在关琥的拼命暗示下，张燕铎只好照他说的进了柜子，等他把柜门关好，关琥这才打开房门，让克鲁格进来。

"为什么这么久？"克鲁格进了房间后，打量着周围，奇怪地问。

对面吹来冷风，原来阳台门没关紧，被风吹开了一条缝，关琥跑过去关上，说："刚才在阳台上吹风，呵呵……就晚了。"

"如果是为了观察情况的话，这么黑的夜里查不到什么的。"

听了克鲁格一本正经的解释，关琥不知道该怎么回应，眼神扫过桌上，看到两瓶喝了一半的水，忍不住诅咒张燕铎藏人时为什么不把水也一起藏起来，他不动声色地移动过去，趁克鲁格不注意，将一瓶水塞到了枕头底下，问："那你来找我是……"

"当然是谈接下来的计划，"克鲁格看看表，说："我们的时间没有很多，你看要怎么查？"

"你有先去调查吗？"

"没有，我一直在房间里查地形图。"

克鲁格打开手机，将事前输在里面的建筑图纸调出来给关琥看，他做得很自然，要不是事先知道他有去过书房，关琥一定不会想到他这样做是为了掩饰心虚。

"那你有想到该从哪里下手吗？"他不动声色地问。

"没有，今天参观古堡，我觉得这图纸根本没有实际用处，要想在这里查到线索，需要动用大量的人力物力。"

"现在这两样我们都没有。"

"所以我才想说有没有其他可行的办法。"

即使有可行的办法，关琥也不想说，克鲁格从一开始就在骗他，难保找到解毒血清后，再被他骗走，那自己就真是为他人作嫁衣裳了。

"嗯，这些地图我也全部看了一遍，总的来说，我跟你的想法一

163

样，所以我觉得我们不能操之过急，先按兵不动，等熟悉了这座城堡后再行动会更保险。"

听了这话，克鲁格很震惊地看他，"你确定这样想吗？你没有多少时间的！"

"正因为没有多少时间，我才不能走错一步，否则就更没有机会了。"

"也许我们可以利用叶小姐，假如她可以帮我们，那胜算就多了很多。"

"我不会利用我的朋友。"

"那就坦诚相告，生命攸关的事，相信她会理解的。"

"那你有没有想过她知道一切后，跟外公告密？如果让你来选，亲情跟友情你选哪个？"

克鲁格不说话了，关琥又笑道："怎么看起来你比我还要急？放心吧，如果找不到东西，死的是我，所以我会全力以赴的，至于拉叶菲菲下水，我不认为是个好的提议。"

"不管怎样，你要怎么做，我都会全力支持的。"

克鲁格点点头，算是认同了关琥的话，他转身要离开，关琥叫住他，问："那个李当归，你们警方有没有在调查他？"

"没有，他与这件事有关吗？"

克鲁格的表情很认真，完全看不出是在做戏，关琥不知道他究竟了解多少内幕，便试探着说："因为昨天看到你对棺木里的僵尸很感兴趣，那东西不会是僵尸计划实验中的失败品吧？"

"你的想象力很丰富，这怎么可能……"

"哈哈，就是问问，不是当然更好。"

关琥送克鲁格出门，随后把门锁上了，等他转回来，张燕铎已从衣柜里跳了出来，低头拍打沾在身上的灰尘。

"好了，你的衣服很干净，"关琥走回去说："刚才他说的话，你怎么看？"

"他在撒谎。"

张燕铎头也没抬，说："他每次说话时都有三至五秒的停顿，他在考虑怎么措辞才不会被你怀疑；他一定有去查李当归的身份，也怀疑他的僵尸有问题；他很担心你挂掉，所以极力说服你利用叶菲菲，我想他还有一个想法，只是没敢说出来。"

"这么多？既然他这么急于找到血清，那还有什么想法是他不敢说出来的？"

张燕铎抬起头，就在关琥期待大揭秘时，张燕铎冲他一笑，"我也不知道。"

"你不知道还敢这么确定？"

"我猜的不行吗？"

关琥握起拳头，张燕铎的话成功地激发了他想揍人的冲动，谁知就在这时，房门再次被敲响，两人对视一眼，关琥把揍人的动作改为推人，示意张燕铎再钻一次衣柜。

"要钻你钻，我刚把衣服拍干净。"

"如果这是你的房间，我一定会钻的，"见张燕铎没有去衣柜的表示，关琥一指床底，"那要不你钻那里？"

"你可以当没听见。"

那么大的敲门声他怎么可能当听不到？

敲门声再度响起，关琥没时间再跟张燕铎纠缠，他连拉带拽地把张燕铎带去衣柜前，小声说："拜托再钻一次，大不了我回头买套新衣服给你。"

"蜷在小柜子里很辛苦的。"

"回头我再帮你马杀鸡（英文单词 massage 的音译，指推拿按摩）好吧，哥？"

听着敲门声不断地传来，关琥都快哭了，总算把张燕铎劝着进了衣柜里，他匆匆关上柜门，又跑去开门，心里气愤地想，他都快死了，怎么还搞得这么累，这边要骗警察，那边还要哄哥哥。

门打开了，关琥正要找借口把克鲁格赶走，话到嘴边又硬生生地咽了回去，站在门外的不是克鲁格，而是叶菲菲，看到她手里拿着的纸袋，关琥的第一反应是——主人把酒退回来了？

"菲、菲菲，怎么是你？"

"不然你以为会是谁？"

关琥结结巴巴的反应在叶菲菲看来超级有问题，探头往里看，关琥本能地用身体挡住她的视线，但马上就感到不对——怎么他现在的样子很像是偷情？

"我可以进去吗？"

关琥很想找一堆"太晚了，孤男寡女同处一室不好"等等的借口，但想想说到最后，叶菲菲还是会进来，还不如一开始就不要浪费时间，顺着她的想法赶紧把事情解决，把这位姑奶奶开开心心地送走，自己也好马上做事。

想到这里，他大方地把身体侧开，请叶菲菲进门，问："这么晚，有什么事吗？"

"也没什么事啦，凌云有带消炎药，让我给你送过来，你看哪个适合你。"

叶菲菲边说边将纸袋里的药拿出来，放到桌上，又转头打量周围。

"这间客房不错耶，外公好偏心，让你一个人住我们两个人那么大的房子，还带阳台。"

"谢谢，你喜欢的话，明天换过来也行。"

其实关琥更想说——只要你赶紧走，让我做什么都行，可是他不敢那么说，以他对叶菲菲的了解，如果直接赶她走，只会适得其反，看到床边上的遥控器，他灵机一动，说："要看电视吗？一起吧？"

"关琥你好奇怪，我为什么要特意跑来你房间看电视？"

叶菲菲白了他一眼，放下纸袋，走去阳台观望，接着又转去衣柜前，摸着古香古色的木制柜子，说："这衣柜我记得的，小时候我还在里面捉迷藏呢，没想到外公还有在用它，关琥我跟你说……"

眼看着叶菲菲要拉柜门，关琥吓得冲过去阻拦，却因为速度过快，直接撞到了柜子上，叶菲菲被他吓得向后退，关琥趁机挡在门前，将手里的矿泉水瓶推给她。

"啊，菲菲，你口渴吗？给你水！"

"你搞什么？"

"没、没什么，就给你水。"

关琥的话说得结结巴巴，他猜自己现在的脸色一定很难看，还好叶菲菲没跟他较劲，打量着他，说："你真的没事吗？满头的汗，还给我喝剩下的水。"

"抱歉抱歉，我烧晕了，刚吃了解热的药，头有点晕，呵呵。"

"你不是说你是支气管炎吗？怎么又发烧了？"

"就支气管炎引起的发烧。"

关琥觉得再折腾下去，自己一定会真的晕过去的，偏偏他不敢离开柜子，还好叶菲菲没再跟他纠缠，转身去床边翻纸袋，关琥正想松口气，身后突然传来吱吱声，把他吓得一抖，急忙放开嗓子大声咳嗽起来。

"咳嗽得这么厉害啊，还好我有拿喉糖。"

叶菲菲把一个小圆盒子也放在桌上，接着是个长方形的纸盒，关琥咳嗽着走过去，发现纸盒里放的是一件蓝色睡袍，看样式跟张燕铎在慕尼黑酒店时穿的那种一样。

"这是……"

"是送你的啦，那天去购物，谢谢你们帮忙拿东西，老板跟小魏的我都送了，就你一直出事，害得我没时间送。"

关琥明白过来了，原来那天在酒店，叶菲菲跟张燕铎穿的不是情侣睡袍，而是她送给大家的礼物，他挠挠头，为误会张燕铎感到抱歉，谁知就在这时，身后再次传来咯吱声，这次的响声更大，叶菲菲也听到了，探头往对面看去。

"咳咳！咳咳咳！"

为了掩饰噪声，关琥只好继续放开声量咳嗽，又特意挡在叶菲菲面前，阻止她多看。

"关琥，你是不是瞒了我们什么事？"叶菲菲狐疑地问。

"没有，咳咳！"

"没撒谎？"

没想到做戏做太足，这次真的呛到了，关琥咳得说不出话来，只能用力摇头。

"不管发生什么事，我都一定会帮你的，"叶菲菲说完，见关琥还在咳嗽，她说："你早点休息吧，如果明天还没有好转，我们就取消滑雪计划。"

关琥咳得头都晕了，没注意她说了什么，送她出去后，立刻关门落锁，反身靠在门上呼呼喘气，过了好半天才缓过来，看看衣柜那边，张燕铎完全没有出来的迹象，他只好过去，用拳头捶捶柜门。

"喂，你是不是觉得捉迷藏很过瘾，不打算出来了？"

回应他的是细微的哗啦声，关琥又捶了两下，不见张燕铎出来，他干脆直接把门打开了，就见张燕铎双脚支在衣柜的一边，侧对着自己蜷坐在里面，他的双手交抱在胸前，头微微垂下，像是睡着了，对自己的话不闻不问。

衣柜不算小，但一个成年男人坐在里面，还是显得过于狭窄了，见他一动不动地靠在那里，怎么看怎么奇怪，关琥开始担心，也跟着就地坐下来，方便观察张燕铎的表情。

灯光斜照在张燕铎的脸上，昏暗的光线让他的脸色更显得苍白，垂着的眼皮微微颤动着，还好看上去没像以往几次那么糟糕。虽然对他了解不多，但相处的经验告诉关琥，通常这个时候，张燕铎一定是在考虑重要的事情，他不敢打扰，坐在柜门前默默地等。

第七章

　　过了一会儿，张燕铎抬起头，像是这才注意到关琥在身边似的，长舒了一口气，说："你来了？"

　　"这本来就是我的房间，哥。"关琥冷静地解释，"我不是来了，我一直都在。"

　　"我知道。"

　　"那你知不知道刚才为了帮你掩饰，我咳得快断气了？"

　　关琥将一只手支在柜子边上，叹道："我知道你不喜欢钻柜子，但也拜托你不要在里面发出响声好吧？被发现的话，那会很恐怖的，你让我怎么跟我的女友解释，为什么要把自己的哥哥藏在衣柜里？"

　　"前女友。"

　　"前女友也是女友啊，要真是那样，那我跳进黄河也洗不清了。"

　　"那是你做贼心虚。"

　　"刚才我成功地体会到了什么是不做贼也心虚，你不觉得我们现在很像在偷情，却又怕被捉住的感觉吗？"

　　"又不是我要钻柜子，是你硬塞的。"

　　"是是是，都是我的错，哥哥，为了慰劳你受委屈的身体，我会帮你马杀鸡的，"关琥息事宁人，停止了争辩，说："麻烦你快出来吧，时间不多了，我们赶紧行动。"

这次张燕铎同意了他的提议，"把手电筒拿来。"

所谓的手电筒是两个 LED 笔管型小手电，是出发前张燕铎让关琥带的，关琥当时没想太多，现在看来，一切都像是冥冥中注定似的，所有东西都派上了用场。

关琥从旅行箱里翻出手电筒，回过头，发现张燕铎没出来，反而换了个姿势，背对着自己，在里面哗啦哗啦不知在搞什么。

"你是准备在我家里打洞吗先生？"

"有螺丝刀吗？"

"你不如问我有没有带匕首。"

"有匕首吗？"

玩笑没顺利传达过去，听了张燕铎一本正经的询问，关琥的肩膀垮了下来，凑过去说："什么都没有，我们是来找血清的，不是来探险的。"

"这两者是相通的，把灯光照过来。"

关琥将光芒照在张燕铎指定的地方，就见他在那几个部位一阵摸索，随着啪嗒声传来，柜子后面的木板被他移开了，露出黑乎乎的洞口。

关琥用手电筒往里照了照，发现里面是连接而下的石梯，墙壁也是石头砌成的，看上去挺宽敞，但光芒照不了太远，看不到下面连接向哪里。

"这好像是地道吧，你是怎么发现的？"愣了三秒钟后，关琥看向张燕铎。

"藏在这里没事做，想到你刚才的描述，就试了一下，没想到真有地道。”

张燕铎拿过关琥的一只手电筒，往里照去。

“沃尔夫说福尔贝克已经休息了，并且他还道了晚安，假如他没说谎，那福尔贝克在书房跟克鲁格会面就无法解释了，如果是其他人的话，不需要特意在福尔贝克的房间跟克鲁格约见面吧？”

“所以你想到城堡里或许有直通的地道，这个秘密甚至连沃尔夫都不知道。”

关琥恍然大悟，“难怪菲菲说这里的摆设都没有变了，原来是这个原因，不过这样一来就说不通了，克鲁格是警方的人，警方在暗查福尔贝克，那为什么福尔贝克要背着自己的随从特意跟警察见面？”

“我有种感觉，克鲁格跟福尔贝克是认识的，他甚至认识叶菲菲……要下去看一下吗？有这个地道，省了我们很多麻烦。”

关琥立刻点头，可是张燕铎没动，手电筒在指间优雅地画了个弧，示意他先走。

“你在里面，为什么要我先走？”

“我讨厌脏。”

“难道我不讨厌吗？”

“反正你都快死了，还在意什么脏？”

关琥被这句无情的话成功地打击到了，他放弃了跟张燕铎辩论，将手电咬在口中，四肢并用，从张燕铎身上爬了过去，等爬进洞里，慢慢站直身子，发现里面很高，不用担心撞头。

“你好重。”

身后传来抱怨声，关琥点头，叼着手电筒，含糊不清地说：“是是是，如果我活下来，会记得减肥的。”

他顺着石阶试探着往下走，后面的室内灯光消失了，张燕铎将衣柜木板放回原位，跟随他下楼梯，关琥把手电筒换到手里拿好，问："你也跟来，不怕有人把后路堵住，我们就会变成古堡的一个新传说了。"

"这里打造得这么精密，不可能只有一个出口，而且我拿了手机。"

关琥很想问你确定在这种地方手机会管用吗？但想到问了的话，一定会被嘲讽，只好忍住了。

楼梯比想象中要长，越往下走，天井越高，这里看来不是主人平时常用的地道，角落里布满了蛛网灰尘，眼看着快到尽头了，走过去后，却发现那只是拐角，转过拐角，迎接他们的是又一段新的台阶。

中途路上出现岔口，有些是上楼的台阶，不过关琥照张燕铎的指示继续往下走，张燕铎好像对路径很熟，每每遇到岔路，都会马上作出判断。

关琥这才明白刚才张燕铎在衣柜里发呆，其实是在思索地形拼图，这个人拥有着神奇的大脑，除了过目不忘的记忆外，还可以将记忆中的线索完整地连接到一起。如果不是跟他同行，自己在这种错综复杂的地方乱转的话，会先迷路，找不到出口自救。

"我想到了，我今晚听到的怪声大概是福尔贝克老先生在城堡内部走路的响声。"顺着石阶往下走着，关琥说。

"对，那种响声正常人听不到，可是你刚好不正常。"

"那看来要感谢我的不正常，否则我们只能在城堡的外围转悠了。"

前面的平地上闪过光芒，关琥走过去捡起来，见是个很老式的怀表，奇怪的味道随着表被捡起袭向他，他将怀表翻过来，发现表的背面有一小块黑斑。

"我有种不太好的预感。"

"这是血，恭喜你的视觉跟嗅觉也变得灵敏了。"

关琥咳嗽起来，他分不清是被张燕铎气的还是病毒发作造成的。

"我感觉我不是变僵尸，而是变超人，说不定接下来还可以在空中飞行呢。"他自嘲地说。

张燕铎把表盖打开，里面的表膜碎了，时针停在十一点的方向，关琥在周围地上找到了一些断掉的怀表链子，他又转头看石壁，墙壁上有一些不显眼的擦痕，让他脑海里浮出一幅画面——

有人在这里动手互殴，怀表在撕扯中被打破了，随后碎片磕在墙壁上，甚至磕在了被害人的身上，周围有血腥气，可能换了平时，关琥不会觉察到，但此刻这股气息严重地刺激了他的嗅觉跟大脑神经，头昏沉沉的，无法控制地去想象当时的场景。

肩膀被拍拍，将关琥混乱的神智换了回来，张燕铎丢掉了怀表，一言双关地说："别想太多，一直往前走就好。"

"为什么丢掉它？"

"很久以前的事，留着有什么用？"

"你还记得阿迪白天提到的失踪事件吗？他说的跟叶菲菲说的幼年听到的传说应该不是一回事，"关琥看着地上一截截断掉的金链，说："这里可能曾有过谋杀案。"

"没有尸体，何来谋杀案？快走吧，我们是来找救命药剂的，不是来当侦探的。"

张燕铎推了关琥一把，示意他快走，这里曾经发生过什么事他无从知道，但是相信事后那位老将军一定做了安排，他们不可能在这里找到尸首的，他也不想理会这些闲事，比起蹚这湾浑水，他现在只想着怎么做才能救关琥。

关琥有些不情愿，不过没再反驳，听他的话，沿着楼梯继续往下走，又拐过一道弯后，眼前出现了三岔路口，看着或上或下的楼梯，关琥不得不敬佩福尔贝克家族的恶趣味，好好的，为什么要在自己家里搞出这么多地道啊。

张燕铎在路口稍微迟疑了一下，示意关琥往右走，这座城堡可能在各处设置了通气口，虽然地道里让人感觉气闷，但没有很重的霉气，也许福尔贝克家里的人现在也常常使用这个地道，他们只要随便将解毒血清塞在某个石砖后面，就够别人找几年了。

手电筒的光芒太弱，让脚下的楼梯有种永无尽头的错觉，关琥的情绪在慢慢加重，为了不让自己太悲观，他故意说："哥，如果我死了，头七那天，你一定要准备好吃的给我送行。"

身后传来硬邦邦的回答，"不。"

"这么小气？"

"不管发生什么事，我都不会让你死的，你死了，那个秘密就永远成为秘密了。"

关琥沉默了，他知道张燕铎说的秘密是指什么，可是现在他又不想知道了，他怕听到自己不想面对的真相。

路终于走到尽头了，映入眼帘的是一堵石壁，沿着石壁往左拐，还可以看到路口，不过张燕铎没再走，而是打量着石壁，说："如果我没有计算错误，墙壁那头应该是酒窖，往左走的话，那边连着家庭影院，你选哪里？"

"酒窖吧，我送了两瓶酒，现在该讨讨回礼了。"

两人在墙壁上敲敲打打，没多久就找到了中空的地方，他们合力把石块抽出来，发现对面是个木板状的东西，推起来感觉很重。

关琥率先钻过去，用头顶着木板往前看，酒窖里的面积很大，旁边摆放着几个大酒樽，另一面是排列有序的葡萄酒架，他又往前钻了钻，在上半身探出洞口后往前一跃，落到了地上，木板由张燕铎撑住，没有发出响声。

关琥站稳后，转头看去，却见木板其实是一幅半人高的油画，油画里是个穿着古典裙装的中年妇人，由于画板被举起来，导致妇人的眼角下斜，露出诡异的表情。

想起古堡传说，关琥本能地把眼神移开了，帮张燕铎举起画框，让他也顺利地跳了过来。

两人在酒窖里转了一圈，发现这里除了葡萄酒外，还有不少其他的藏酒，酒窖的另一边连着房门，关琥推开门，就见外间类似书房，所不同的是桌上跟书架上摆放的都是造型各异的酒瓶，靠墙有整套桌椅，看来这里是主人招待亲友品酒的地方。

关琥咽了口唾沫，"假如不是另有目的，我会喜欢这里的。"

"有食欲，就代表你还没有被病毒完全侵袭。"

"这是好事，坏消息是如果福尔贝克先生把解毒血清放在某个酒瓶子里的话，我们怎么找？"

稍微的沉默后，张燕铎说："先找找看吧。"

关琥觉得他说得很没底气，但是现在这种状况下，除了慢慢找，没有别的路走，他先从书桌开始翻起，抽屉都没有上锁，里面放了一摞摞的文件，他拿起来看了一部分，那都是些关于酿酒的配方资料，跟他们要找的东西一点关系都没有。

抽屉都翻完了，除了酒资料还是酒资料，关琥叹了口气，又改去翻酒架，尽管他对找到线索不太抱期待——没人见过解毒血清，也没人知道它放在什么样的瓶子里，他想福尔贝克应该不会那么蠢，在瓶子外面贴上解毒血清的标签。

正感觉挫败时，外面传来响动，关琥立刻警觉起来，冲张燕铎打手势，张燕铎却好像没听到，奇怪地看他，关琥只好用手指外面，示意他有人过来了。

张燕铎摇摇头，表示没有声音，关琥再侧耳倾听，过了好半天，才又传来窸窸窣窣的响声，但等他再细听时，又听不到了。

关琥被自己诡异的听觉搞糊涂了，小声询问张燕铎，张燕铎再次摇头，两人屏住呼吸再听时，黑暗中突然响起嗡嗡嗡的怪声，关琥向后晃了一跤，手在晃动时碰到了架子上的一个小酒瓶，还好他反应及时，在酒瓶落地之前托住了，等他将酒瓶回归原位，才发现嗡嗡声是从张燕铎的口袋里传来的。

"你这是什么牌手机，地下室也能接通？"

关琥震惊了，忘了压低声音，张燕铎急忙给他做了个噤声的手势，然后迅速走进酒窖里面接听，关琥疑惑地跟过去，最初他还以为是小柯的来电，可是听声音不像，那抑扬顿挫的声调让他想起了一个人。

"李当归？"

张燕铎冲他点点头，证实了他的猜测，关琥无语了，这位老外先生有没有点正常的思维啊，现在好像是半夜吧，谁会在三更半夜给不熟悉的人打电话？

"张先生我终于联络到你了，今天我真是祸不单行啊，火车没赶上，自家车也抛锚了，接着遇上抢劫，再接着我的第二部车又抛锚了，现在我开的是我的第三部车，我在荒山野岭里，前不着村后不……"

"我让你查的事怎么样了？"张燕铎对他的个人经历没兴趣，直接问正题。

"僵尸标本的购买与设计是我一手负责的，那时我在寻找标本制作商，刚好我大学同学认识这方面的人，他做标本模特很有创意，也很配合我的要求，所以我们合作得很开心，我还准备之后有机会再跟他合作，不过僵尸展开放后，我打电话联系他来参加，却找不到他。"

"请把他的名字跟联络方式告诉我。"

"没问题，我回头传你，关于第二件事，那几个医生我都不认识，我就让院长去查了，他们说……"

接下来的话关琥没听到，因为张燕铎突然制止了，同时给他打手势，说外面有声音，让他去查看。

关琥觉得张燕铎是在故意调开自己，但又不能不配合，郁闷地出去转了一圈，等他再返回来时，就听张燕铎问："然后呢？"

"然后我问到了他们持有军方特别证件，民间医院需要无条件配合，这很奇怪的对不对？所以我准备再详细调查他们的身份，假如……"

砰的响声打断了李当归的话，接下来是一连串的杂音跟惊叫声，之后的声音更乱，手机那边连续传来刺耳的怪声，同时还夹杂着他们听不懂的语言，语气惊慌恼怒，像是在跟人争辩，听声音是李当归，他说的是母语，那其他人一定是德国人，关琥跟张燕铎对望一眼，两人都猜到李当归出事了。

这时手机里响起汉语的求救声，可能李当归明白了眼前的危险，向他们发出呼救，没等张燕铎有反应，关琥就一把夺下手机，冲对面叫："你在哪里？出了什么事？"

"是……唔……"

单音字节过后便消音了，两人听到一些喘息跟挣扎的响声，接着通话断掉了，关琥马上回拨，听到的是电源未接通的电子音。

"有人破坏了他的手机。"张燕铎说。

"是谁要对付他？"

张燕铎没有回答，关琥猜想那些人要对付的不是李当归，而是菲利克斯家族，既然那么多人都想要解毒血清，那菲利克斯家族掺和进来也不稀奇，这样的话，李当归的车一直出状况也得到了解释。

　　不过比起是谁在下手，当务之急是救人，关琥匆匆往外跑，但没跑几步就被张燕铎拽住了，一只手捂住他的嘴巴，将他迅速拖去一边，同时关掉了手电筒。

　　他们刚躲去酒架后面，就听对面传来开锁的声音，一阵窸窣声后门被打开了，那人既没有开灯，也没有打手电，而是蹑手蹑脚地往里走，由此可见来者不是这里的主人。

　　会是谁呢？

　　手电筒的灯光关掉了，整个酒窖处于完全黑暗之中，两人只能听到脚步声在附近逡巡，却无法看清对方的长相跟身形，没多久，那人去了刚才关琥找过的地方，一阵抽屉抽拉声传来，从他的行为来看，他的目的跟他们是一样的。

　　脸颊上传来热度，关琥转转头，发觉张燕铎的手掌还放在自己的脸上，他将那只手拉开，却没想到心里一阵翻腾，突然有了咳嗽的冲动。

　　发觉不妙，关琥慌忙用手捂住嘴巴，拼命压制住，却还是没留意泄出了一点声音，那人好像听到了，翻动声微微一停，关琥僵在黑暗中一动不动，还心存侥幸可以蒙混过关，谁知下一秒他就被张燕铎带着迅速闪开了，几乎与此同时，有个东西打在他们身旁的铁架上，发出轻颤声。

　　接下来响声从对面传来，这次声音比较大，还伴随着轻呼，似乎不速之客被张燕铎掷过去的东西打中了，没等关琥有反应，张燕铎已经冲了过去，速度之快，让他联想到了原野上奔跑的猎豹，但对方手上有枪，生怕他吃亏，关琥紧跟而上，并打亮了手电筒。

光亮只让关琥来得及看到那人略胖的身躯，他就立刻闪没影了，别看那人肥胖，身手却出奇的利落，一只手攥住旁边的铁架，打横来了个飞腿，手电筒被他踢得飞上了天，光束在空中乱晃的时候，他的手枪也被张燕铎踢飞了，并挥拳向他脸上击去。

那人失声痛呼，向后趔趄了几步，又迅速抄起放在旁边的物体向他们拍来，透过恍惚的手电筒光亮，关琥看到那是手杖，张燕铎闪身让开，放在桌上的酒瓶却未能幸免，被拍得飞了出去，关琥急忙纵身跃上，及时抓住了酒瓶——酒的价值尚在其次，但假若碎了，惊动了这里的主人，他们就别想再在这里寻找解毒血清了。

还好酒瓶是金属的，没被敲碎，关琥暗叹侥幸，抓住瓶子正要放回桌上，眼前风声响起，那人将手杖向他当头挥下，关琥匆忙中只好用瓶子顶上，手杖砸在酒瓶当中，发出砰的沉闷声，关琥向后退了两步，再看酒瓶当中被砸出了个坑，看来想浑水摸鱼是不行了。

那人的手杖很快也被张燕铎踢飞了，紧接着就听身后一阵稀里哗啦声，飞出去的手杖撞在酒瓶架上，这次没那么幸运，好几瓶酒中标，从架子上跌下来，都摔碎了。

关琥捂住脸，深感接下来的状况将变得更难搞了。

那边两人还在恶斗，不过不速之客不是张燕铎的对手，被他一脚踢过去，在空中连翻了两圈，光听落地时的响声，就知道跌得不轻，仰面躺在地上半天都动不了。

关琥捡起先前落在地上的手枪，对准来人，那人戴了夜视镜，但是看脸庞，大致可以认定是那个带他们去客房的女仆，她本来想爬起来，在看到关琥的手枪后，收回了动作。

"你下手可真够重的。"关琥看张燕铎，"对美女也一点都不留情。"

"我眼中只有两种人——敌人跟非敌人。"

听了张燕铎冷冷的回应，女仆扑哧一笑，将夜视镜摘掉，问关琥，"你好像看出我是谁了。"

"这只能说你的化妆很糟糕，艾米·卡佛小姐。"

"连我的爱用姓都查到了，看来被追杀没妨碍到你做事。"艾米说："我可以站起来说话吗？我不太习惯仰着头跟两个帅哥聊天。"

在得到关琥的许可后，她站了起来，揉着腰呻吟道："如果不是在身上放了变形橡胶，我现在大概已经摔骨折了。"

"能活到现在就代表你没有那么弱。"

"谢谢你的称赞。"

艾米在略微肥胖的脸上来回揉动了一会儿，将化妆的面皮揭了下来，露出原本秀丽的面庞，又笑吟吟地看看眼前两个人，问关琥，"你是什么时候认出我的？"

"在你带我们去房间的时候，为了强调自己的身份，你还特意装作不懂英语，不过你犯了个致命的错误——你将我们的旅行箱正确地拖进了我们各自的房间里，记得我的箱子的人除了我的朋友外，大概就只有翻过箱子的艾米小姐你了。"

张燕铎是甩手掌柜，那些拖箱子的体力活一向都是关琥负责的，所以习惯成自然，哪怕是都快死了，他还是一人拿了两人的东西，假如女仆完全听不懂他们在说什么，怎么会没有搞错旅行箱？

"也许是碰巧啊，帅哥。"

"也许不是。"

"你比我想象中的要聪明。"

"这是你第二次这样说，假如是出自真心的话，那我要谢谢你的赞美。"

艾米耸耸肩，还要再说笑，被张燕铎打断了，对她冷冷地说："给你十分钟，把你出现在这里的目的说出来。"

艾米对他有点忌惮，收起笑容，从口袋里掏出一盒烟，问："我可以抽支烟吗？这时候我需要有东西让我放松。"

关琥张嘴想说好，对他来说，抽烟是小事情，就像他在审讯犯人时，也会根据实际情况允许犯人抽烟，说到底都是为了拿到口供而已，更何况现在提要求的是位女性。

但他的话还没说出口，就被张燕铎抢先了，冷冷道："不行。"

毫不客气的说话，关琥惊讶地看过去，很想说没必要这么古板吧，现在有机会拉拢对手的话，胜过多一个敌人。

艾米反而没在意，像是对这个结果早就料到了，将香烟盒收回口袋里，对关琥笑道："你怎么忍受得了他？"

"这也是我一直以来疑惑的问题。"

"还有九分钟。"

"你不需要对我这么充满敌意，张先生，我开枪时并不知道是你们，我没想对你的宝贝弟弟怎样……"

关琥再次惊讶地看向张燕铎，这才明白张燕铎对艾米下手狠辣的起因原来出在自己身上。

"八分。"

张燕铎的语气越来越冷，艾米急忙举起双手，表示她会完全配合，又看看关琥，关琥明白她的意思，把枪先放了下来，又捡起落在角落里的手电筒。

艾米捡起另一个手电筒，那是张燕铎最早用来攻击她的武器，要不是她反应快，眼都被戳瞎了，忍不住暗中咒骂这个男人下手狠毒。

"既然你们知道我的名字，那应该也知道我的身份了，我们不妨打开天窗说亮话，我这次来是为了寻找德国军方失踪的解毒血清。"

她靠在桌上，将经过娓娓道来，"雇主出的价挺不错的，所以我接了，来到之后才知道除了我之外，还有几个同行一起参加，我们的任务是分别接近几位与这件事有关的将军，我的目标就是这里的主人福尔贝克先生。"

"原来你不是从警局逃出来后，临时潜伏进来的？"

"当然不是，我比你们早了半个月，当时正好这里的管家出事，家里很乱，我顶替的人又不是很显眼，所以轻松就混过去了，劫机事件当天，我拿到指令，说你们身上可能藏有解毒血清，派我去调查，拜你们所赐，我被关在小拘留室里整整一夜，还好你聪明，没提那些敏感的事，否则我要逃走还没那么容易。"

"你冒名顶替进来的话，那原先的女仆呢？"

听了关琥的询问，艾米奇怪地看向他，像是不理解为什么在这时候他要关心一个无关重要的人。

"放心，我是和平主义者，不到万不得已，不会轻易杀人的。"

"你只是喜欢随便开枪而已。"

面对张燕铎的嘲讽，艾米耸耸肩，"这位先生，你对我的偏见很重，不过不管怎么说，现在我们是站在同一阵线上的，如果我没猜错，你们是被席勒派来寻找解毒血清的，她一定许了你很多好处吧。"

"应该没有你的多，她只是个小警察。"

"你不用套我的话，我的雇主虽然厉害，但其他人的来头也不小，否则我的同伴也不会被干掉了，当然，他们也想干掉关先生你，我猜他们以为你跟我的同伴在交换解毒血清，既然拿不到，索性就一起除掉好了。"

"那些人是谁？"

"我怀疑是德国军方的人，只有他们才能第一时间知道有关你们的事，但他们也马上被除掉了，最后那个杀手是谁派来的没人知道，所以现在大家反而都不敢乱动了，选择静观其变。"

艾米说的杀手应该是吴钩，但他的雇主是谁，比较难以辨别，关琥看向张燕铎，张燕铎问艾米，"你任务失败，所以又选择潜伏回来？"

"这是其中一个原因，还有个原因是我们发现你们并没有解毒血清，所以最后只能把搜索范围再转回原点上，不过据我这段时间的观察，这位老将军已被软禁了，而且他对军中的党派之争并没有兴趣，至于解毒血清，里昂可能也没有给他。"

"既然这里没有，那你三更半夜跑过来是为了喝酒吗？"关琥看看身后摔碎的酒瓶，不无讥讽地说："可惜酒没喝到，却砸了好几瓶，这要赔好多钱吧？"

"让她付。"张燕铎面不改色地说："凶器是她拿的。"

"你们这样欺负一个弱女子，真的好吗？"

如果他没记错的话，才不久他还差点被这位弱女子开枪击中。

关琥问："那你来查什么？"

"地形图。我们刚得到情报，僵尸计划的实验基地之一可能设在楚格峰上，这件事福尔贝克一定了解一部分内情，他每年都会多次登楚格峰，对外自称是登山滑雪，但实际上可能是参与僵尸病毒的实验计划。"

"楚格峰？你没在开玩笑？"

"当然不是，你们不知道楚格峰上藏有希特勒鹰巢的传闻吗？说不定那个所谓的实验基地就是当年希特勒留下的鹰巢。"

"就算这些传闻是真的，那你觉得他会把地形图放在这种随手可见的地方吗？"

"不觉得，不过现在我没有其他选择，我可不想把到手的佣金再还回去。"

"有关楚格峰是僵尸实验基地的消息，你是从哪里听说的？"

这次艾米没有马上回答他们的提问，伸手捋捋鬓角的头发，微笑说："这个问题比较微妙，想让我回答，那要看你们是选择跟谁合作了。"

张燕铎没说话，直接从关琥手中夺下枪，指向艾米，艾米捋发丝的动作停下来，看着他，问："你不会真开枪吧？"

"据我对他的了解，他会。"

"杀了我对你们没好处的。"

"也没坏处，你是选择全部坦白？还是死亡？"张燕铎扳下安全栓，"这里已经弄脏了，我不介意再脏一些。"

关琥在一旁看着，很想说他介意——要知道收拾打碎的酒瓶跟收拾一具尸体的劳动量是不同的，而且他敢确定，打扫这种事张燕铎绝对不会做。

还好艾米没再坚持己见，"我可以将我知道的都告诉你们，你们就会明白，跟我合作要比跟那个女警安全多了。"

"情报是从警局内部传出来的，僵尸这件案子从头至尾都是席勒控制的，据说在这件事上军方跟警方上层有沟通，如果处理妥当，席勒的职位又可以高升了，她为了往上爬一向不择手段，更别说是你们这种可以随时抛弃的小卒。"

关琥不知道艾米这样说是对席勒有成见，还是在特意挑拨他们，他不置可否，又问："只要有配方，多少解毒血清都可以再制作，为什么大家都执着于里昂留下来的那一管？"

"因为所有与僵尸病毒实验计划有关的数据资料跟配方都被里昂销毁了，我听到的消息是由于他们在实验途中用大量活人来做测试，军部中有关这个计划的参与者之间发生了争执，里昂是反对的一方，他把被囚禁的中了僵尸病毒的人放了出去，又销毁了实验基地的所有数据，并给自己注射了僵尸病毒，只留了一管解毒血清在身上。"

艾米说的跟席勒的说法相互矛盾，不过关琥没多问，说："他脑壳坏掉了吗？"

"也可能是想借此警告那些利欲熏心的当权者吧，但他的做法很悲剧，由于没有顺利服下解毒血清，导致命丧黄泉，还引起了更多的贪婪的人介入进来——仅剩的解毒血清也变得更弥足珍贵，拿到它的人既可以重新复制新的解毒配方，又可以从它的成分中分析出病毒的原样。"

"等等！等等！"

关琥抬手打断了艾米的侃侃而谈，"听你的意思是里昂将军只给自己留了一管解毒血清，而这管血清还在劫机事件中丢失了，那他将解毒血清转交给福尔贝克的传言又是怎么回事？"

"所以说只是传言，但即便只是传言，也会让那些利欲熏心的人趋之若鹜的。"

艾米的话中带了几分轻蔑的色彩，她似乎忘了自己也包括在那些利欲熏心的人当中。

关琥抓抓头发，他发现说来说去，找来找去，可能全都是一场空，里昂死了，也许根本没有解毒血清留下，唯一的一管也在劫机事件的混乱状况中丢失了。

身体突然感到了寒冷，不知道是病毒发作后的表现，还是心理上的不适，心口像是被什么堵住了，不由自主地咳嗽起来，并且一咳就止不住，关琥不得不捂住嘴巴，将身体背过去，免得被他们看到自己的失态。

"你还好吧？"

身后传来艾米的询问，假如她没有做戏的话，感情还算真诚，关琥没回头，只是摆摆手，表示自己没事。

"在出车祸时他的气管被震到，没什么大事。"

张燕铎说着话，从口袋里掏出喉糖盒子，走过去递给关琥，关琥道了谢，起先以为那是叶菲菲送的，他把糖含进嘴里后才想到叶菲菲离开后，张燕铎一直没有出衣柜，所以这是他自己准备的。

张燕铎又顺便拍了拍关琥的背，见艾米还在盯着他们看，他问："那这个僵尸病毒实验到底成功了没有？"

"我不知道，我其实连被注射这种病毒后是什么反应都不清楚，比起这个，我更对钱感兴趣，"看看他们两人，艾米又微笑追加道："还有帅哥。"

"接下来你准备怎么办？"

"既然你们也没找到，那看来这条线可以放弃了，现在只剩下最后一条路——上楚格峰。"

"在这之前，你好像还没拿到地图。"

"所以才说我们合作啊，让你弟弟跟他女朋友要地图，她一定会帮你们的，到时找到东西，我们平分怎么样？"

"如果只有一管血清呢？"

"那就有本事者先得了，放心吧，我很有职业道德的，至少不会跟席勒那样害你们。"

艾米的目光看向关琥，张燕铎感觉她猜到了什么，却没有说出来，这是今晚第二个跟他们提相同建议的人，如果可以，他也希望叶菲菲能帮关琥，但直觉告诉他，把赌注压在叶菲菲跟她外公身上是错误的。

有人在幕后操纵他们，让他们每个人都在按照他设定的路线走。

关琥的咳嗽停止了，转过头看向他们，张燕铎说："可以考虑。"

"那不要考虑太久，别忘了我们还有敌人，光我知道的就有三拨。"

席勒是一拨，枪杀他们的是一拨，还有吴钩，甚至沃尔夫，张燕铎不确定艾米的话是否可信，但正如她所说的，在利益一致时，合作对他们有利无害。

"明天上楚格峰时，你负责把沃尔夫引开。"张燕铎对艾米说。

关琥惊讶地看向他，想说不会是真去山上滑雪吧？要说去找秘密基地，山峰那么大，没地图的话，要怎么找？

艾米也露出不情愿的表情，"假如你们趁我引开沃尔夫，自己抢先取东西怎么办？"

"我们负责取地形图，"无视二人的反应，张燕铎继续往下说："但是光有地形图还不够，我们需要一个了解楚格峰地形的人，还有一个精通开锁跟解密码的高手，所以在找到目标之前，你跟克鲁格都是被需要的。"

"居然成配角了，这故事听起来有点悲伤。"

"拿到东西你就不会悲伤了。同意，我们现在就是统一战线，反之各走各路，你自己决定。"

"同意，那接下来我们该怎么做？"

"有钻石指环，你要找到我们很简单。"

张燕铎说完，收了枪，那是女生常用的掌心雷，小型轻便，很适合携带，他收好后，给关琥使了个眼色，示意可以离开了。

"那好像是我的枪。"艾米在后面提醒道。

"现在是我的了。"

"张先生，你好像很喜欢占别人的便宜。"

"我还会杀人。"

真是明目张胆的威胁。

看到艾米僵硬的表情，关琥有点同情她了，再看看地上打碎的酒瓶，他说："这些东西要收拾好，至少在我们拿到解毒血清之前，不能让主人发现我们来过这里。"

"不用担心，这种小事女仆会打扫干净的。"

关琥担心的不是这个，而是担心艾米被气得爆血管，她不该惹张燕铎的，这个男人是属龙的，那条叫睚眦的龙。

胳膊被张燕铎拉住，带进了酒窖里，艾米好奇地跟上来，看到他们移开油画框，露出里面的黑洞，她释然地点点头。

"我有点明白为什么席勒会选择你们了，我们在这里待了这么久都没发现地道，你们才来第一天就找到路了。"

"这要感谢福尔贝克先人的体贴，"张燕铎让关琥先进去，他随后跟上，见艾米还站在原地观望，他问："你要来试一下吗？"

"谢了，我还是喜欢干净的地方。"

黑洞合上了，墙壁上只剩下油画像，画像里的妇人在黑暗中冲她阴阴地笑，艾米有些不爽，翻了翻口袋，找出手机想联系同伴，却发现在刚才的打斗中，她的手机已经摔碎了。

"真是不经用的东西。"

她不满地咒骂，不知骂的是手机还是她的同伙。

关琥跟张燕铎回到地道里，将石块一一回归原位后，顺着阶梯往上走，这次张燕铎没嫌弃地道脏，走在前面，脚步踏得飞快。

"就这样回去了吗？"关琥跟在他身后问："我们还有很多地方没有查。"

"不用了，既然艾米跟她的同伙找了这么久都没找到，那至少外面是没有的。"

"那地道里呢？"

"你觉得艾米真不知道地道的存在？"

"难道她知道？"

张燕铎点点头。

艾米有没有进来找过他不确定，但至少她是了解古堡构造的，所以刚才他才故意试探，艾米的反应很平静，甚至没有特意跟进来查看，那证明他们有通过其他手段调查过了。

"接下来怎么找地形图？"

关琥顺着阶梯攀登着，螺旋形楼梯坐落在寂静的黑暗中，像是永无尽头，他有点自暴自弃，"一个小城堡我们都翻不完，怎么去雪山上找？我甚至怀疑山上是否真有那个基地……"

张燕铎不说话，关琥又自嘲地说："与其在临死前还要这样辛苦，倒不如利用有限的时间好好玩一玩，哥，你有想去的地方吗？我比较想去游乐园，长这么大我都没去过……"

前面的脚步声停下了，关琥没防备，差点撞上去，张燕铎转回头，阶梯的高度差导致关琥不得不仰视他，就见他表情冷峻，冷峻的背后还充斥着浓浓的怒气。

"我现在更想踹你下去，这样你就死得其所了。"张燕铎冷冷道。

关琥不由自主地低头往下看，这段路很陡，假如一头栽下去，估计存活的概率不会太大，他正胡思乱想着，衣领被揪住，随即很大的力量压向他，将他粗暴地顶在了墙壁上。

后背被撞得生疼，但比起后背，来自胸前的压力更让关琥在意，张燕铎的双手顶在他的颈部，顶得很紧，导致他呼吸困难，接着他看到张燕铎的拳头握起，假如不是环境不允许，他想那拳头一定会抡过来的。

张燕铎的脸庞离他仅有咫尺，一字一顿地说："关琥，如果你真的这样想，那就直接从这里跳下去，我不会拦你，如果你还有一分想活下去的希望，我就会做十分的努力去完成它，说，你选哪种？"

他问得很冷静，但越是冷静，关琥就越能感觉到他的气愤，张燕铎这次真火了，其实这可以理解，关琥想假如自己拼命去救一个人，而那人却一味地自暴自弃的话，他也会恼火的。

"对不起。"他老老实实地道歉，"那种话我不会再说了。"

"我要的不是道歉，是你的选择！"

吼声在耳边响起，关琥感觉到了耳膜作痛，他也火了，张燕铎的气恼他可以理解，但麻烦不要刻意虐待他的耳朵，他的耳力比平时要敏锐多倍，这样做很容易让他失聪的。

"当然是后者，如果可以，老子当然想活下来！"他气愤地吼回去，"老子都二十多了，还没有去过游乐场，没有玩过夜店，没有跟女人上过床，就这么死了那太亏了！"

张燕铎静静地看着他，等他吼完，这才松开手，轻描淡写地说："记得，你还没给我马杀鸡。"

"记得，记得要伺候哥哥，回报哥哥的救命之恩。"

张燕铎点点头，他对这个回答很满意，转身往上走去，关琥亦步亦趋，见他不生气了，才说："刚才吼那么大声，也不怕被人听到。"

"一激动就忘记了，下次注意。"

"……"

听了这毫无诚意的回答，关琥在后面直翻白眼，他想绝对没有下次——在有生之年，他不会再来这种奇怪的地道里冒险了。

回到房间，关琥先看看镜子，确定自己现在的状态还过得去后，他要了张燕铎的手机，打开门就往外跑，张燕铎在后面叫他。

"干什么？"

"报警，你忘了李当归出事了吗？"

张燕铎没忘，他看看手表，"你确定这个时间段会有警察理你？"

"有，我们这里就住了一位。"

关琥没有直接打报警电话，是因为除了语言沟通上的不便外，还有个原因是李当归出事可能跟他们的行动有关，这时候克鲁格就派上用场了。

城堡的房间没有门铃，关琥在外面敲了半天门，在他担心会把不相干的人敲醒之前，门终于开了，顶着乱蓬蓬鸡窝发型的男人从门后探出头来，见是关琥，克鲁格打着哈欠问："什么事？"

"有急事请你帮忙。"

关琥不由分说，把克鲁格推开，进了他的房间，转头见张燕铎没有跟上来，他便把门关了。

卧室里开了盏小灯，床上被褥也很乱，关琥先道了歉，然后将接到李当归来电的事仔细说了一遍，麻烦他报警。

"李当归为什么会给你电话？"克鲁格奇怪地问。

"是我女朋友……就是叶菲菲拜托我帮谢凌云联络他，你知道女孩子啦，她们就算喜欢一个人，也不好意思明说，所以就让我牵个线，我还跟李当归说了我们的地址，没想到他会在来的路上出车祸……也可能是遭遇强盗，总之你想个办法让你的同事帮忙查一查。"

关琥说的时候，一直在观察克鲁格的表情跟反应，想确认克鲁格是不是早就知道李当归的身份，就见他皱眉思索了一下，然后拿起自己的手机打出去，接下来是一大串关琥听不懂的德语，不过看他的表情，假如是在做戏，那他可以拿奥斯卡金奖了。

克鲁格讲完后，关掉手机，对关琥说："我让慕尼黑那边的同事联络这里的警察，看山路上是不是发生了交通事故，等天亮，同事会再联系李当归的家人，如果有事，他们会第一时间通知我的。"

"……谢谢。"

从当时的通话状况来判断，李当归的处境可能有危险，关琥其实想在报警后，直接开车出去找，但他们位于山间，对这里的地形不熟，又不清楚李当归的位置，深夜在雪山上驾驶，只怕不仅救不了人，反而让自己身临险境。

听了克鲁格的话后，关琥冷静了下来，他想假如有人绑架李当归，那一定了解他的身份，不管菲利克斯家族是否有参与这个病毒实验工程，那些人都不会轻易加害李当归的。

所以一切都等天亮后有结果再说吧。

关琥道谢离开，克鲁格把他送到门口，问："你们跟李当归一早就认识吗？他好像了解一些有关病毒的事。"

"我不知道他了不了解病毒，我只知道想拿到解毒血清的人很多。"

关琥回到自己的房间，张燕铎俨然将这里当作自己的地盘，他已经洗完了澡，靠在床头上看那本唐诗，关琥懒得跟他多说，以飞快的速度洗了澡，吹头发，然后上床，在做这些动作的同时将自己跟克鲁格的对话讲了一遍。

听完后，张燕铎说："他没有在睡觉。"

"我也这样认为，他演得太过了，像他这种传统又古板的德国人，就算睡梦中，也不会容许自己的头发乱成那种状态的，我想他跟我们一样在找线索，或许他也爬地道了，我们没在地道里相遇，现在想来有一点点遗憾。"

关琥困了，说到最后，他的神智已经开始模糊，就听张燕铎问："你认为我们找到地道入口只是巧合吗？"

"大哥，为什么你总在我要睡觉时聊事情？"

"因为只有现在有时间。"

张燕铎说完后，就听到鼾声传来，关琥已进入了梦乡，他叹了口气，放下书，将灯关了。

关琥的个性说好听点是大大咧咧，说难听点，那就是没神经，不过这样也好，让他好好休息，剩下的事自己来做。

关琥醒来时有那么两三秒的疑惑——他是被咳嗽震醒的，还是被冻醒的。

今天天气很好，晨光透过落地玻璃窗斜射在床上，但关琥并没有感觉到温暖，因为现在室内室外一个温度，他翻了个身，把自己往被窝里塞，却忍不住又咳嗽起来。

咳嗽成功地赶走了睡意，关琥伸手看指甲，指甲倒没有明显的变长，但月牙部分的黑色比昨天要重，皮肤也出现了这一块那一块的红斑，却没有痛感——这大概就是僵尸病毒发作的表现吧。

或许是张燕铎的安慰起到了作用，关琥在发现自己的变化后，没像最初那样慌乱，他爬起来，迎面一阵冷风吹来，他打了个喷嚏，看向阳台，终于明白为什么室温会这样低了——有个神经病大清早的把阳台门打开，身穿功夫装，在阳台上打太极拳。

旭日东升，远处白雪青松雾霭山岭，汇成一幅美妙静谧的图画，而近景则是某人徐缓练功的身姿，假如不是温度太低，关琥一定给张燕铎点几个赞，但他现在说的却是——"我没有搞错吧先生，你想摆酷请去外面自己玩，大冬天的不要连累无辜的人。"

张燕铎没理他，继续在外面推太极，关琥下床走过去，想把门关上，却手腕一紧，被张燕铎拽住，突然一拳头挥了过来。

还好关琥反应快，及时仰身闪过，谁知张燕铎继续进招，着陆点是关琥的心口，这次关琥来不及换姿势，为了躲避他，不得不向后踉跄，眼看着要摔倒了，张燕铎上前将他抓住，帮他稳住了平衡。

没等关琥开口道谢，拳头又再次朝他挥来，关琥终于明白了，张燕铎一个人玩不过瘾，想找个对打的。

为了不让自己一直处于被揍的位置，关琥挥拳反击，可是拳头到了张燕铎的眼前，被他轻松避开，反而就地一个半旋身，抬起膝盖撞向关琥的后腰，这个动作中途换得太快，要不是张燕铎停下来，关琥觉得自己的腰一定会被撞得关节错位。

"你看清楚了？"张燕铎抓住他的胳膊，问道。

关琥傻愣愣地点点头，张燕铎又问："接下来你要怎么做？"

普通的格斗术无法对付这种诡异的攻击方式，关琥略微闭眼，回想张燕铎跟吴钩打斗时的技巧——假如是吴钩，这时候他会转身，先用拳头挡住撞来的膝盖，接着借对方腿的力量腾空跃起，抬腿反踢对方的额头，再用手肘猛击他的心口……

"如果你想好了，就做吧。"

耳边传来张燕铎的话声，关琥本能地听从了他的指挥，将脑子里想的演绎出来，虽然做得不流畅，但终于避开了袭来的危机。

"再来！"

随着喝声，张燕铎的腿踢向关琥，他的速度加快了，关琥来不及多想，只能根据情况见招拆招，在被攻击得节节败退的时候，张燕铎说："你的体格本来不适合这样强化训练的，但中病毒也不是一点好处都没有，你可以靠它暂时提高体能、你的耳力、眼力、攻击力还有应变能力。"

他的眼力也有提高吗？

在关琥出神的空隙里，拳头已经飞到了他面前，还好他躲得快，否则会被打得鼻血横流，张燕铎没有攻击得很快，却将他慢慢逼到了阳台上，阳台上有积雪，关琥脚下打滑，被张燕铎趁机卡住脖子，将他卡在了齐腰的栏杆上。

"现在你还觉得冷吗？"张燕铎探身，将关琥压在下面，微笑问道。

"比起冷来，我觉得我会被你掐死。"

"那你想到怎么反击了吗？"

关琥想到了，张燕铎说得对，跟中毒前相比，他的力量跟应变能力都有改变，假如张燕铎真是敌人的话，他可以轻易将对方摔出阳台外，但张燕铎不是，所以他只能用力点头，表示自己有想到。

"那为什么不动手？"

"因为……你是……大哥……"

关琥觉得他快被掐得背过气去了，但张燕铎依旧没有松手的迹象，说："记住，如果有人对你出手，那不管他是谁，对你来说，他都是敌人，是一定要干掉的人，战场上不要有妇人之仁。"

"以前……你是不是也是这样做的……"

张燕铎没回答，却明显加重了手劲，这个动作印证了关琥的猜测。

晨光射来，照亮了张燕铎的脸庞，关琥赫然发现他没戴眼镜，眼瞳在光线中折射出奇怪的颜色，像是灰色，又像是釉蓝或者深红，不同的色泽一缕一缕地凝聚在瞳孔当中，看起来颇为诡异。

灵光闪过，关琥突然明白了——张燕铎一直戴眼镜，并非近视或爱美，而是在遮掩他与常人不同的眼瞳。

这是一种自卑吧？所以才无时无刻不想尽办法去掩饰？

不开心的情绪弥漫了关琥的心房，明明此刻他才是受害者，但他为加害者感到了伤心。

在慕尼黑酒店时，张燕铎曾对他"动手动脚"，现在他找到答案了，张燕铎在测试他的筋骨，张燕铎一直都在掩饰自己的身手跟缺陷，但这一路上，他直接挑明了，并亲手教自己格斗的技巧，是不是因为他猜到了接下来会有一场凶险的争斗？

"怎么还不反击？"

耳边传来喝声，关琥的耳朵再度受虐，本能地把头侧去一边，今天张燕铎表现得很暴躁，关琥感觉到了他的担心，忍不住想假如是他自己中毒，他一定不会表现得这样明显。

假如他们真的一点血缘亲情都没有的话，对于一个才认识没多久的人，张燕铎会表现得这么紧张和激动吗？可是如果他们真是兄弟，为什么张燕铎一直不肯承认？

"你走神了，生死关头你居然走神！"

耳边再次响起不满的叫声，关琥回过神，面对张燕铎气恼的表情，虽然他现在被压得几乎喘不过气来，但还是忍不住笑了。

他的笑引起了张燕铎的困惑，放松手劲，问："你笑什么？"

关琥不说话，只是微笑，张燕铎正要再问，对面房门传来响声，叶菲菲从外面走进来，叫道："早饭时间到了耶，你们怎么还不来……

啊老板，关王虎，你们不要在那里卿卿我我了，大家都在等着你们过去开饭呢。"

关琥脸上的微笑僵住了，张燕铎的手缩了回去，但他依旧保持仰身贴在栏杆上的状态，咳嗽着看头顶上的蓝天，假如现在有一两只乌鸦飞过，那更能表达他眼下的心情——他压老板的时候就是欺负人，现在他都快被掐死了，怎么反而变成卿卿我我了？这位前女友大人究竟是什么眼神啊？

"快起来收拾一下，去吃饭。"

胳膊被抓住，张燕铎将他拉了起来，等关琥磨磨蹭蹭回到房间里，张燕铎已经换上外衣，跟叶菲菲下楼去了，关琥快速洗漱完毕，顺便照着镜子观察自己的眼睛跟牙齿，还好没有显著的变化，不过脸上有些小斑点，像是皮疹。

下楼的时候，关琥很快又发现了新的表现症状，他开始偶尔头晕，但是景物在有瞬间的叠影后又变得异常清晰，综上种种疑点，他怀疑军方是想借由这种新开发的病毒来提高士兵的攻击技能，不过从目前的状况来看，他们还没有真正成功。

第八章

关琥来到餐厅，大家已经开始吃早餐了，除了他之外的所有人都到齐了，每个人都表现得很正常，不远处时而响起柴火的噼啪响声，增添了早间的宁静气息，完全看不出内里汹涌的暗流，关琥跟大家打了招呼，福尔贝克也客套性地向他询问休息的情况，关琥的回应是他非常满意。

抛开没找到解毒血清这个问题，他的确对昨晚的冒险活动很满意。

艾米将关琥的早点端了上来，她又变回了肥胖的女仆装，用流畅的德语跟关琥问早安，看她的表情，关琥猜想她应该把酒窖打扫干净了，就是不知道那几瓶被打破的酒是怎么处理的。

只希望不要马上被福尔贝克先生觉察到就好。

饭后，大家在沃尔夫的带领下去户外取了滑雪用具，见大家都装备整齐，一副马上要去滑雪的兴奋模样，关琥皱起眉头，给张燕铎使了个眼色，两人走到一边，他小声说："找个借口别让他们上山，太危险了。"

"你觉得叶菲菲会听吗？尤其我跟你去雪山，却禁止他们去，用什么借口可以让他们信服？"

"我们当然是偷偷离开，然后……"

关琥的提议说到一半就自我否决了。

偷偷离开的结果会更糟糕，以叶菲菲的好奇心会在发现情况后，第一时间跟着上山，而且假如福尔贝克真处于被软禁的状况的话，留他们三人在城堡里更不安全，他想来想去，也没想到好的对应办法，只好暂时跳过这个问题，改问："你确定我们今天去登山吗？我们到现在还没有找到地形图。"

"拿到了。"

张燕铎从口袋里掏出一张图纸，关琥还以为是基地路线图，凑过去一看，发现那只是张普通的雪山地图，他说："如果一张旅游地图就能找到基地，那那个基地早变成旅游景点了大哥。"

张燕铎对他的吐槽报之以微笑，"先上山再说，想捉鱼，不先下水总是不行的。"

关琥有些惊讶，这种毫无目的乱枪打鸟的做法不像张燕铎一贯的做事风格，但考虑到他是因为担心自己而在拼时间，便释然了，思忖着要如何搞定叶菲菲那几个人，克鲁格走了过来，看看张燕铎，欲言又止。

关琥示意张燕铎先离开，却被无视了，他只好对克鲁格说："有什么事你就说吧，我哥不是外人。"

"是这样的，早上我的同事来联络说李当归在慕尼黑，他根本没有来找你们，更没有遭遇车祸或什么凶险的事。"

"不可能，昨晚他明明来电话说在赶来的途中，他出事时我们还在通话，你确定你同事没搞错？他们见到他本人了吗？"

"李当归还在忙展会，警方没有找到他，不过有通过他的家人跟他通话，而且警方也没有在路上找到肇事车辆，所以昨晚跟你联络的那个也许是冒牌的，你们跟李当归不熟，又是手机通话，很难确定那是不是他本人。"

"谁会那么无聊，冒充李当归特意跟我们联络？而且警察没有见到他本人，怎么敢确定跟他们通话的不是冒牌货？甚至有可能是李当归被绑架了，被迫跟他的家人撒谎说自己没事。"

"关先生请你冷静，你说的这些我们都有想到，但这件事比较麻烦，不知你知不知道李当归的家庭背景，他的家人坚持说他没事，在没有具体证据的情况下，我们也不方便再做进一步的处理。"

关琥不说话了，他不知道菲利克斯家族在这次的事件中扮演了什么角色，而他能帮忙的也只有这些了，警察不作为，他一个外国人什么办法都没有。

他转头看张燕铎，期待他表达自己的见解，张燕铎却表现得很冷淡，说："这件事先放下，我们先把当前的问题解决再说。"

"可是……"

"你要记得——做任何事，成功的关键在于心无旁骛。"

张燕铎说完就走开了，克鲁格看看关琥，安慰道："张先生说得对，假如李当归真出事了，他的家人会自己解决的，根本不需要依靠警方。"

——所以你还是少操心，赶紧做自己的事吧。

关琥想克鲁格的言下之意是这样，但是看看在对面为了即将登山而雀跃不已的同伴们，他不由得苦笑——这么多人一起登山，是要他怎样心无旁骛啊？

大家的装备在阿迪的协助下都装上了车，其他人也陆续上车，叶菲菲跟福尔贝克在门口告别，福尔贝克拍拍她的头，不知说了什么，叶菲菲上前抱了抱他，然后转身跑上车，又顺便对关琥说："关琥别愣着，上车了。"

看这情况，想阻止也不可能了，关琥有些急，见张燕铎跟在后面，他一把抓住，低声说："想想办法，不能让他们跟着我们冒险。"

"其实我觉得让他们跟随反而更安全，"张燕铎道："城堡里有内奸，你放心留他们下来吗？"

关琥一愣，等他回过神，张燕铎已经上了车，福尔贝克走过来，拍拍他的肩膀，微笑说："路上小心，记得照顾好我外孙女。"

连主人都这样说了，关琥更没有劝阻的借口，看看车上的人，他一咬牙，决定这次豁出去了，向福尔贝克点点头。

"您放心，我们会很快回来的。"

大家都上车后，阿迪把车开了出去，跟来时相比，除了沃尔夫不在外，其他的状况都跟昨天一样，叶菲菲跟阿迪聊天，谢凌云和小魏忙着拍雪景。

看似活跃的气氛，却让关琥有种违和感，总感觉有什么事想不通，心里堵得慌，他不明白张燕铎为什么仅凭艾米的一句话就决定上楚格峰，还让克鲁格同行，就好像有十足把握一定可以找到基地似的。

是不是在自己不注意的地方，他发现了什么秘密？那为什么他不直接跟自己说？

关琥狐疑地看向张燕铎，张燕铎低着头看唐诗，无法从他的表情里窥视到真相，关琥凑过去想发问，就见张燕铎把头往椅背上一靠，将那本唐诗盖在脸上，做出睡觉的状态。

想到这一路他也辛苦了，关琥打消了追问的念头。

车很快就到达了加尔米施小镇，大家在车站乘坐齿轨火车直达山顶的滑雪场，阿迪不滑雪，但为了帮他们拿东西，也一起乘车上来了。

到了冰川平台，一出车站门，小魏就发出惊喜的叫声，边往外跑边拿出相机，冲着远处的雪山崇岭一阵乱拍，谢凌云和叶菲菲也跟着他一起拍。

他们看到雪峰的雀跃反应影响了关琥，顺着雪景望去，就见阳光斜照半山，远处雪峰层层叠叠，仿佛跟云海胶着在一起，美丽而震撼，跟刚才在沿途观赏的雪岭冰河相比，这里又是另一种不同的感受，假如没有僵尸事件，这真是一场令人开心的滑雪旅程。

平台的另一侧就是极负盛名的冰川滑雪场，阳光照射在雪地当中，让滑雪天地更显得浩瀚。

今天天气好，来滑雪的人很多，不乏滑雪高手，在难度等级较高的滑道上刻意显示自己的滑雪技术，小魏看得很羡慕，拍完照就催促大家去滑雪，只有阿迪留在车站里，说帮他们看东西，让他们尽情去玩。

克鲁格来过冰川滑雪场多次，对这里很了解，他帮大家选择了相应的滑道，还好大家都有在人工滑雪场滑雪的经验，穿上雪具，在练习了一会儿后，没多久就熟练了，不过关琥的心思不在滑雪上，他只想着找借口离开，先跟艾米会合，看她接下来的行动，直觉告诉他，艾米知道一部分有关楚格峰基地的秘密。

但张燕铎打了保票的地形图拿不到手，艾米就算手上有筹码，也不会配合他们吧？

想到这里，关琥看向张燕铎，却发现张燕铎像是没事人似的，滑雪滑得很投入，他的技术不错，在斜率 60% 以上的雪道上滑行，表现得游刃有余，关琥觉得他只要再努力一下，就可以进专业赛道去滑了。

关琥滑过去准备叫他，但张燕铎的滑行速度太快，关琥不得不紧追上去，好不容易滑到他的前面拦住他，张燕铎却半路换了方向，折去另一边。关琥转头看向叶菲菲，她正在跟谢凌云一起滑行，克鲁格在教小魏，周围滑雪者又很多，暂时不用担心，便追着张燕铎一路滑了过去。

"张燕铎你停下！哥……哥你等等我！"

连叫数声，张燕铎终于听到了，放慢了速度，关琥自己却一个没踩稳，顺着张燕铎身边滑过去，然后冲进了雪堆里。

"你还好吧？"

关琥从雪中钻出来，用力甩下头上的积雪，努力着想站起来，面前传来询问声，跟着一只手伸过来，张燕铎稍微将滑雪镜往上抬高，弯腰看他，脸上露出似笑非笑的表情。

"你觉得我这个样子可以用'好'来形容吗？"

关琥没好气地说着，借他的手劲站了起来，正要拍打积雪，就见张燕铎又往前滑去，他赶忙跟上，叫道："你等等！你到底想怎么做？如果艾米不来，我们是不是就要在这里滑一天的雪？"

"是半天，下午我们准备去艾泊湖看风景。"

"我问的不是日程，而是……你别滑那么快，等我一下。"

眼看着张燕铎越滑越远，他们之间的距离也拉得越来越长，关琥急了，用力铲雪杖，不过他的滑雪技能离张燕铎差好大一截，为了及时抓住人，他灵机一动，直接向张燕铎冲去，导致张燕铎被他撞到，两个人一起摔在了雪上。

"你搞什么？"

张燕铎把关琥推开，转过头，不爽地看他，关琥就地在雪上翻了一圈，呵呵笑道："要不这样做，怎么抓得到你啊。"

"那你到底要问什么？"

张燕铎说话时，往远处瞟了一眼，在滑雪镜的掩饰下，关琥没有注意到他的小动作，看看周围没人，他问："你确定艾米一定会来吗？"

"一定会的，你放心，有人对钱的执着就像你对生命的执着一样。"

"说得我好像是守财奴似的。"

厚实的滑雪服让关琥的动作有点笨拙，他用雪杖撑着，好不容易才爬起来，见张燕铎又要去别处滑，他扑上去一把抱住，再问："那会合后呢？你准备用那幅旅游地图测试她的智商吗？"

"不，我有另外的办法。"

"是什么？"

"你可以先把我放开吗？关王虎，光天化日之下，你这样搂搂抱抱成何体统？"

他也不想在这么漂亮的雪地里抱一个男人，问题是他不这样做，某人一秒就滑没影了，有关接下来的计划方案，他当然要问清楚才行。

"哥你说话怎么突然拽文了，我还以为李当归来了。"

关琥开了句玩笑，但马上就收起了笑脸，不妙的感觉突然之间提醒了他，急忙看向几个朋友那边，就见叶菲菲还在跟谢凌云、小魏一起玩得很开心，克鲁格却不见了踪影。

不安的感觉更强烈了，关琥丢下张燕铎往回滑，张燕铎安慰他的话被他直接抛去了身后。

关琥赶回原地，大声叫着叶菲菲，谢凌云跟小魏都注意到了，转头看过去，叶菲菲却像是没听见，转去了其他雪道，关琥加快速度滑到她身边，伸手搭住她的肩膀，叫："叶菲菲！"

这次对方终于听到了他的叫声，转过头，将滑雪镜摘下来，上下打量关琥，用英语问："什么事？"

那是个跟叶菲菲有着同样的身高体型，同样的棕色卷发，同样颜色的滑雪装备，唯有面庞是完全陌生的女人，由于滑雪镜的掩饰加上滑雪的速度，大家都没有注意到一直在他们身边玩耍的朋友早就不见了。

一瞬间关琥明白了，有人李代桃僵，在他们眼皮底下将叶菲菲换走了。

"你的同伙把叶菲菲带去哪里了？"他抓住女人的肩膀，大声喝道。

"快松手，你把我抓痛了！"女人皱起眉，尖叫起来，"你是谁？你想干什么？再不松手，我要报警了！"

谢凌云跟小魏围了过来，小魏这才后知后觉地说："菲菲呢？我还以为这女孩是菲菲，难怪刚才跟她搭话，她都不理，咦，克鲁格也不见了。"

自言自语被无视了，关琥继续冲女人吼道："是谁让你在这里滑雪的？叶菲菲到底在哪里！？"

"你是疯子，我不知道你在说什么！"

女人比关琥吼得更大声，拽下手套开始摸口袋，张燕铎冷眼旁观，看她掏出手机要报警，这才上前把关琥推开，先跟女人道了歉，然后解释了他们正在寻找失踪的同伴，假如她有线索，请协助帮忙。

在他温和语调的安慰下，女人的情绪慢慢平复了下来，脸色有些发白，说："刚才有人跟我搭讪说他要恶搞朋友，给了我五百欧元跟整套滑雪装备，让我扮成他女朋友的样子在这附近滑雪……我什么都不知道的，我真以为是朋友在开玩笑……"

看她的反应不像是在撒谎，关琥问："那个男人长什么样子？"

"四十多岁，长得比较高，很有绅士风度。"

"是他吗？"

张燕铎将手机屏幕朝向女人，女人连连点头，关琥凑过去一看，居然是沃尔夫，他惊异地看向张燕铎——他们不是跟艾米商量好将沃尔夫调开吗？为什么沃尔夫会出现在这里？那艾米呢？

张燕铎又问："他什么时候让你过来的？"

"好像没有半小时。"

听着他们的对话，关琥努力让自己冷静下来，抱着头仔细想——如果叶菲菲是被骗走的，她不会不打招呼就离开，所以她应该是被强制带走的，这片滑雪场面积颇大，大家又穿了雪具，劫持的话，半个小时他们走不了太远。

想到这里，他又抬头打量周围的环境，可想而知附近没有监控，等女人走后，他克制住心里的疑惑，直接问："他会把菲菲带去哪里？"

张燕铎没说话，小魏还一整个的不在状况中，抢先问："沃尔夫为什么要玩这种无聊的游戏？"

"菲菲应该是被绑架了。"谢凌云说。

"绑架？沃尔夫不是军人出身吗？为了点钱连军衔都不要了？"

小魏还是不明白，又一连串地问了好多问题，却没人理他，关琥说了句分开找后，就直接撑起雪杖滑走了，小魏急得在后面叫："怎么找啊？这里这么大，大家都穿得差不多。"

小魏说到重点了，滑雪者的服装类似，就算跟大家打听，恐怕也问不出什么情报。关琥漫无目的地在周围滑了一圈，入目之处都是皑皑白雪，远处偶尔有几个人滑过，距离既远，速度又快，无法确定他们是什么人。

"别着急，克鲁格也不在，他可能是跟上去了。"张燕铎追上来，安慰道。

"也可能克鲁格跟沃尔夫是一伙的。"

"不会，否则福尔贝克跟克鲁格见面，就不会特意避开沃尔夫了。"

张燕铎解释完，掏出手机打给克鲁格，但没人接听，关琥等不及，也用自己的手机联络克鲁格，收到的回应是一样的，他只好关掉，准备去其他地方寻找，谁知刚转过身，就听张燕铎问："是克鲁格吗？你在哪里？"

一听接通了，关琥迅速冲了过去，张燕铎被他撞了个趔趄，差点摔倒，关琥急忙抱住他，顺便凑过去，对着手机叫道："出了什么事？叶菲菲在哪里？"

对面沉默了很久，就在关琥怀疑张燕铎是不是搞错了时，那头传来说话声，依稀是克鲁格的声音，却听起来很虚弱。

"不知道，我刚才晕倒了……这里是……"

他努力寻找周围的景物标记，但这里除了雪还是雪，好半天才说："我刚才是照九点钟方向走的，你们这样走，就能看到我了。"

问题是他们不知道他的出发点在哪里，怎么计算九点钟方向？

听克鲁格言语含糊，关琥猜他现在的状况不是太好，便没多问，说："别挂电话，我们这就去找。"

说着话，谢凌云跟小魏也都过来了，他们四个人刚好分开四个方向寻找，关琥告诉他们如果发现克鲁格就马上联络自己。

大家分开后，关琥顺着雪道一路滑出去，一开始地面平缓，还是正常的坡道，逐渐的雪道变得颠簸不平，偶尔看到一两块突出的障碍物，他以为是人，靠近后才发现是些堆积的雪块，雪块上放了些游客留下的垃圾，再往前滑了一段距离后，前方道路被封锁了，雪松之间拉着粗绳，上面挂着危险禁入的警示牌。

关琥无视警示牌，拉开索绳滑了过去，绳子外缘的雪路愈发凹凸颠簸起来，关琥有几次差点摔倒，晃晃悠悠地向前滑了没多久，就见雪块数量更多了，地面上出现了零乱杂多的脚印，一些地方还有搏斗的痕迹，他急忙加快速度，在经过一个拐弯时，就听有人叫道："关先生……"

由于速度过快，关琥又往前滑了一段路，才勉强刹住车，他转过头，就见一个人半边身子陷在雪堆里，额头上沾了血，正在努力往外爬。

关琥急忙赶过去，发现正是克鲁格，他弯下腰，将手伸给克鲁格，张燕铎随后也赶到了，两人合力将克鲁格拉出来，就见克鲁格的手上有血，雪坡从上到下也溅了不少血点。

"不是我的。"

见关琥打量周围，克鲁格解释说："是别人的，如果他已经挂掉的话，尸体应该就在附近。"

"你的手枪呢？"

"他们出现得太快，我没有拔枪的机会，还好带了匕首。"

"叶菲菲呢？"

"我跟歹徒搏斗时，看到那些人把她带去那边。"

克鲁格伸手往前指了指，张燕铎递给他手绢止血，他道了谢，将手绢按在了额头上。

"是什么人带她走的？"

"不清楚，不过有一个应该是沃尔夫。"

在张燕铎通知小魏跟谢凌云他们的所在地时，克鲁格简单说了自己的经历。

克鲁格无意中发现貌似沃尔夫的男人带叶菲菲离开，觉得不对劲，偏巧当时大家都离得较远，他只好悄悄跟在后面，谁知走到半路就被五六个人一齐攻击，他杀了两个人，自己也被电棍电到了。

还好附近是雪坡，他就借着冲力冲了下来，额头是在滚落中被冰块划破的，坠落让他晕了过去，直到手机铃声把他唤醒，才发现自己陷在雪堆里，那些人也不见了。

"那些是什么人？"听完克鲁格的讲述，关琥问。

"我不认识那些人，不过看他们的身手都是军人。"

能在数名军人的围攻下伤到对方，并且逃出来，关琥觉得他该对克鲁格的身手另眼相看了。看向他指的方向，这里处于北麓山峰，虽然跟滑雪场地相距没多远，但地形完全不同，前方山形险峻陡峭，可想而知，继续往前走的话危险系数将有多高。

看完地形，关琥又转头打量克鲁格，猜想克鲁格会不会跟沃尔夫是一伙的，他们一方负责绑架叶菲菲，威胁福尔贝克，另一方负责撒谎将他们引去危险的地方。

想到这里，关琥打电话给谢凌云，让她在来的时候注意沿途有没有尸体。面对这种奇怪的问题，谢凌云什么都没问，直接应了下来。

关琥关了手机，见张燕铎也在眺望北边的地形，像是做出进发的准备，他故意当着克鲁格的面问张燕铎，"沃尔夫会不会是带菲菲去了传说中的基地？"

张燕铎不答话，克鲁格先问道："如果沃尔夫也想要解毒血清的话，他在城堡里绑架叶菲菲不是更方便吗？为什么要去基地？"

关琥还是昨晚才听艾米说起基地的，他没跟克鲁格提过，看来有关基地的传闻，克鲁格早就知道，不过现在非常时期，他没有戳穿对方的伪装——如果克鲁格真跟沃尔夫合谋，那他留下来一定会有所目的，配合他的行动，也许可以尽快找到叶菲菲。

"也许他想要的不是血清，因为有些东西比血清更重要。"

关琥诧异地看张燕铎，不明白他为什么这样说，正要追问，谢凌云跟小魏赶了过来。

两人一到，小魏就抢先说："你们是在玩寻宝冒险游戏吗？不过我们没在路上找到尸体，只看到一些血迹，看起来挺逼真的，是颜料还是番茄酱搞出来的？"

关琥故意看克鲁格，克鲁格表情平静，说："我确信有刺中对方的要害，可能是他的同伙将尸体藏起来了。"

"菲菲出事了，我们要去找她，凌云，你跟小魏先回去跟阿迪解释一下，我们有消息，也会第一时间跟你们联络。"

张燕铎说完，将滑雪板转了个方向，谢凌云上前拦住他，说："我跟你们一起去，传信的事交给小魏一个人做就行了。"

"不是吧，你们玩冒险，把我一个人丢这里？"

小魏叫到一半，便在张燕铎的注视下老实乖乖地打住了，张燕铎说："接下来会很危险，你滑雪技术不好，不要逞强。"

他说完，又看看谢凌云，谢凌云立刻摇头，表示自己不会回去，张燕铎也没再勉强，看了下手表，撑起雪杖，朝着克鲁格说的方向滑了出去。

关琥想要警告张燕铎别太相信克鲁格的话，至少行动之前要做些防备，他们对这里的地形不熟，假如前面真有陷阱的话，那他们就全军覆没了，可惜张燕铎速度太快，等他张开口，张燕铎已经滑出了很长一段距离，见克鲁格跟谢凌云跟在后面，他也只好追了上去。

"你们不会是在说真的吧？等等我，我也去！"

身后传来小魏的叫声，随即一道身影飞快地越过关琥的身边，冲去了前方。

小魏其实也是个怪胎，他的个性很宅，却是个很擅长各种运动技能的宅男，之前也学过滑雪，所以在雪地行走方面没问题，但接下来不是比赛滑雪，而是救人，说不定还有武力攻击，这些就不是小魏擅长的了。

"你回去报信，这里交给我们。"匆忙中，关琥放大嗓门警告道。

"都有人被杀了，你确定我在回去的途中不会被干掉？"小魏不仅没停步，反而加快了速度，叫道："难道你不知道恐怖片里最先挂的都是喜欢单独行动的人吗？所以比起落单，我宁可跟着你们。"

小魏的话不能说没道理，既然那些人对克鲁格动了手，当然也不会放过其他人，关琥一时间找不到阻止他跟随的理由，就见他越滑越快，没多久就几乎跟张燕铎并肩齐驱了。

关琥摸摸揣在怀里的蓝波刀，有种感觉，不久它就会派上用场了。

最开始时是由克鲁格引路，但很快他就被张燕铎甩到了后面，越往前走，地势变得越凶险，几乎看不到平坡，即使如此，张燕铎的滑走速度也完全不见放慢，克鲁格几乎追不上他，谢凌云跟小魏就更不用说了，很快就被拉开了距离，关琥则处于双方之间，以免后面两个人被甩掉——在出了滑雪场安全地带后，雪山就不再是游览胜地，而是玩命的地方了，这一点相信大家都很明白。

不知滑了多久，他们已经完全身处于雪山的北麓地带，阳光被上方高耸的山峰阻挡，导致山后的天气完全阴了下来，眼看着张燕铎跟克鲁格的身影越来越远，关琥很想让他们放慢脚步，但是在这种地方，他不敢放开喉咙喊叫，正琢磨着该怎样跟张燕铎联络，不远处突然传来响声。

很轻微的响声，放在闹市区绝对是被无视的程度，但是在海拔两千多米的高峰上，它的清晰度就变得异常明显了，关琥本能地刹住脚步，向发出声响的地方看去，张燕铎跟克鲁格也同时转过头，随后克鲁格调换方向，朝着那边滑去。

张燕铎看了下表，没有马上行动，这时候谢凌云跟小魏赶了过来，在小魏呼哧呼哧的喘息声中，谢凌云说："好像是枪声？"

关琥还没回答，相同的响声又陆续传来，见张燕铎冲了过去，关琥急忙跟上，又交代谢凌云跟小魏，"你们小心一点，不要靠太近。"

"倒霉的话，就算再远，也会中流弹的。"

小魏的吐槽说完，关琥已经追着张燕铎滑远了，谢凌云从口袋里掏出一柄匕首递给他，小魏小心翼翼地接了，嘟囔说："我这辈子连鸡都没杀过，你让我杀人？"

"如果你觉得太残忍，也可以用它自杀。"

"这笑话好冷。"

小魏打着哆嗦将匕首收好，在残忍跟活命的选择中，他果断选了后者。

枪声响起的地方很快就到了，那是块还算平阔的雪地，只不过原本该是洁白宁静的地方此刻被血腥占领了，雪地上横七竖八地躺了几个人，关琥赶到时，还有几人在搏斗，其中一个人被个虎背熊腰的大汉打倒在地，随后大汉将手枪对准了他的额头。

就在大汉扣扳机的同时，一道黑色光芒射进了他的左眼里，他发出怪异的咳咳声，然后仰头跌到了雪上，关琥冲过去，就见大汉已经没气了，那个锐利的物体还有一小半露在外面，却是只圆珠笔的尾部。

一瞬间，那管常转动的红笔划过关琥的记忆，他转头看向张燕铎，有些明白了吴钩自称跟张燕铎是朋友的原因——他们的确是朋友，至少是同一类的人。

张燕铎的表情异常平静，像是那致命一击不是他做出来的，在克鲁格同样震惊的注视中滑向被救的那个人，那人坐了起来，向他微笑说："谢谢，看在你出手相救的份上，我原谅你昨晚的暴力行为。"

艾米是个美女，即使在生死一线的险境中，她依然艳光四射，发丝盘在脑后，全身穿了滑雪服，左脸颊上有些泛青，嘴角也被打破了，她没当回事，站起来，先是踹了那个要杀她的男人一脚，又将他手里的枪夺下来，哼道："对美女都下得去手，活该你死。"

枪响传来，却是艾米的同伴将他们的对手干掉了，谢凌云和小魏跟了过来，看到眼前这一幕，谢凌云愣住了，小魏则捂住嘴，一副想吐的样子，但是看看周围几个人都表现镇定，他只好忍住了。

克鲁格检查那些死人的行装，被艾米的同伴用枪顶住，制止了他的行动，那些人还将枪指向张燕铎，大概看到了张燕铎的身手，对他很忌惮，在不了解他们身份的状况下，把他当成了首要猎杀的目标。

同伴加上艾米只剩下三个人，但都长得高大健硕，关琥担心张燕铎吃亏，抢身挡在他面前，与此同时身后传来响声，谢凌云不知何时手里举起弩弓，箭搭在弦上，指向瞄准张燕铎的那个男人，一副要试下是箭快还是枪快的气势。

关琥怔住了，突然之间想不通谢凌云是从哪弄到的弩弓，她惯用的弩弓应该没有带出国，否则在海关就会被截下来了。

"大家都是自己人，目的也都是一样的，别在这时候自相残杀。"

见状况瞬间剑拔弩张，艾米急忙摆手示意大家冷静，她让同伙先放下枪，又看向谢凌云，谢凌云没理她，用眼神询问张燕铎，在得到暂停的暗示后，才将弩弓放下。

克鲁格去检查了尸体，这次艾米的同伴没有阻拦他，艾米笑着说："只是一场误会，我们在追踪沃尔夫时，被席勒的人围攻了，幸好你们来得及时。"

"这些是职业军人，"克鲁格从一名死者的腰间掏出格斗军刀，不信地看向艾米，"他们与席勒有什么关系？"

"年轻的警官先生，你还不知道自己被美女上司利用了吧？"艾米笑吟吟地解释："席勒以及警方高层与军方的某些人有合作关系，所以调动职业军人对她来说不是难事。"

"这么说，席勒跟沃尔夫是同伙？"

"那也未必，不过他们的目的一定跟我们一样，既然我可以跟你们合作，那席勒跟沃尔夫合作也不是不可能的。"

"那你为什么会在这里？"关琥步步紧逼，"照计划你的任务是引开沃尔夫，而现在你不仅没做到，还让沃尔夫抢先了一步。"

被责难，艾米脸上的微笑改为诧异，看向张燕铎，"计划不是……"

话被打断了，张燕铎说："叶菲菲被劫持了，你应该知道怎么追踪吧？"

艾米的眼眸在他跟关琥之间转了一圈，又重新绽放笑脸，下巴一摆，"跟我来。"

她重新装好滑雪板，抬手看了手表，然后当先冲了出去，张燕铎跟在她身后，关琥看在眼里，心里充满了疑惑，但现状容不得他多问，只能随后跟上。

其他人依次在后面滑行，小魏落在最后，不时叫道："这真的是死人吧？有没有人告诉我这只是在演戏？我只是来滑个雪啊，我不想玩英雄冒险游戏……"

小魏一定很希望这是在演戏，关琥心想，可惜不是，事到如今，就算他想撤退，也退不出去了，在这个时候落单，除了可能会被歹徒狙杀外，还有遭遇暴风雪的危险，所以即使明知前途凶险，还是要继续往前冲。

艾米像是对这里很了解，在前面滑得很快，这让关琥怀疑她之前可能来过多次了，而并非她说的半个月前才潜伏进福尔贝克的城堡里。

不知什么时候山里转了风向，天空卷起乌云，没多久大片雪花随风刮了过来，严重影响了他们的视野。

这不是个好兆头，关琥有过跟同伴雪山冒险的交流经验，变天后，在雪山中打转很容易迷失方向，一旦冲进冰川峡谷，那就变成自杀了，他掏口袋想取指南针，就在这时，远处的山峰传来轰隆隆的响声。

响声低沉，在冰雪山岭当中回旋，更增添了沉闷感，其他人也听到了，一齐看过去，起初大家还以为是雪崩，但随着响声渐近，他们看到了小型直升机从对面掠过，以极低的姿势靠近他们。

机身上印着营救标志，看上去像是在寻找出事的登山人员，可是在接近后，飞机的一侧机门打开，坐在里面的男人抬起机关枪，对准了他们。

"快躲开！"

张燕铎第一个发现不对劲，他在对方拿枪之前就发出了警告，其他人慌忙各自躲避，随后就听一连串密集的枪声在他们周围响起，还好众人躲得快，暂时避开了危机。

不过四周都是冰雪，没有可供躲藏的地方，艾米的同伴迅速掏出手枪回击，张燕铎也开了枪，却是昨晚从艾米那里夺下来的掌心雷，同时向关琥等人示意，让他们跟随艾米先走。

关琥不想走，艾米看出他的心思，将自己的手枪丢给了他，然后迅速滑动雪杖往前冲去，叫道："跟我来！"

谢凌云跟小魏跟上她，他们都没有武器，留下只会成为累赘，所以能逃的先逃，留几个枪法好的在后面掩护。

直升机没有在第一时间偷袭成功，马上提升高度往上飞去，克鲁格连开几枪都打偏了，见艾米的同伴已经先走了，他冲关琥跟张燕铎叫道："快走！"

关琥不答话，转头看向张燕铎，张燕铎做出离开的指令，他让关琥跟克鲁格走在前面，自己殿后，眼看着直升机在空中打了个旋，做出再次向他们攻击的准备，他有些后悔这次进山的装备准备得太少了。

这时风雪变得更大了，他们跟前面几个人的距离明明没有很远，却连对方的背影都几乎看不到了，只能勉强沿着足迹往前滑，就听后面的轰隆声愈发刺耳，直升机竟不顾眼下的恶劣环境，对他们步步紧逼。

山峰旷阔空荡，虽然风雪妨碍了视物，但不影响来自后方的狙击，听到飞机的引擎轰响越来越近，张燕铎放慢滑走速度，在冲到一个缓坡时，他就势转了个身，任由滑雪板沿着缓坡自行下滑，扔掉右手的雪杖，再将左手托在右手腕下稳住平衡，冲着迎面压低的直升机连开数枪。

风雪中传来子弹击打铁片的响声，靠在机门上的狙击手迅速撤了回去，驾驶员也开始抬升高度。

张燕铎没给他们逃命的机会，先是一枪打在飞机的挡风玻璃上，这一枪应该命中目标了，飞机瞬间失去了控制，在空中摇摆起来，紧跟着机身迅速往下坠，驾驶员慌忙去控制操纵杆，张燕铎趁机将枪口对准储油箱，再次扣下了扳机。

震耳欲聋的响声传来，张燕铎的头顶上方出现了一团赤红火光，直升机在空中爆开了，为了躲避炸开的金属碎片，他急忙压低腰身，却不料雪坡滑道半路突然转为险陡，又受到爆炸的冲力震动，前方的雪路从中间断开，随着轰隆声响，雪地裂开缝隙，凭空出现了一段断层沟壑。

等张燕铎注意到时已经晚了，在冲力下他失去了平衡，沿着滑坡向前翻滚，只能用仅存的那只雪杖的前端插向雪地，阻止自己的滑行，就听咯吱吱的刺耳声响一路传来，虽然减缓了他滑动的速度，让他避开了翻滚对身体造成的撞击，却因为雪地下方都是冰块，导致他无法完全停止下滑。

沟壑断层转眼便到了近前，就在张燕铎即将滚下去时，一只手伸过来抓住了他的手腕，紧跟着是另一只手，张燕铎趁机抓住，这样做缓和了张燕铎的下坠速度，让他的半边身子在坠落断层之前勉强卡住了。

"我去，"头顶上方传来骂声，关琥叫道："回家后你要给我减肥，你重死了你知道吗？"

张燕铎抬起头，看到关琥因为用力而涨红的脸庞，即使身处危险中，他还是忍不住笑了，"那也要先把我拉上去才行啊。"

"我这不就在努力吗？克鲁格，快加把劲！"关琥又朝后面吼道。

随着往上拖拽的力量，张燕铎慢慢从斜面断层下爬了出来，就见克鲁格在后面抱住关琥的双腿，而他自己则将脚卡在雪杖上。克鲁格的位置在雪块之间，雪块经融化再冰冻，坚硬如铁，刚好卡住了滑雪板，也正是这个地形让他们得以出手救助，否则两个人都会被张燕铎的冲力拉进断层的。

头顶依旧传来嗡嗡震响，但没人有余暇去左顾右盼，在他们的齐心合力下，张燕铎终于顺利爬到了平缓的地方。确定危险过去了，关琥松开手，直接仰面躺到雪地上，喘息着说："我想揍人。"

"我也是。"克鲁格的状况比他好不了多少，"张先生你刚才太冒险了，用你们的话说就是——伤敌一万，自损一万二。"

关琥原本有些生气，但克鲁格的话成功地把他逗乐了，这人从哪学的谚语，哪来的一万二啊？

"是伤敌一万，自损八千。"他纠正着，慢慢爬起来，对张燕铎说："以后不要再玩这种游戏了哥，我就算不中毒而死，也会被你吓死的。"

"我把追兵干掉了。"

"伤敌一万，自损八千！"

张燕铎的解释换来两人异口同声的反驳，他只好双手举起，做出息事宁人的态度。

上方还有轰隆声不断传来，关琥站起来，他的滑雪板从中间断掉了，他调整着板子，抬头去看，"不会又来一架吧？"

震响声更大了，连带着他们脚下的地面也不断颤抖起来，张燕铎的脸色变了，向前看去，克鲁格的脸色更难看，突然叫道："不好，是雪崩，快跑！"

"你确……"

"定"字还没说出口，关琥就见克鲁格迅速整好装备，向平缓的地方滑去，催促道："快跟上来！"

关琥看看自己右脚上断裂的滑雪板，很想问这东西可以快得起来吗？

来自上方的响声更猛烈了，关琥的胳膊被张燕铎拉住，喝道："踩到我的脚上！"

"等……"

张燕铎没去等，在发出指令后，他撑起唯一的雪杖，追着克鲁格向前冲去，关琥只好抱住张燕铎的腰，同时用力撑左边的雪杖，尽量跟他保持统一的速度跟频率。

总算两人的默契度很高，没多久就并驾齐驱，滑得很熟练了，他们紧跟在克鲁格身后，像是一个人在滑行，速度越滑越快，但后面的响声更快，像是整座山都要震裂了似的，断裂的冰块积雪翻滚着从上方卷来。

关琥不知道该形容那是速度还是声量，也许两者都有，他没有余力回头看，但即使不回头，那震撼心扉的力量还是不断地冲击着他的感觉，脚下的地面也被影响了，地皮像是要整个被掀动起来，开始震动起伏，关琥加重了握住张燕铎腰身的力度，以免被撞出去。

没过多久，身后的轰鸣声便近在咫尺，关琥突然想到了"地鸣"的说法，此刻他切身体会到所谓雪地轰鸣的意思，脸颊传来冷意，后面翻腾过来大堆的雪花，拍在他的脸上，他一直以为只有浪花才具有那种气势，现在才明白当雪山咆哮时，所激起的浪花更加凶悍。

肩膀传来疼痛，好像被雪块撞到了，导致关琥失去了平衡，为了不拖累张燕铎，他拼命稳住身形，但很快张燕铎也开始趔趄，两人被滚来的雪块绊住，一起摔倒在地。

这时候关琥才有机会回头去看，但他什么都看不到，原本巍峨的雪山消失在视线中，他现在的视界范围内只有丈高般的白墙，白墙迅速逼近他们，其速度之快，让他无法看清那是积雪还是冰块，或是整面山体在滑坡。

不过在这短暂的时间里他还来得及考虑一件事，那就是把张燕铎抱在身下，他学过一些遭遇雪崩的经验，在这时候把自己当天然软垫，至少可以提高张燕铎获救的概率，反正他也快死了，怎么死都是一样的。

但是在关琥做出保护之前，他已被张燕铎翻身压到了下面，他急了，叫道："你搞什么？连死都跟我争！"

"上次你救我，这次该我了。"

"你死了，难道我就能活下来了吗？"

没人配合他寻找解毒的药，关琥想他的死亡是或早或晚的事，可是张燕铎根本不考虑这些事，冷冷地说："那就一起死。"

关琥大叫起来，他想说他讨厌全灭这个结局，但飞溅的雪花阻止了他想说的话，转头看去，冰雪堆积而成的墙壁已经到了眼前，他闭上眼睛，自暴自弃地想——全灭就全灭吧，谁让这是大哥说的呢。

接下来是连续不断的巨响，关琥的耳膜被震得生疼，还好除了耳朵不适外，身上没有其他的痛感。

过了好久，他睁开眼睛，所看到的都是一片漆黑，只能凭感觉判断他在随着雪块滑动，而且还滑了好久，旁边传来温热的体温，那应该是张燕铎，所以在滑动停下来后，关琥立刻大叫道："张燕铎……哥，你怎么样？"

没人回应，关琥正要再叫，嘴边传来热度，一只手掌伸过来捂住了他的嘴巴，他听到张燕铎不悦的话声。

"你不知道被雪葬后不可以大吵大叫吗？"

"我……只是……想……确认……你……有没有事……"

被手掌捂住，关琥的这段话几乎是在嘴里咕哝的，话说到一半他突然想到——如果两人都埋在深雪里，别说"动手动脚"了，连普通说话甚至呼吸都做不到吧？也就是说他们暂时得救了？

冷冰冰的声音打断他的思考，张燕铎说："在这种时候，猪才会不断说话。"

"我也是担心你好吧！"

"担心被你扯后腿吗？"

手缩了回去，让关琥得以顺畅呼吸，听张燕铎毒舌的程度，就可以确定这人没受伤，关琥松了口气，息事宁人地说："是是是，我是猪队友，还真是抱歉。"

啪！

身后传来响声，随即光亮占据了空间，正在争吵的两人一齐转头去看，就见他们身后是黑幽幽的山壁，同样黑幽幽的一个人站在他们面前，手里拿着打火机，在跳跃的火苗映照下，那人的整张脸红一块白一块，显得很怪异。

关琥愣了下才看出是克鲁格，不由得叫起来，"哇，你也在的？"

"我一直都在，是二位谈得太投机，没注意到我。"

借着克鲁格的打火机，关琥左右看看，发现这是个还算大的山洞，洞口被滚落下来的雪堵住了，但插在雪中的滑雪板起到了通气的作用，他试着移动滑雪板，就见洞口上方有微弱的光线射进来，看来至少不用担心呼吸问题了。

"这是你发现的？"他转头问克鲁格。

"对，我刚好摔在这里。"

打火机开始烫手，克鲁格将火灭了，上前跟关琥一起搅动滑雪板，还好洞口上方的山石凸出来，形成屋檐似的形状，雪崩堵塞的程度不重，在两人的合力下，周围缝隙越来越大，最后克鲁格将滑雪板轻轻抽出来，露出一个小洞。

"看来你很有对付雪崩的经验。"

听出张燕铎话语中的不善，克鲁格解释说："我从小在楚格峰山下长大，算是对雪崩比较了解，不过没想到有一天会自救。"

他比张燕铎跟关琥稍快一步，在发现这里的地形可以当屏障后，就迅速躲在下面，幸好在雪崩到来之前关琥一直在吵，否则他没办法准确掌握他们的方位，并及时拉住他们，直到他们三人随着落雪冲进来后，他才发现这里原来是个山洞。

讲完刚才的惊险经历，克鲁格半开玩笑地说："我算是又救了你们一命。"

张燕铎没说话，只是冷静地看着他，就在克鲁格被看得发毛的时候，他说："将来如果我们为敌，我会饶你两次。"

洞里有短暂的沉默，然后克鲁格真诚地说："我想我还是比较想跟你们做朋友。"

"我们还是先想想怎么离开吧，"见气氛有点僵，关琥打圆场，说：

"我们还是很幸运的，这么大的雪崩居然没受伤。"

张燕铎的眼镜在奔跑中掉落了，脸上手上有些擦伤，克鲁格额头上的伤也重新绽裂了，血跟山洞里的土还有雪混在一起糊了一脸，看似惊悚，但其实都是小伤，三人中完全没受伤的当属关琥了，除了额头有块淤青外，什么事都没有。

"这就是所谓的大难不死，必有后福吧。"他活动着身体，乐滋滋地说。

"这句话还是等出去以后再说吧。"

在克鲁格跟洞口积雪抗争的时候，张燕铎来到山洞里面查看。

确切地说，山洞更接近于小地窖，以张燕铎的身高，完全站直都有些辛苦，这时雪崩已经完全停止了，外面很静，克鲁格铲雪的声音间断地回荡过来，张燕铎趴在山壁上听了一会儿，然后转身给关琥示意，让他铲墙。

关琥不知道张燕铎的用意，捡起已经千疮百孔的滑雪板跟雪杖，把它们当铁铲用，在墙壁上铲了一会儿，接着又抬脚去踹。

山壁土块没有想象中那么坚硬，随着他的踹动，纷纷落下来，克鲁格看得奇怪，也过来帮忙，没多久墙壁裂开口子，里面的木板露了出来。那是一层很薄的木板，板子上贴了些泥土，由于年月已久，板子都腐朽了，只是靠着外面冻住的泥土当掩饰而已。

"这伪装也太原始了吧？"关琥看着木板碎块，忍不住咋舌。

"最简单的也最方便，因为没人想到山洞里还有乾坤。"

"乾坤？"

见克鲁格露出迷茫的表情，关琥解释说："就是洞里还有洞，说不定这就是实验基地的入口呢。"

入口应该不会设在这么简陋的地方，但它可能有其他的用途。

张燕铎说："先进去看看。"

关琥把烂掉的木板踹开，率先钻了进去，其次是克鲁格，张燕铎走在最后，三人进去后，晃亮荧光棒，就见洞里豁然开朗，天井很高，空气也没有想象中的浑浊，一条小路扭扭曲曲的连向远方。

为了安全起见，克鲁格打开打火机，等了一会儿才开始往里走，沿路可以看到一些遗落的物品，有肩章怀表，还有子弹壳，关琥捡起一个小铁十字徽章，说："原来这不是实验基地，而是希特勒的鹰巢。"

从物品的腐朽程度来看，这里存在的年代应该很久了，可能是二次大战时希特勒鹰巢的据点之一，却不知出于什么原因被封锁了，不过从空气流通的状况来看，这里并非完全封闭，有人利用它，在这里进行跟纳粹行为相似的人体实验。

再往前走了一段路，中途出现了岔口，张燕铎在岔口路段上做了记号，然后选择了其中一条继续前行，谁知没走多久又是岔口，一左一右，让人很难选择。

这次是克鲁格选的，走了没多久，关琥突然感到小拇指传来麻痛，他还以为受了伤，等触摸到指上的钻石戒指后，才想起那是艾米的东西，张燕铎曾说它是某种跟踪器，麻痛或许是电波磁场造成的，如果那是艾米发送的信号，那她可能就在附近。

"跟我来！"他一马当先，跑到了前面。

跟随微弱的电磁指引，关琥加快了脚步，很快他们就听到了说话声，山洞空旷，导致声音不断回荡，在某种程度上掩饰了他们的存在，三人放轻脚步走过去，就听有人在吼叫，紧跟着是枪声，子弹打在山壁上，发出噗噗的回声。

那是个宽阔的空间，地上放了两个小型灯座，借着灯光，关琥看到当中站了六七个持枪的男人，那个吼叫的家伙正在来回走动，并不时将枪指向地上的三个人，三人被反绑双手并排坐着，居然是谢凌云跟小魏和艾米，看他们的样子应该是被俘虏了。

他们遭遇沃尔夫或席勒的人被俘虏不奇怪，奇怪的是原本跟艾米一伙的那两个人站在了敌营那边，关琥在心里叹了口气，很想说他又看到敌中有我我中有敌的戏码了。

就听那人又是叽里呱啦一通说话，却是德语，关琥听不懂他在说什么，只听到了沃尔夫的名字，猜想这些人是不是也在追踪沃尔夫，忽然听到艾米用英文叫道："不知道，我们也在追踪沃尔夫，我没有路线图，否则就不会在这里转悠了。"

一声枪响传来，打断了艾米的叫声，却换来谢凌云的尖叫，艾米说："不知道就是不知道，东西都在这里，你们可以翻啊。"

谢凌云跟小魏连声附和，小魏也罢了，谢凌云的过度反应让关琥觉得很不对劲，悄悄探头去看，刚好看到艾米投来的目光，接着她的叫声更大了，又用脚不断地指自己面前的背包，示意对方去翻找。

看来艾米跟谢凌云已经觉察到他们来了，关琥给张燕铎和克鲁格打手势，做出突袭的暗示。

两名歹徒过去拿背包，在他们弯腰的时候，艾米一脚踹了过去，将其中一人踹开，另一个人的手腕也被谢凌云踢中，手枪落地，其他人向她们举枪，却被凌空飞过去的暗器刺中脖颈动脉，顿时鲜血迸流，看到那是铁十字徽章，关琥很怀疑张燕铎是什么时候把那些遗留物拿来当武器的。

余下的几人在关琥跟克鲁格的联手下很快就被制服了，有一个见势不妙，转身要跑，被谢凌云用脚按住落在地上的弩弓机关，弩箭射出，将他从后心整个贯穿了，小魏本来还在用力踹某个趴在他面前的敌人，看到这一幕，他老老实实地把脚缩了回来，嘟囔："女人太狠了。"

在突袭军的协助下，情势骤转，两个被踹断了肋骨，还有一个胸口中枪，看样子也活不了多久了，剩下的两个是艾米曾经的同伴，所以克鲁格没有下重手，只是把他们踩在地上，谁知艾米在双手被解绑后，用脚尖挑起落在地上的枪，一枪一个干掉了，连求饶的机会都没给他们。

小魏张大了嘴巴，没想到这个漂亮女人下手这么毒辣，他把头埋在背包里，在努力控制呕吐的同时，再次认定经历了这场冒险，他对女人的不信任度会再度升级。

谢凌云也不赞同地对艾米说："都是你的同伴，下手这么狠。"

"你跟张先生和关先生的关系叫同伴，我们这种叫同伙，相信为了利益，他们也会毫不犹豫地把我干掉的。"

"如果说利益，你好像跟他们才是统一战线，为什么你会被禁锢？"

面对关琥的疑问，艾米嫣然一笑，"本来他们想要追踪沃尔夫，大家算是利益一致，但他们要杀你的这两个朋友，所以在纷争中，我站到了你的朋友这边。"

关琥看向谢凌云，谢凌云跟小魏同时点头，证明她没说谎。

刚才在关琥等人的掩护下，他们跟随艾米顺利进入了这个山洞，但是在半路跟这些人相遇，由于艾米同伙的倒戈，导致他们被擒。

"你这么好？"看着艾米，关琥不无怀疑。

"也不是好，我只是不想选错阵线，有些人是得罪不起的，"

艾米的妙目扫过张燕铎，笑吟吟地说："我怕我跟他们配合杀了你的朋友，只怕还没拿到东西就会被干掉了，那还不如赌一把，幸好事前戴了戒指。"

她转动着中指上的小钻戒，钻戒的样式做工跟关琥的类似，随着她的按动，关琥又感到了小指发麻，看来它们有经过特殊加工，在一定范围内可以通过调控联络同伴。

艾米说得很坦白，但坦白反而增加了信任感，至少关琥不讨厌这样的真小人。

"你赌对了。"友好没成功地传达过去，张燕铎冷淡地说完，又踢了地上半死不活的人一脚，"他们是什么人？"

"跟沃尔夫一样是军人，他们都是由军部某些高层派来监视福尔贝克的，但沃尔夫甩开了他们，这些人只好一路追来找线索了。"

"你的意思是沃尔夫临时叛变了？"小魏怕看到血腥场面，但又控制不住好奇心，他把脸半埋在背包上问。

艾米耸耸肩，"说不上是叛变，这些人最忠诚于的该是他们想要的利益。"

"所以就狗咬狗了。"小魏说完，又及时冲艾米竖了下大拇指，"不过美女，你绝对没有选错队友。"

谢凌云想得比较细，问："那沃尔夫到底是在为军中的谁办事的？"

"军方内部的情报我不是太了解，因为那不是重点，不过不管是谁，他们窝里斗，对我们来说是有利的。"

不知道艾米是真不了解内情，还是不想说，她不留痕迹地把话题扯开了，拿了同伴的枪向前面走去。

"现在关键是尽快找到人，当然……还有我们需要的东西。"

对艾米来说后者才是目的，不过现在大家坐一条船上，同舟共济对彼此都有利，其他人谁也没多话，取了地上现成的枪支、小手雷还有照明灯后出发，关琥准备把钻石戒指还给艾米，艾米拒绝了，笑道："幸亏有它，我们才能及时会合，留着吧，也许今后还用得着。"

雪崩之前艾米等人就进洞了，所以不知道他们是误打误撞来到这里的，这一点让关琥觉得奇怪，艾米是怎么找到基地的？明明昨晚她还在为地形图伤神。

他转头看张燕铎，直觉感到这件事跟张燕铎有关，但张燕铎走得很快，没多久就走到了艾米那边，让他无从问起。

其他人不了解情况，在后面跟随张燕铎和艾米在山洞里穿梭，这让关琥心头的疑云更大了，就见路越走越宽，空间变得更加宽阔，山壁也逐渐改为石块砌成的状态——这已经不是普通洞穴了，而是经过精心打造的非常现代化的山中密室。

"难道这就是传说中的希特勒鹰巢？"

小魏左右打探，过于激动之下，他很不合时宜地拿出照相机到处拍，在收到谢凌云指责的目光后，他振振有词地说："也许无法活着离开了，就让我实现自己最后的梦想吧。"

"你可以不说这种不吉利的话吗？"

"我只是阐述事实，不管是电影还是小说里，基本上像我这种打酱油的配角，死亡概率都非常大。"

小魏都这样说了，没人再理他，为了让他达成心愿，任由他拍下去。

第九章

又走了没多久，在众人面前出现了一间石砌的大厅，大厅里挂着照明设备，什么摆放都没有，显得过于空荡，再往前走，装有密码的铁门拦住了他们的去路，走廊两边设置了监视镜头，感应到外人的到来，镜头自动转动方向，对准他们。

关琥二话不说，抬枪直接将那个碍事的东西爆掉了，哼道："这里还挺先进的。"

"先进的基地设施，不过我最擅长的就是对付先进的东西。"

艾米发出微笑，从随身背包里掏出必要的装备，对着密码键开始捣鼓起来，键钮上方的屏幕传来指纹认证提示，艾米拿出一张磁卡划过去，接着将手指按在感应器上，没多久屏幕提示认证成功，前面的大门自动打开了。

"你知道这里用谁的指纹？"克鲁格惊讶地看她。

"当然不知道，我只是用病毒磁卡破坏了认证系统而已，三十秒内你们任何人的指纹都可以认证成功的。"

"这么厉害，"小魏咋舌，"那美女，这东西能不能送我当纪念啊？"

"可以，十万欧元。"

不出所料，小魏闭了嘴，艾米拿着磁卡笑吟吟地走了进去，说："我只认钱的，下次如果你们想请我做事，请先准备好支票。"

"希望有下次。"走进房间，在看到里面的景象后，关琥衷心说出了这句话。

艾米没有回应他，因为她也被眼前的状况镇住了，嘴唇微张，轻声发出 my god 的感叹。

要说之前大家见过的房间叫大厅，那这里就可以称为宫殿了，空间大得超出了他们的想象，不仅如此，这里的灯光照明也亮到刺眼的程度，关琥想戴滑雪镜，摸摸口袋，发现眼镜早就不知掉去哪里了，看着张燕铎平静地拿出一副备用的金边眼镜戴上，他搡搡对方。

"还有吗？借我一副。"

"不，"后者严词拒绝，"我有两样东西绝不借人——牙刷和眼镜。"

这人到底是有多爱他的眼镜啊。

关琥没脾气地点点头，"下次我会记得借钱的。"

他们说着话，继续往前走，顺便打量竖立摆放在两边的一排排玻璃容器。

真正令众人瞠目结舌的并非这里的宽阔跟灯光，而是摆设品——如果要形象地形容玻璃容器的状态，可以把它想象成竖起的棺木，不过它们是圆筒状的。

每个容器里面都站立着一个人形物体，各自摆出不同的姿势，诡异的是，它们的相貌类似——不管这些人以前是不是英俊，现在都是一副干瘪消瘦的样子，脸上满是褶皱，颧骨突起，毫无血色，仿佛被抽干了血的尸首。

联想到僵尸展里的陈列品，关琥忍不住摸摸自己的脸颊，不敢想象自己也会变成这副模样，还好这些人体都穿着衣服，再看衣服的式样，他不由得咋舌。

"如果我没看错，这些都是军装吧。"

"而且有些人的军衔还不低。"

沿着圆柱体往前走着，克鲁格的表情越来越冷峻，拳头握紧，说："原来这些人都是这样失踪的。"

"失踪？"

关琥疑惑地看向他，克鲁格却快步往前走去，大厅的正前方也摆放着一个大型圆筒，跟其他陈列品不同的是，这个圆筒里的人是活的，他原本委顿地蜷缩在筒里，发现有人来后，激动地站起来，用力拍打玻璃筒，并发出叫声，竟然是李当归。

玻璃隔音，大家听不到他的声音，只能看到他的头发跟衣服很凌乱，脸上抹了不少灰，看上去没受伤——以李当归的身份，不管绑架者是谁，应该都不会轻易弄伤他的。

但他还是表现得很恐惧，焦急的心情通过肢体语言传达给大家——只要是个正常人，在被绑架后跟一群怪异陈列品放在一起，都会变得疯狂的，关琥向他做出安抚的手势，又问克鲁格，"你今早不是说他没事吗？"

"我同事是这样回答我的。"

克鲁格也是一脸错愕，看样子不像是撒谎，他拿出手枪，试着冲旁边的陈列圆筒开枪，可惜圆筒玻璃经过特殊制造，子弹无法对它造成任何损伤，他又射击其他圆筒，达到的效果一样。

"这些就是所谓的僵尸计划中的实验品吧？"张燕铎说。

关琥问："那他们是活的还是死的？"

"至少是半死不活，"张燕铎说了句冷笑话后，问："氧气怎么供应？"

大家一齐看向李当归被关的地方，至少禁锢他的这个装置不是真空的，既然不是真空状态，那就可以顺着供氧管道找到打开的方法。李当归发现大家在考虑怎样解救他，他停止了过激的反应，站在圆筒里面紧张地看他们。

"我来试试。"艾米说。

小魏好奇地凑到圆筒前跟李当归搭话，其他人没他那么闲，艾米拿出她的装备在附近探测，克鲁格则寻找前进的通路，大家正忙活着，头顶上方传来笑声，有人说："你们不用白费功夫了，这里你们是出不去的。"

随着说话声，后面传来闷响，大家回头一看，却是入口的铁门自动关上了，前方没有出口，就等于说他们现在被瓮中捉鳖，一网打尽了。

那个声音又说："你们知道这里的设计有多先进？你们可以顺利来到这里，不是你们的本事有多高，而是我特意放你们进来的，知道这件事的人越少越好，所以我希望你们可以跟这些作品一起陪葬。"

声音通过扩音器从上空传来，嗓音苍老浑浊，既不是沃尔夫，也不是他们认识的任何一个人，艾米冲上面竖了个中指，那人回道："可爱的女孩，没多久你就会为你的错误选择感到后悔，想知道缺氧的感觉吗？很快你们就可以享受到了。"

"这里不会有转换真空的装置吧？"谢凌云环视四周，轻声问。

"很有可能。"

就算不是完全真空，这么多人被关在少氧的密室里，他们也撑不了多久的，关琥看看周围，大家都在忙着找出口，只有小魏还一整个的不在状况中，隔着圆筒跟李当归指手画脚地聊天。

关琥仰头看上方，问："是你指使沃尔夫绑架叶菲菲的吗？叶菲菲她现在在哪里？如果你想要解毒血清的话，我们已经拿到了，要以物换物吗？"

"啧啧，年轻人，你好像还没有了解现在的状况，你们活不了多久了，等你们死后，我去拿解毒血清不是一样的吗？"

"如果我们死了，一定会死前把血清毁掉，到时你也别想得到。"

"哈哈，这个谎言太无聊，无聊到我忍不住要戳穿你了，你们根本就没有解毒血清，唯一的一管也在劫机事件中遗失了，假如你有找到，早就第一时间给自己注射了，何必等到现在？"

关琥一怔，知道他中毒的只有席勒、张燕铎跟克鲁格，最多再加上席勒的几个亲随，敌人会这样说，就等于说席勒跟他是一伙的，可是他们既然知道基地的位置，知道解毒血清丢失，那为什么还要特意让他去寻找？

克鲁格也在同一时间想到了这个问题，叫道："席勒长官你在吗？你让我监视关琥他们，并寻找血清，我找到了。"

他从贴身口袋里拿出一个半透明的小试剂瓶，举起来，好让对方看到。

"在这里，关琥本来要注射的，但为了救叶菲菲，他才放弃了，席勒长官，如果你不放他们的话，他们一定会毁了这个。"

克鲁格用了"他们"的称谓，特意划清了他跟众人的关系，谢凌云跟张燕铎立刻举枪对准他，关琥不知道他说的是真是假，但为了吸引对方的注意，他也掏出了手枪，果然就听上面的声音消失了，看来克鲁格的试剂瓶跟大家的反应让他们犹豫了。

"你拿到血清，为什么不在第一时间跟我联络？"

这次说话的是个女人，虽然通过扩音器有所变化，但从那傲慢冷漠的声调中可以辨别出那是席勒。

"我是昨晚才从福尔贝克先生那里拿到的，还不知道真假，之后我就接到沃尔夫先生的联络要绑架叶菲菲，他跟我说先不要向你提血清的事，等绑架成功后，借此试探福尔贝克先生，假如是真的，再向你汇报。"

"你胡说，我根本没有跟你联络绑架这件事！"

这次是沃尔夫气急败坏的声音，但马上被克鲁格盖过去了，"沃尔夫先生，不是你的联络，我怎么会知道你们的鹰巢在这里？"

"我怎么知道？总之不是我！"

"哦，我明白了，"关琥故意插话说："沃尔夫先生，你是在考虑更好的买家吧？所以你在帮席勒警官的同时，给自己留了一手。"

"当然不是，我如果留一手，就会抢走血清离开了，为什么还要协助绑架叶菲菲？"

"因为你太贪了，你想要更多的好处。"

"不是……"

沃尔夫的辩解被啪的响声盖过去了，听出那是巴掌声，还夹杂着女人的喃喃咒骂，关琥跟克鲁格对了下眼神，大家演技都不错，接下来就等他们狗咬狗了。

短暂的沉默后，那个苍老的声音又重新响起，"哈哈，你们还会离间这招，不过对我来说不管用，我从不在意属下的忠诚度，因为没有人会背叛金钱跟权力，只要我拥有它们，就不会被背叛。"

"席勒长官，我说的都是真的，请相信我！"

"奉劝一句，演戏只会让氧气流失得更快，至于那管血清，我已经没兴趣了……"

这时室温明显升高了，氧气不足导致空间沉闷，带给人烦躁的不适感，听男人的话不像是在欲擒故纵，关琥深吸一口气，努力让自己冷静下来思考对策，就听上方传来一连串杂乱的声响，接着是叶菲菲的声音。

"关琥，不要跟他们废话，他们绑架我是想要挟我外公跟他们合作，继续进行僵尸实验计划，不是为了血清，你们快想办法逃跑，路在……啊……"

话说到一半断掉了，听到叶菲菲的痛呼，关琥急忙叫道："菲菲，菲菲你怎么样？"

回答他的是先前那个男人，"放心，这么漂亮的女孩，我不会杀她的，看你中毒后的表现不俗，我决定也留下你，至于其他人嘛，那就等死吧。"

"等死？未必！"

艾米走到了一面墙壁前，随着她在上面的拍打，一个小型屏幕从墙壁里翻转出来，她照刚才开锁的步骤重复操作了一遍，划过病毒磁卡后，随着密码通过的提示音，屏幕旁的墙壁移开，露出出口，她回头冲大家一笑。

"找到路了。"

"圆筒怎么开？"

面对张燕铎的询问，艾米耸耸肩，"果然瞒不过你啊。"

她的手指在屏幕上一阵敲打，就听低沉的电子音传来，房间里的圆筒同时向上缓缓升起，上面的人显然也看到了这一幕，那个男人气急败坏地叫道："你们这些蠢猪，看看你们干的好事！"

"干得好！"谢凌云也说了同样的话，不过感情则完全不同。

"不用谢我，要谢小魏。"

艾米指指还站在圆筒前手舞足蹈的小魏。发现大家的注视，圆筒里的李当归也做出跟小魏同样的动作，谢凌云奇怪地问："什么意思？"

"这是手语，我没跟大家说过我的堂弟是哑巴吗？"

"没，我想大家连你的全名都不知道。"

听了关琥的话，小魏耸耸肩，"这样啊，那我是比较喜欢韬光养晦的没错，这些手语跟唇语都是我跟我堂弟学的，刚好李当归也会，再刚刚好那些蠢蛋把他关在这里展示时，没把他弄晕，否则我们没这么快找到线路的。"

小魏的话音刚落，空间里响起怪异的电子声，原本升到一半的圆筒半路停了下来，艾米收起了笑脸，说："有人动了总控制台的开关，我这边被强制锁住了。"

为了防止大门也被关上，张燕铎抢先冲过去，倒握手枪，用枪柄在屏幕上一阵乱砸，再找到里面的线路，扯出来用子弹爆掉，直接破坏了入口的电源装置，艾米在旁边看着，惋惜地连连摇头。

"这要花很多钱的，一栋高级别墅就这么没了。"

头顶传来响声，原本密封的上方空间齐整地向后移开，露出一个很大的平台，数名士兵从里面冲出，举枪就冲他们射击，小魏反应很快，猫腰钻进了禁锢李当归的圆筒里，圆筒只升高了三分之一，他跑进去后，两手撑住玻璃壁往上爬，这样的话，他的周围就是铜墙铁壁，完全不担心被子弹扫中。

紧急之下，李当归也学小魏的模样爬上去，两个人就像壁虎似的贴在圆筒里不动了，剩下的问题交由其他人来解决。

突袭军来势汹汹，不过关琥等人也不含糊，之前获得的战利品现在都派上了用场，大家躲在圆筒后还击，谢凌云还不时将手雷甩过去，就听轰隆声连续响起，有人中标，从平台上翻了下来。

关琥由张燕铎掩护，冲到一个圆筒前，弯腰扯住里面模型的腿，将他揪了出来，手枪对准那人的心脏部位，喝道："赶紧放人，否则你的僵尸标本不管是死是活，接下来都会是死的！"

"你敢！"

关琥毫不犹豫地开了枪，就听扩音器那边咒骂连声，男人喝道："你再敢对他们开枪，我就杀了叶菲菲！"

"她是你的筹码，你不会的。"

"对，但我可以划花她的脸，让她生不如死，漂亮女孩最怕的不是死，而是变丑，到时她会一辈子都恨你。"

关琥犹豫了，他想找出幕后人的位置，但继续激怒对方会连累到叶菲菲，就在这时，那边传来叶菲菲的叫声，"关琥你不要管我，这里没有解毒血清，你赶紧救人离开，他不敢伤我的……"

"小姐，这次是警告，要是你再敢乱说话，我保证你会后悔的。"

叶菲菲的话被男人截断了，关琥听到了她的惊呼，虽然声音很低，但一定是受到了要挟，他迟疑了，没敢再跟对方硬拼。

来自上方的火力更密集了，要不是张燕铎及时将关琥拉开，他一定会被子弹击中，另一边在圆筒里玩壁虎的两个人也撑不住了，李当归先掉了下来，身子翻了个个，滚了出来，刚好有个士兵从上面跳下来，看到他，立刻举起了枪。

李当归想求饶已经晚了，就在对方扣下扳机的同时，他的身体被一股力量撞到，顺着地面滑了出去，在滑到对面的圆筒后才勉强停住，抬头一看，就看到谢凌云站在他原来所在的地方，凌空一脚将那个士兵踹了出去，接着又是一枪，动作干脆利落，他不由得看得呆了，连喝彩声都忘了说。

混战中，克鲁格的药剂瓶也落到了地上，上面的士兵纷纷跳下来去抢夺，看来幕后人虽然嘴上说不需要了，但还是没有完全放弃，这个举动给他们带来了契机，他们的火力不如对方，近战对他们是有利的。

艾米、克鲁格还有关琥也加入了抢夺试剂瓶的战团，但对手人太多，小瓶子在地上滚来滚去，最后滚到了一个圆筒下方，刚好是小魏藏的那个圆筒，他立刻跳下去捡起小瓶，接着又爬回筒里，士兵连续向他开枪，但由于特殊隔层的保护，根本伤不了他。

士兵们陆续跳了下来，张燕铎却反其道而行，攀住墙壁上的突起部分翻身跃向平台，谢凌云也紧跟着攀了上去，却不料她刚刚抓到边缘，就被迎来一脚踹到，要不是她及时抓住栏杆，只怕会直接摔下丈高的平台。

那人抬起军靴，还想继续踹，却在张燕铎的攻击下不得不退开，张燕铎趁机把谢凌云拉了上来，就在这时，他身后传来扳机的响声，转头一看，沃尔夫就站在不远处，将枪口对准他。

"再见，张先生。"

沃尔夫狞笑着扣下扳机，但下一秒寒光抢先射了过去，还好他躲得快，否则箭羽会直接戳进他的眉间，可想而知，他的那粒子弹也不知射去了哪里。

张燕铎的手里还握着另一支箭羽，嘲讽地看他，那是他顺手从谢凌云的箭盒里拿的，这时谢凌云也将弩弓搭起，不等沃尔夫再有行动，便将弩箭射了出去。

沃尔夫的额头受了伤，几乎睁不开眼睛，只能随手向前开枪，避免对方的攻击，就听嘶哑声再度响起。

"你们还真是死缠烂打，我再说一遍，如果还不束手就擒，叶菲菲的生命我就不敢保证了。"

"要我们住手，我要先看到叶菲菲，否则大不了同归于尽！"

"你们已经是俎上鱼肉了，没资格跟我讨价还价，不过我很仁慈，可以让你们完成临死前的心愿。"

随着说话声，平台对面的墙壁也自动回缩，露出对等的宽阔阳台，铁门打开，一些士兵将叶菲菲推了出来，跟随在旁边的还有席勒，叶菲菲的头发散乱了，脸上还有几块淤青，见到他们，先问："你们怎么样啊？有没有受伤？"

"真是有情有义，自己被绑架了，还先担心对方是否平安。"席勒讥讽她说："做人这么虚伪，难怪我一开始就讨厌你。"

"谢谢，至少在这一点上我们达成共识了。"

席勒脸色微变，随即掏出手枪，对准叶菲菲的头部，配合着她的行动，那个嘶哑的声音说："不想她有事，就马上停手。"

关琥第一个停下了手。

他知道这些人不会杀叶菲菲，但他们有很多手段去折磨她，所以当下的状况，他只能服从。

谢凌云跟张燕铎站在平台的对面，两边相隔较远，也没法及时营救，看到关琥的举动，他们也照做了，克鲁格倒是收手很快，仰头对席勒叫道："长官，我是你那边的，请收留我，让我跟随你工作。"

"可以，不过为了表示诚心，先把那个碍事的女人干掉。"

席勒说的是艾米，现在情势一边倒，大家都被迫住了手，只剩下艾米还在攻击，克鲁格立刻将手枪指向她，但同时她的枪口也指了过来。

"你要试试谁的子弹更快吗帅哥？"大敌当前，艾米依然不慌不乱，对克鲁格笑道。

下一秒，其他士兵的枪口同时指向她，克鲁格淡淡地说："看来不用试了。"

艾米的微笑被怒气盖住了。

眼下这种状况，就算她向克鲁格开枪，也无法躲避其他人的子弹，只好恨恨地将枪丢去了一边。

小魏本来见他们这方占了优势，从圆筒里滑了下来，但情势瞬间逆转，他一看不好，又迅速爬回圆筒中央，嘟囔："又反转了，又反转了。"

几秒钟内，张燕铎这边的人全被控制住了，叶菲菲在他们手上，关琥不敢硬碰硬，将武器丢到了地上，说："你们赢了。"

"这是意料之中的。"

席勒给手下示意，命他们押住俘虏，沃尔夫走过去，先给了张燕铎一拳，在他要打第二拳时，关琥叫道："沃尔夫先生，你不是被授命监视福尔贝克吗？为什么又会跟警察联手？"

他的叫声成功拦住了沃尔夫的拳头，沃尔夫将张燕铎跟谢凌云丢在地上的武器踢到一边，指着席勒笑道："你说的警察是她吗？"

"难道她不是吗？"

"警察的月薪才能赚多少？比起警察的名誉，她更爱权利跟金钱，所以她选择了更好的路。"

"关先生你忘了吗？之前我就说过没有多少人能抵抗金钱的诱惑，在金钱面前，忠诚会变得一钱不值。"

席勒把叶菲菲推给身后一名士兵，自己双手按住平台栏杆，做出首长检阅般的架势。

"那在慕尼黑派人杀艾米同伙跟我的，也是你的手下做的吗？"

"是沃尔夫那派的人。"

"所以为了钱，你们本来相斗的两派选择了统一战线？"

"应该说是沃尔夫觉得我们这边更有实力，所以背叛了他的主子，他的主子该哭了，派亲信去监视福尔贝克，还想拿到僵尸计划实验的成果，结果赔了夫人又折兵，这个基地可不是随便谁都知道的。"

"那你的主子又是谁？"

"你的问题还真多，如果你是想借此拖延时间，那我要遗憾地告诉你，结果是不会因此改变的。"看穿了关琥的心思，席勒低头俯视他，微笑着说。

张燕铎在对面冷笑起来，"说到底也只是个喜欢藏头露尾的人而已，你说我说的对不对，里昂将军？"

他仰头问道，其他人也情不自禁地顺着他的目光看过去，但上方除了银灰色的椭圆形顶棚外什么都看不到。

关琥问："里昂不是为了阻止这个实验，把所有资料都毁掉了，自己也因此中了僵尸病毒死了吗？他的手下还为了夺回他的尸首跟解毒血清去劫机。"

"毁掉资料只是为了自己拥有唯一的情报，至于中毒，比起因失误中毒，我想艾米提供的情报才更正确——是他自己给自己注射了病毒。"

"为什么？"

这句话是好几个人一起问的，大家的目光扫向圆筒里一个个僵硬干瘪的人体模型，都无法想象有人会自己试毒。

"你们不明白一个研究者的欲望、野心，还有疯狂，为了达到自己满意的目标，里昂不会介意以身犯险，这件事他甚至没有对自己的手下讲明，除了因为他多疑外，还为了嫁祸军中的政敌。"

"当然，里昂在给自己注射了病毒后，肯定也服用了可以缓慢化解病毒的血清，以便他可以在特定的时间里苏醒，为了保险起见，他还特意将备用的那管解毒血清放在离自己最近的地方，所以那天在飞机上，关琥看到的尸首其实是活的，这也是为什么棺材没有密封，并且血清会放在棺材里的原因，但谁也没料到人算不如天算，里昂的手下会利欲熏心地去劫机，而血清也在混乱中遗失了。"

张燕铎说完后看向席勒，席勒没回答，但她僵硬的表情证明张燕铎说对了，那个苍老的声音又响了起来，"有意思有意思，你说的就像亲眼见到的一样。"

随着话声，一个身穿军装的高个男人从席勒那边的平台后方走了出来，他的脸上蒙着黑纱，无法确认长相跟岁数，但步行缓慢，看上去像是上了年纪，除此之外，他还戴着军帽跟白手套，导致整个装束搭配得不伦不类。

看到众人惊异的反应，男人将双手背负在身后，傲然对张燕铎道："你都说对了，我就是里昂，僵尸实验计划是我毕生的心血，我绝对不允许他人的干扰。"

"所以你就将反对你的人都干掉了，并做成了木乃伊？"

面对克鲁格的询问，里昂嗤之以鼻，"那不叫木乃伊，叫僵尸，木乃伊是死的，而他们是活的，是可以根据主人的意志随意活动的人。"

看了一眼对面那些干瘪瘪的塑像，关琥喃喃地说："我不认为他们是活的。"

"那这整件事与我何干？为什么要绑架我？"

经过一系列混乱的状况后，李当归终于慢慢弄清了来龙去脉，站起来，仰头问里昂。

"谁让你什么都不做，偏偏在这个敏感的时候玩僵尸展？"

关琥没好气地回他，"而且你还是菲利克斯家族的人，不管你了不了解僵尸计划的内情，都是头号危险分子，不绑架你绑架谁？就算绑错了，用你来要挟菲利克斯家族跟他们合作，对里昂来说也是件有利的事。"

"这是一个原因，还有一个是李当归曾说他的僵尸服被偷走了很多，后来网上流出了万圣节僵尸服的视频，这也是里昂的人搞的鬼——为了混淆早先跑出去的真正的僵尸实验品，他们索性自己也扮起了僵尸，这样反而不会引人怀疑，那时他们还不知道李当归的身份，后来发现李当归跟我们有接触，就更怀疑他的目的，为了杜绝后患，就绑架了他。"

"你又说对了张先生，我有点想邀请你参加我们的僵尸计划了。"

里昂感叹道："都是那些跟我作对的蠢货搞出来的烂摊子，导致一个实验品跑了出去，还很糟糕地被人拍下传到了网上，刚好席勒看到了僵尸展的宣传，就提出了混淆视听这个办法，连这个都能被你猜到，真让我对你刮目相看了。"

里昂对张燕铎赞许有加，让关琥不由得想起张燕铎曾说的一句话——只有变态才最了解变态。

"那僵尸展里的陈列品有没有问题？"

关琥看向克鲁格，克鲁格曾用东西测试过干尸，他应该也抱有相同的疑惑，果然，克鲁格点点头。

"我请同事检查过了，僵尸展上的最后那具干尸不是假的，是真正的木乃伊，大约过世几年了，从它的状态来看，生前应该被注射过类似僵尸病毒的药物成分，不过具体结果还在调查中。"

"所以菲利克斯家族就更有嫌疑了。"

"不要扯上我的家人，他们什么都不知道，那东西明明就是我亲自监督设计的，不可能半路给人调包。"

"也许一开始就是尸首呢。"

听了关琥的话，李当归沉默了，接着双手抱头，表示很难相信这个结果。

打断这个小插曲，张燕铎又说："不过有一点我不明白，既然你们要的不是解毒血清，那为什么要给关琥注射病毒，并逼迫他帮你们找血清？"

关琥惊讶地看张燕铎，张燕铎解释说："你并不是在客机货舱里染上病毒的，而是在车祸后被人刻意注射的。"

经提醒，关琥想起自己昏迷时迷迷糊糊看到的景象，再联想之后张燕铎各种怪异的反应，他问："你是不是一开始就知道了？"

"至少不是到现在还不知道。"

"看在你们快要死的份上，我可以把真相告诉你们。"

席勒拍拍手，打断他们兄弟的对话，说："这其实是个乌龙，因为里昂将军没有在预定的时间里醒来，并且他身上的症状很严重，为了救他，我们最初要找的确是那管消失的解毒血清，本来我以为它在关琥那里，所以才给他注射病毒，没想到之后没多久里昂将军就醒过来了，也等于说你们没用处了，我们手头上有病毒研制跟解毒血清的资料，就算没有那管血清，回头再配制就好，所以现在我们的重点是拉拢军部更多的力量。"

"所以你们就找上了福尔贝克先生。"

"不错，但那是只老狐狸，我们聊过多次都不了了之，刚好他的外孙女出现了，现在她就是我们最好的棋子，跟我作对的几个老家伙都死了，福尔贝克失去了膀臂，外孙女又在我这里，相信他不会不就范的。"

里昂得意洋洋地说完，又问张燕铎，"现在到了选择的时间，你对我的计划有兴趣吗？"

"没有，"张燕铎冷冰冰地回他，"我这辈子最讨厌的就是变态。"

即使现在身处险境，关琥还是忍不住咧嘴乐了，他的笑声成功地激怒了里昂，做出动手的示意，"把那个姓关的留下，其他的都处理掉。"

沃尔夫刚才吃了张燕铎的亏，他早等不及了，率先举枪指向张燕铎，谁知就在这时，原本固定的圆筒容器又开始向上升起，随着圆筒的升高，僵尸塑像逐渐露了出来，里昂气得大叫："这是怎么回事？谁动了开关？"

回应他的是砰的枪响声，原来是沃尔夫发现不妙，先冲张燕铎开了枪，但他始终晚了一步，一管原子笔先他的手枪射了过去，将他贯脑，子弹也偏了方向，射向空中——沃尔夫在搜他们的武器时，没有注意张燕铎口袋里的笔，没想到就是这个小巧的笔管要了自己的命。

对面平台传来轻笑声，"你什么时候开始学我了，流星，这可真不是个好习惯。"

声音发自里昂的身后，他转头一看，就见不知什么时候，叶菲菲已被押她的士兵带去了角落里，另一个士兵受了伤，躺在地上不断抽搐，其他士兵想冲他们开枪，里昂急忙叫道："不要伤了那个女人。"

警告被接下来的枪声淹没了，从对面射来的子弹跟弩箭逼迫他们不得不先躲避，押住叶菲菲的男人将面具揭了下来，露出漂亮得足以让女人都嫉妒的面容，冲对面笑道："我干得怎么样？"

"保护好她。"

听到张燕铎的命令，吴钩不爽地看向叶菲菲，问："你要下去吗？"

叶菲菲的手铐已经被解开了，迅速从长靴里掏出一柄掌心雷，并躲去他身后，说："我觉得这个射击点不错，你掩护我。"

"这不叫掩护，这叫把我当盾牌。"

吴钩翻了个白眼，见那些士兵在里昂的命令下冲过来准备活捉他们，他从口袋里掏出了红笔，随手转了个花，然后按动机关，将红笔拉长，开始跟他们近身搏斗。

关琥在下面看到叶菲菲被救了出来，而且救她的还是吴钩，他有点摸不清状况，但现状对他们有利，趁机就地一滚，翻身拿到手枪射击，艾米也去拿枪，却被一名士兵抢先拦住了。

在她的手刚抓住枪柄时枪声响了，倒下的却是士兵，她拿起枪转头看去，发现救她的居然是克鲁格。

"你到底是哪一方的？"她气愤地说。

"军方的。"

克鲁格在回答的同时，又开枪将另一个威胁到他们的士兵打倒了。

圆筒越升越高，所有陈列模型都完全暴露在了外面，被大家的搏斗波及，它们很快就滚得到处都是。小魏贴在圆筒里感到累了，半路跳下来，但是在看到滚过来的干瘪瘪的人体后，他吓得又手忙脚乱地跳上圆筒，慌张中失手将试剂瓶滑落了，却没法捡回来。

李当归被眼前再次展开的争斗弄得不知所措，小魏躲好后，冲这个富三代连连打手势，示意他也赶紧藏进来。

"又反转了，快进来快进来，还是这里比较安全。"

失去了要挟的筹码，情势立刻又一边倒了，里昂的手下不少，但架不住关琥等人英勇，没多久大部分士兵都被放倒了，关琥趁着空隙翻身攀上里昂所在的平台，里昂发现不妙，慌忙拿起挂在颈下的哨子吹起来。

关琥没听到声音，但奇怪的是，在里昂做了这个动作后，原本翻滚在地上的僵尸模型慢慢动了起来，然后站直身子，做了几个僵硬的热身动作后，突然冲他们发起攻击。

模型面孔灰白干瘪，眼眶下凹，再加上指甲灰黑尖长，在攻击中还不时张嘴露出白森森的牙齿，看上去真像是丧尸。

关琥原本以为里昂的僵尸病毒计划还在研制阶段，没想到竟然这么有成果了，而且这些不知是丧尸还是僵尸的生物行动异常敏捷，从"复活"到攻击只是一瞬间的事，关琥刚刚攀到墙上，脚踝就被拽住了，随即力量传来，将他扯回到地上。

关琥后背着地，摔得头晕眼花，紧接着就看到一个骨架般的家伙伸出双手，掐向自己的脖颈，他的手枪在落地时摔出去了，随手摸到地上的一尾箭羽，朝僵尸刺去。硬物刺进僵尸的头部，但它的大脑被贯穿一半，却只是晃了晃，像是没事似的，关琥的脖颈却被它的爪子抓住，做出撕裂的架势。

颈部传来剧痛，关琥用力拔出弩箭，准备再刺，就听砰的一声，僵尸的脑部在他面前爆开了，怪异的液体溅了他一身，他急忙将怪物推开，就见张燕铎从平台上跃下，那一枪正是他开的。

"看来丧尸片里演的是真的。"看着栽倒在一边再也不动了的尸体，张燕铎平静地说。

关琥却几欲作呕，晃晃悠悠地站起来，将溅在手上的液体抹掉，叫道："拜托你大哥，不要近距离开枪，这东西也不知道会不会传染。"

"反正你已经中毒了。"

张燕铎轻飘飘的一句话让关琥成功了失去了反驳的欲望，转身重新攀上平台，张燕铎随后跟上，谁知在快达到平台顶端时，肩膀被撞

248

到，差点跌下去。

张燕铎用手扣住墙壁上凸起的部分，仰头看去，就见吴钩站在上面，微笑看他。

"终于到了我们对决的时候了。"

"你想打架，回头我奉陪到底，现在不行。"

"可是我现在很有兴趣。"

吴钩说完，不容张燕铎反驳，舞动红笔，跃身向他刺来。

张燕铎人在空中，无法反击，只能贴着墙壁翻了个身，吴钩趁机也用手抓住墙壁，再度攻击，就听当的一声，张燕铎已将甩棍甩开，接住了他刺来的红笔。

"别妨碍我做事！"

"我就妨碍了，怎样？"

"你想要的不是解毒血清吗？"

"我更想要你的命！"

吴钩的脸上浮着微笑，亲热得像是老友对聊，攻击却更加快速狠辣，让张燕铎不仅无法攀上平台帮关琥，反而被他逼得节节后退，不得不再次跃回到地面。

此时地面上大半都是僵尸，它们貌似识得敌友，看到他们，立刻围攻过来，小魏在圆筒里看得快哭了，见大家形势凶险，他有心下去帮忙，但知道自己的斤两，他去完全是肉包子打狗，最后连皮都留不下来。

他只好把希望寄托在李当归身上，大叫："又反转了，这次简直是神展开啊，你不是专门研究僵尸的嘛，赶紧想个办法。"

"我……我对付的是死的，我没见过活的啊，别急别急，让我想想——桃木剑、黑狗血、放火，还有……"

"你说的这些这里都没有，能想个切实一点的吗？"

"那我再继续想……"

就在小魏跟李当归努力讨论怎么对付僵尸的时候，外面又出现了变化——由于僵尸们的攻击速度太快，大部分士兵都被干掉了，还好这种僵尸不吸血，只是做出攻击颈部动脉或心脏等狠辣的招式，有些人的动脉被僵尸的指甲刺中，血喷了一地，让现场变得更加残忍诡异了。

克鲁格跟艾米边战边退，学着张燕铎的方式用枪爆头，但架不住僵尸数量太多，他们很快就被挤到了墙边。

张燕铎跟吴钩还在对打，并要随时防备僵尸的攻击，也被弄得手忙脚乱，吴钩好似不怕死，视僵尸为无物，只是一味地向他发动攻击，张燕铎没法学他那种打法，他还有太多的牵挂在这里，他得活着！

发现他束手束脚，吴钩叹道："流星你变了，以前的你不会在搏命时分神的。"

"因为我不是流星！"

说着话，张燕铎一枪打过去，将扑过来的僵尸爆头，他自己却被吴钩趁机踹到，向后跌了出去，谢凌云冲上来帮他，被他拒绝了，喝道："去帮关琥！"

谢凌云仰头看平台，关琥已经跟里昂打了起来，还要保护叶菲菲，显得捉襟见肘，她提醒张燕铎小心后，就冲了上去，几下攀上平台，有个士兵举枪对准她，被她一脚踹了出去。

这时关琥已被里昂逼得跟叶菲菲拉开了距离，叶菲菲本来居高临下，对准下面的僵尸一枪一个，正射得过瘾，却不料关键时刻掌心雷卡壳了，她懊恼地将枪丢掉，转头四处查看，准备去找把新枪，谁知就见席勒冲过来，冲她挥拳就打。

叶菲菲立刻抱头就跑，她只会开枪，拳脚功夫可不是她的强项，敌强我弱，她选择了跑路。

平台后方是长廊，长廊外又是一个大空间，里面什么都没有，就在叶菲菲想找个藏身的地方时，席勒已经冲到了近前，叶菲菲立刻将枪丢去了一边，双手举起，堆起微笑说："我投降我投降，有话好好说。"

席勒不理她，沉着脸将枪口指向她的眉间，叶菲菲急忙说："你不能杀我的，别忘了我是筹码，我外公会帮你们的。"

"那就把你打残废好了，这样你就不敢乱跑了。"

席勒将枪口转向叶菲菲的膝盖，还没等她开枪，就被撞开了，谢凌云及时赶到，在把她撞开后，举枪向她射击。

席勒及时躲过，在谢凌云要开第二枪时，她飞脚踹来，将谢凌云的枪踢到了一边，又顺势踢向她的脸，谢凌云被踢得晃了一下，但马上稳住身形，挥拳击打在席勒的下巴上，接着又一脚将她踹翻在地。

谢凌云乘胜追击，冲过去准备再打，谁知席勒翻过身，将枪口对准了她，谢凌云不得不停下来，还没等她闪避，额头就传来剧痛，席勒用枪柄狠狠击打在她头上，又用膝盖向她猛撞，趁着谢凌云弯腰后退时，她扳下了扳机。

"砰！"

枪声响起，倒下的却是席勒，叶菲菲站在她对面，捡起谢凌云的枪，抢先一步扣下了扳机，子弹穿过席勒的眉间，将她仰面打倒。

"还好我的枪法没像我的拳脚那么糟糕。"

跟在飞天事件时第一次开枪不一样，这次叶菲菲显得很平静，在击中目标后，她冷静地将枪收回，冲枪口吹了一下。

谢凌云揉着额头站直身子，向叶菲菲做了个道谢的手势。

"你的枪法越来越准了。"

"这要谢谢我外公，他听说了飞天那件事后，对我说作为军人的孩子，枪法不准比杀人更糟糕，我现在觉得他说得非常之正确。"

看着对面那具尸体，谢凌云耸耸肩，"深有同感。"

相对于她们这边，关琥此刻的状况就凶险了很多，虽然里昂想生擒他，命令手下去对付其他人，但关琥还是被他逼得捉襟见肘。

里昂块头很大，搏斗中他的手套被扯掉了，露出僵硬黝黑的皮肤，他的指甲不像其他僵尸那样尖锐，但攻击力却是最高的，关琥把这归类为升级版僵尸，尤其是里昂的拳头，每次挥到墙上，都能轻易将墙壁砸个凹出来。

关琥很庆幸自己现在中毒了，并且在出发前接受过张燕铎的强化训练，所以他的抗击力跟反应力都比以往要迅速，也学会了许多攻击的要诀，否则换了平时，他早被打得站不起来了。

但即使这样，在接连挨了几拳后，关琥还是有种胸骨被打裂的错觉。看到他吃痛弯腰，里昂笑道："现在你有没有发现做僵尸比做人更好？"

"我只发现——"关琥忍痛让自己抬起头，冲里昂比了个中指，"你不是变态，你是疯子。"

讥讽换来更猛烈的攻击，假如里昂不是戴了面纱，关琥想他的脸色一定相当难看，随着搏斗，他的肌肉变得更加坚硬，关琥被他打中，固然痛不可当，而拳头打在他身上，痛的还是自己，里昂的身体就像是一块硬铁，刀枪不入。

这样的对打对自己是非常不利的，关琥想寻找空隙捡枪，但每次都被里昂阻拦住，没多久他的胸口再次被击到，撞到了平台栏杆上，里昂紧跟上来，伸手卡住了他的脖颈。

怪异的臭气因为距离的靠近传达给关琥，随即他的呼吸被强行控制住了，里昂掐住他的脖子拼命向里扣，关琥的手在挣扎中拉下了他的面纱，不由得怔住了——眼前这张脸褶皱纵横，没有正常人应有的颜色，干瘪的状态乍看去，真像是僵尸暴起，因为用力，泛红的眼珠暴突出来，狰狞地看向他。

这样的一个人，已经很难断定他是不是人类了，至少对关琥来说，不管僵尸这个实验多么成功，将来会获得多大的成果，他都不想变成这个样子。

看到关琥的反应，里昂愈发恼怒，继续加大手上的劲道，咬牙切齿地说："既然你不想当僵尸，那就去死吧！"

关琥的身体被压迫得向栏杆外倾去，他听到了自己的颈骨在重压下发出的咔咔声，他无法顺畅呼吸，力量在迅速消失，里昂的脸靠得更近了，瞪目龇牙，活脱脱的一个生化失败品，关琥觉得自己快吐了，恍惚中听到了张燕铎的叫声。

叫声让关琥的心神骤然一清，想起了今早相同的一幕，张燕铎也曾对他做出同样的攻击，那番演练提醒了他攻击的窍门，伸手抓住里昂的胸前衣服，同时伸腿猛踹他的膝盖，又屈膝撞向他的小腹。

里昂的上半边身子探出了栏杆外，关琥的攻击让他失去了重心，随着撞击向前栽去，但他及时扳住关琥的肩膀，妄图跟他一起坠落。

关琥经张燕铎提点，荡出栏杆外后，身体在空中弯出一个半弧，探手抓住了栏杆的底部，里昂却没有他那么柔韧的身躯，从上方直直坠下，落地后身体一阵颤抖，血液从他心口缓慢流出，溢红了他的军装。

关琥的身体在平台外悬荡，转头看下去，就见弩箭的箭头从里昂的心脏部位贯穿，他吹了声口哨。

"看来做僵尸也没有很厉害嘛。"

吴钩本来一直在跟张燕铎搏斗，看到里昂的惨状，他立刻收手退开，张燕铎顾不得跟他纠缠，冲到里昂面前。

里昂还没有完全气绝，眼珠木然地看着张燕铎，喃喃说道："僵尸计划不会中断的，还有备份资料，我不会放弃……"

张燕铎的回应是举枪冲他的头部连开数枪，关琥在谢凌云跟叶菲菲的帮助下攀回平台，看到这一幕，他叹道："看来这次他是死得不能再死了。"

大 boss 死了，僵尸们群龙无首，却仍然没有停止攻击，小魏跟李当归也被赶出了圆筒，为了逃命，两人围着墙壁一直跑。

关琥等人跳下去帮忙，正头痛要怎么将这群不知还算不算人类的生物一网打尽，就见克鲁格跑到里昂那里，拽下他颈上的哨子，擦了擦后，对着哨子吹了两下，僵尸们马上停止攻击，呆呆地站在那里不动了。

"这是怎么回事？"

小魏被僵尸追得喘不上气来，还好千钧一发之际被克鲁格救了出来，他踹开紧跟着自己的僵尸，坐在地上大口喘息着问。

"这个哨子可以发出高音频的声音，我们听不到，但僵尸可以听到。"

关琥晃晃脑袋，很郁闷地发现在克鲁格吹哨子时，他听到了尖锐的高音，看来他也快变僵尸了。

"所以说就是类似犬笛的那种东西了？"他自嘲地说。

"我想原理跟犬笛应该是一样的。"

张燕铎一直在注意关琥的反应，看他的表情就知道是怎么回事了，他走过去，将试剂瓶递给关琥，那是他刚才趁乱在地上捡到的，可是还没等关琥高兴，就听克鲁格说："这是假的，里面只是盐水而已，是我用来骗席勒他们的。"

看到张燕铎的表情阴沉下来，又将枪口对准里昂，关琥怕他再发飙，急忙伸手按住枪管，故作轻松地大家说："我跟大哥先去找解毒血清，你们在这里休息，顺便联系外界，看要怎么离开。"

经过一场殊死搏斗，大家都累了，全不管周围有多血腥，学着小魏那样坐到了地上，至于尸体跟僵尸什么的，只要不去看，就当它们不存在好了。

"我以后再也不玩游戏了，现在这个游戏真实多了。"

听到小魏的感叹，关琥也不由得感叹这不是游戏，否则作为游戏主角，他就不用担心找不到血清了。

基地没有他们想象的那么大，所以寻找血清没花大家很多时间，但结果却让人很失望，除了僵尸陈列大厅有正常供电运作外，其他的实验室、资料室都很空，药品以及生活物资储藏的地方也很杂乱，许多地方布满了血迹跟烧过的灰烬，等最后来到冷冻室，大家明白了血迹是怎么回事。

冷冻室里横七竖八地躺着众多的尸体，有穿军装的，也有穿白大褂的，看来在有关僵尸实验计划是否终止的问题上，内部发生争执，这些人都是里昂杀的。

现在里昂也死了，那他口中说的那些资料又流传去了哪里？

张燕铎对资料没兴趣，他现在只想找到血清，但可惜的是，他们连续找了几遍，将基地整个环境都了解了，并顺利找到了出去的路，却始终没有发现那管血清。

"也许福尔贝克先生那里有呢。"见张燕铎的脸色越来越难看，关琥安慰道。

"也许没有。"

假如没有，大不了就是死呗，他们已经尽力了，如果无法自救，那也是命，反正人早晚都是要死的。

看看张燕铎的脸色，关琥把这番话咽回了肚子里。

大家离开基地时，已经是晚上了，外面放眼望去，都是遥无止境的雪景山峰，他们头顶偶尔传来直升机的响声，应该是阿迪发现了大家的失踪，通知救援队来山上寻找。

但是夜深雪白，他们所处的位置刚好又在雪峰险峻的地方，再加上一场雪崩，便成了天然的伪装，从飞机上方往下看，根本看不到他们的存在，而且原本的山路也完全被雪覆盖了，让他们无法步行去较远的地方求救。

"看来点灯也没什么用。"小魏朝空中晃了很久的手电筒，晃得手臂都酸了，叹气说："要不我们等明早再想办法吧。"

基地里有供电跟食物，大家在这里再待几天都没事，但张燕铎知道关琥等不了，他的生命开始倒计时了，对他们来说，每一秒的等待都是在浪费生命。

"联络不上外界吗？"他询问克鲁格。

克鲁格摇头，"可能里昂怕有内部人员告密，他切断了这里所有的联络设备。"

看出了大家急于离开的迫切心情，李当归迟疑地说："我倒是有个办法，不过行不行得通尚未可知。"

这时候没人注意他的拽文，叶菲菲急忙问："是什么？"

"在你们勘查基地的时候，我研究了那些僵尸，发现它们的状态跟传说中的中国僵尸很类似，还有啊，物品室里还放了很多僵尸的衣服，应该都是偷我的，也许可以利用上。"

被提示到，张燕铎眼前一亮，"你是说模仿湘西赶尸的做法？"

那些僵尸不怕冷又不怕滑，而且身体僵硬，再换上相同的服装在山上盘桓的话，应该比晃手电筒更容易引起注意，想到这里，张燕铎决定试一下。

在李当归的指点下，大家取来那些清朝官服道具，给僵尸穿上，又在它们的头上绑了照亮器具，由克鲁格跟李当归用犬笛尝试着训练了一会儿后，将僵尸们一个个送出了基地大门。

僵尸们虽然肢体僵硬，但速度跟动作都很灵活，遇到阻碍物体，还会蹦跳，在穿上清朝官服后，还真有点演僵尸戏的感觉，见随着它们的离开，灯光很快在雪山上排出了一列直线，不断向前延伸，李当归叹道："希望一切顺利，也不枉我研究僵尸文化一场。"

第十章

第二天，德国各大报纸都大篇幅地报道了楚格峰上出现大批清代僵尸的新闻，从各个角度拍摄的雪山僵尸的照片占满了报纸整个版面，照片上的背景是深夜雪山，一条弯弯曲曲的长线带着光亮点缀在险峰峻岭之间，从上空看去，竟跟 SOS 的求救信号有几分相似。

大型雪崩后，在山路被封的状况下，很难想象这个求救信号是怎么做出来的，相关专业人士均称这是楚格峰上百年不遇的异景，但异景还不止这些，而是天明后拍到的照片。

新闻报道人员称灯光信号是一群身穿奇怪服装的人摆出来的，救援部队到达雪峰时，还看到那些人仍然不断地在雪地里跳动，据专家鉴定，那种奇怪的衣服是中国清代朝服，曾因大量出现于僵尸片里而众所周知，但因为没有视频证明，大多数人都认为这是电视台为了争取收视率在哗众取宠，不过也有一些细心的人发现那朝服也曾出现在万圣节的搞怪视频里。

除此之外，在救援过程中，楚格峰上又发生了数次爆炸事件，由于事件被封锁，所以电视台都把报道重点放在了朝服僵尸方面，一时间各种推测解释众说纷纭，李当归正在举办的僵尸展会也成了大热门，展厅一下子爆满，导致他不得不多请员工来帮忙，同时计划延长举办的时间。

就在僵尸热如火如荼地上演时，关琥一行人正作为伤员被送到离楚格峰最近的医院里接受治疗。

关琥本来还在担心僵尸实验基地因此而暴露，谁知基地出现了连锁爆炸，还好当时大家都在外沿，没有被波及，只是基地中心部位塌陷，关琥想即使军部有人想要再重建这里，只怕也要耗费相当的人力物力才行了。

事后吴钩就失踪了，关琥曾拜托救援人员特别注意吴钩这个人，但到最后都没收到有关他的消息，他向张燕铎询问，被张燕铎含糊过去了，只说了一句——引爆像是他会做的事。

艾米在被送往医院的途中也神秘地消失了，其他人就没这么好运气了，除了李当归由家人出面沟通，可以自由离开外，余下人员都处于半软禁的状态中。

他们的病房周围安插了很多便衣，一个看上去军衔很高的中年军官依次找他们谈话，关琥还以为又要跟劫机事件那次一样搞很久，但出乎他的意料，那位军人的处理方式意外的简单，最后只重点交代他们不要外传与僵尸计划有关的事后就离开了。

想要外传，那也得有机会啊。

军官走后，关琥苦笑着想，基地里没有找到解毒血清，他们获救后，福尔贝克也第一时间来到医院，当时关琥正在被审讯中，他不知道张燕铎是怎么跟福尔贝克沟通的，但如果福尔贝克有血清的话，他想依着张燕铎的个性，他会用尽一切办法搞到手的，他一直没出现，只能证明一件事——

解毒血清哪里都没有，所有秘密都随着里昂的死亡而被埋葬了。

在有了死亡的认知后，关琥的心境反而坦然了，时间又过了一天，他发觉自己的症状更糟糕了，指甲明显的变黑，皮肤上的斑点也在逐渐增多，心情变得焦虑烦躁，护士小姐给他挂的点滴被他直接扯掉了，走过去将窗户打开。

情绪烦闷不堪，那些营养药液根本不管用，他现在只能靠冷空气让自己冷静下来。

站在窗前吹着冷风，看着远处的楚格峰，关琥不由自主地想起这几天经历的种种，之前心里也曾有过各种疑惑，但一直没时间细想，现在回想起来，才发现很多地方都不对劲，他太相信张燕铎了，所以整个事件中，都在被他牵着鼻子走。

这样一想，关琥就待不住了，他匆匆跑出病房，张燕铎不在自己的房间里，关琥无视那些对他虎视眈眈的便衣，在附近找了一会儿，最后在休息室里找到了他们。

叶菲菲跟谢凌云、小魏都在，大家不知在聊什么，看到他后打住了话题。

张燕铎靠在对面墙上，他一夜没睡，难得的没像平时那样保持优雅的风度，头发有些乱，衣服还是之前的那套，看脸色像是很烦躁，但是在关琥进来后，他马上把烦躁的表情掩饰住了，托托眼镜，迎上前，问："休息得好吗？那些人有没有为难你？"

无视他的问话，关琥直接说："解毒血清那边有什么新收获？"

张燕铎看了叶菲菲一眼，说："不用担心，我已经跟福尔贝克先生说好了，他很快就会把血清带来的。"

"你觉得我会信吗？"

没想到事到如今张燕铎还在骗他，关琥一直强压的怒火终于忍不住了，气愤地说："如果你真的找到了解药，会一早就去通知我，而不是躲在这里愁眉苦脸地想办法。"

气氛因为关琥的吼声变得有些僵，见状况不对，叶菲菲急忙上前打圆场，说："不是啊关琥，其实我们刚才一直在跟我外公沟通的，所以才没来得及去告诉你，你别急，你不会有事的，最晚今晚血清就能到手……"

"我没着急这件事，生死有命，我看得很开，我只是不喜欢一直被人欺骗。"

无视叶菲菲的周旋，关琥看着张燕铎，表情难得一见的冷峻，其他人不知道发生了什么事，见关琥的话说得很重，他们不便插话，只能站在一边旁观。

"我在慕尼黑医院被席勒算计注射病毒，你当时就知道了对吧？"关琥问。

同样的问题他在基地里也曾问过，但语气完全不同。

面对质问，张燕铎表现得很平静，说："我那时只是推测，为了不加重你的心理负担，所以没说。"

"那叶菲菲在雪山被绑架的事呢？你一早就知道，为什么不说？"

张燕铎不说话。

他的反应让关琥更气愤。

"也许不该说你'知道'，而是这一切从头至尾都是你设计的，你根本没有地形图跟艾米交换情报，但你却提出了一个让她更心动的办法——绑架叶菲菲。这些都是那晚在我睡后，你去跟艾米重新谈判的结果，你们特意给凶手提供了绑架叶菲菲的机会，并且在她身上放了追踪器，所以之后不管是凶手利用叶菲菲来要挟福尔贝克，还是你们通过追踪器进入基地，都对你有利，你说我有说错吗？"

"关琥，其实……"

叶菲菲的话被打断了，关琥继续往下说："这件事艾米全都有参与，所以她才可以那么迅速地找到基地，你所谓的让艾米调开沃尔夫的计划只是在我面前演戏而已，你们真正的目的是基地。里昂跟沃尔夫还以为他们得手了，其实一切都在你跟艾米的计算当中，可是你没想到我们会遇到雪崩，要不是我们碰巧找到了基地，叶菲菲就死了，是被你亲手杀死的！"

　　张燕铎还是不说话。

　　关琥越说越气，见张燕铎毫无认错的表示，他终于忍不住一拳头挥了过去。

　　张燕铎没有躲避，被他打得向后晃去，叶菲菲跟谢凌云冲上来阻拦，被他甩开，抓住张燕铎的衣领，又问："这是第几次？你每次都为这种所谓的目的去伤害别人，我警告过你很多次，你从来没听进心里去，你从不去考虑别人的感受，只想着自己达到目的就行。"

　　张燕铎抓住关琥的手拉开，平静地问："有错吗？"

　　反问换来关琥又一次攻击，张燕铎的嘴角被打出血了，关琥却没有因此冷静下来，反而更恼火，叫道："你没错，我知道你所做的这一切都是为了我，可你的做法太自私了，你想怎么做是你的事，但不要害我的朋友，我是很想活下来，可是我不会因此而无视他人的生命，你懂不懂！"

　　张燕铎不说话，关琥无视众人的劝阻又继续打，见怎么都拉不开他，叶菲菲火了，抓住关琥把他揪向自己，一巴掌甩了过去。

　　清脆的巴掌声，不仅震到了其他人，也把关琥打愣了，看着她不说话。

　　叶菲菲的表情难得一见的严肃，说："别这样说老板，你知不知道对他来说你有多重要。"

"我知道，但不管怎样，他都不可以……"

"不关老板的事，绑架计划是我自己答应的，凌云也是知道的，只有你不知道，因为我们大家都明白，假如事先跟你说，你一定会否定这个提议，可我不想你死你知道吗？所以不管怎样危险，只要有一点希望，我都会去做的！"

字字铿锵，关琥再次怔住了，茫然地看向其他人，谢凌云点点头，"所以我们才会提前有防范，弩弓也是我找借口跟阿迪借的。"

小魏则在旁边用力摇头，表示有关这件事，被蒙在鼓里的还有他，不过对于他的反应，关琥直接忽略了。

叶菲菲继续说："那天老板带着艾米来我们房间，将事情经过都跟我们说了，他说解毒血清也许只有基地才有，问我要不要做诱饵，我同意了。我们大家都知道很危险，但我们只有这一次机会，我们没有时间犹豫，我想假如可以，老板一定会自己去做诱饵，因为他知道你的个性，你一定不会赞同这样的计划。"

关琥看向张燕铎，张燕铎依旧是平静的表情，他擦去了嘴角的血迹，可以看到那里红肿了一大块。关琥在冲动之下下手很重，可是张燕铎既没有躲避，也没反击，甚至没有做任何解释。

张燕铎的确无法找借口解释，因为他都说中了，但他也知道叶菲菲没说错，为了救他，张燕铎会做任何事，哪怕豁上自己的生命。

想到自己中毒后张燕铎的种种反应，懊恼涌上了关琥的心头，激荡的心情在不自觉中慢慢恢复了平静，他走过去，轻声说："对不起……"

"你不用道歉，因为你没说错，我的确利用了叶菲菲，我知道她对你的感情，只要我求她，她一定会答应的。"

关琥讶然看他，张燕铎又说："不过有件事我没骗你，我一定会拿

263

到血清的，不到最后一刻，我都不会放弃，希望你也不要放弃，否则你永远都无法知道你大哥的事。"

关琥看着张燕铎，从认识以来，这个人对他诸多欺骗，但同样的他也帮过自己许多次，想到这里，就不由得心潮翻涌，正想道声谢，眼前却突然一黑，毫无征兆的眩晕袭击了他，在意识消失之前，他恍惚听到张燕铎焦急的叫声，可他却无法做出回应，只是本能地抓住了对方伸过来的手。

"真的一点办法都没有吗？"特护病房外，谢凌云担心地问张燕铎。

透过玻璃窗，他们看到了正处于昏迷状态的朋友，从关琥晕倒到现在不过才一个小时，但他的状况却在极度恶化下去，瞳孔以不正常的状态缩张，肌肤上的黑斑开始迅速往全身蔓延，体温高得惊人，刚刚拿到的化验数值表明他的免疫系统跟血液正处于严重紊乱状态，必须靠人工呼吸器来供氧才行。

通常这种状况下，医护人员早就进行急救措施了，但现在谁都不敢动，因为担心这样做会加速关琥体内的病毒蔓延。

中途克鲁格曾来劝过张燕铎，建议先用抗菌药拖延病毒的运行，被张燕铎拒绝了，他不敢乱用药，生怕一旦用错，一切就都回天乏术了。

谢凌云的询问让张燕铎回过神，他的目光从病房里拉回来，看向窗外，天早已黑了，病房附近站了不少便衣。为了防止病毒扩散，军方派人严密监视他们，假如关琥的状态再继续恶化的话，他应该会被军方的人带走，作为研究的标本。

"我外公那里真的没有解毒血清，"叶菲菲小声说："我已经坦白说关琥是我男朋友了，如果外公有药，他为了我，一定会拿出来的，老板，还是不要再等了。"

小魏也在旁边连连附和，"是啊是啊，这病毒也发作太快了，明明刚才人还好好的。"

大家的发言让张燕铎的心绪更乱，看着心电监护仪上忽高忽低的波浪线，他终于一咬牙，决定该怎么去做了。

"我……"

"决定输血给他了吗？"

身后传来懒散的笑谑声，打断了张燕铎的话，他转过头，先看到那管在指间灵活转动的红笔——吴钩又神出鬼没地出现了，衣着修饰在散漫中还有几分雅致，完全不像是经历过雪崩跟僵尸攻击后的模样。

看到他，张燕铎立刻提起戒心，喝道："你来做什么？"

"来看看你们怎样的手足情深。"吴钩笑吟吟地叹道："看来比起死亡，你宁可让他变成像你这样的怪物。"

"你住嘴！"

"啧啧，看来你心情很差，"吴钩笑着看向其他人，指着张燕铎说："你们看到了，现在这个人才是真实的他，别看他平时斯文有礼，但其实……"

话音未落，吴钩的衣领就被揪住，张燕铎将他推到墙上，一只手握住他拿笔的手，笔尖朝向他的颈部，凑到他耳边，用只有他才能听到的声音说："别以为这里是医院，我就不敢杀你。"

"你不会的，我死了，谁救你弟弟？"

吴钩说完，满意地看着张燕铎的瞳孔因紧张而快速地收缩，他笑嘻嘻地将另一只手探进口袋，再拿出来时，手里多了个小药瓶。

"这是解毒血清，需要吗？"

张燕铎给他的回应是松开压制他的手，将药瓶迅速夺过去，但是在审视了药瓶后又看向他，眼中的怀疑之情溢于言表。

"你信，或者不信，药都在这里，不增不减。"吴钧仍旧靠在墙上，一副懒洋洋的样子，欠打地说："不过你弟弟可没多少时间了，你别无选择。"

张燕铎拿药瓶的手用力握紧了，吴钧太了解他了，在这种情况下他的确没有其他的路可以选，输自己的血给关琥，那是下下策，他不希望关琥变成自己这个样子，所以宁可冒一次险。

"你最好别骗我！"

说完后，张燕铎就冲进了病房，吴钧倚在墙上看着大家陆续跑进去，他发出轻笑。

"比起骗人，我更爱杀人。"

在注射了解毒血清后，在不到一个小时的时间里，关琥的病笃状况竟然神奇地减轻了，医生迅速化验了他的血液成分，各项数值在逐渐往正常值接近，张燕铎不懂那些医理，但关琥的脸色是最好的证明，他的呼吸渐趋平稳，张燕铎翻开他的眼皮查看，见眼底血斑也在慢慢消退。

心终于放下了，取而代之的是过度紧张后的虚脱，张燕铎拖着沉重的步伐出了特护病房，走廊上站了几位军方的便衣，吴钧却不知去向。

心底泛起疑惑，张燕铎茫然地向前走去，在走到拐角时，旁边传来口哨声，属于吴钧的欠打的声音说："这里。"

张燕铎转过头，就见吴钧坐在贩卖机旁的椅子上，手里拿了杯饮料正在喝，他走过去，问："这次你来的目的到底是什么？"

"当然是解毒血清。"

"那为什么最后你要炸掉基地？"

吴钧愣了一下，随即展颜微笑，"为了爽。"

"原来你也会做好事。"

"做好人还是做恶人，全看我的心情。"

"如果你将血清给你的雇主，会赚一大笔。"

"赚再多的钱，也不如这张纸。"

吴钧将手里的纸递过来，看到那张纸，张燕铎脸色微变。

吴钧观察着他的表情，说："有时候我真不理解你，明知道对方不领情，你还要去帮，甚至为了他，去求你最痛恨的人，你并不喜欢叶菲菲，为什么还要让我帮忙救她，是因为关琥吗？"

张燕铎的眸光更加深邃，冷冷道："你不需要知道。"

"啧啧，这是对待救命恩人的态度吗？"吴钧站起来，"还好这药不是我弄来的，否则我会很郁闷的。"

"不是你？"

"是有人拜托我给你们的，否则所有血清都被销毁了，我从哪弄来的这个？"

张燕铎原本以为血清是吴钧趁乱在基地里找到的，现在听来，完全不是那么回事，他问："是谁给你的？"

"我答应了他不说的，不过我可以给你一点提示，这世上还有一管解毒血清的，也是唯一的一管。"

张燕铎的脑中灵光一闪，他想到了劫机事件中那管离奇消失的血清，既然吴钧这样说，那就证明血清正是飞机上的那管，吴钧当时不在机上，那么拿到药剂的又是谁？

吴钩向他摆摆手，转身离开，等快走到电梯时，又转头问："对了，你说亲情是什么？"

张燕铎一怔，吴钩的眉头皱了皱，脸上浮出茫然的神色，但很快又笑了。

"我好像问错人了，我忘了你跟我一样是没有亲人的。"

电梯到了，吴钩像是跟好友告别似的，向张燕铎摇摇手，进了电梯。

张燕铎不明白他为什么会突然问这么奇怪的问题，但这个问题绝对跟血清有关，他展开那张纸条，上面是属于他的字体——"帮我。"

不错，这次他利用了吴钩的骄傲跟狂妄，让他跟自己统一战线，他知道只要自己这样说，吴钩一定会帮忙的，尽管这个人很想亲手杀了自己。

这就是他们之间的关系，很诡异的相处方式，但也许也是一种另类的亲情表达方式。

身后传来脚步声，谢凌云追了过来，见张燕铎站在那里若有所思，她紧张地问："出了什么事？"

张燕铎没说话，把纸条揉碎攥进手心里，又掏出手机。手机几经周折，居然没摔坏，他打开谢凌云给自己的劫机录像，反复看了两遍，最后将画面定格在某个人身上。

由于当时状况混乱，录像拍得很不清晰，只能勉强认出那是个亚洲男人，男人几乎是背对他们的状态，看到他，谢凌云啊的叫出声来。

"这个人！"

她迅速掏出自己的相机，将以前拍的照片给张燕铎看，那是在鱼藏事件的最后，她在法院外面匆忙拍的几张背影照，乍看去，两个人的身影有点像，但要说非常像，又很勉强。

"他们是不是同一人？"她不确定地问张燕铎，"如果是的话，那他岂不是在一路跟踪我们？他到底有什么目的？"

"也许只是巧合。"

看着谢凌云紧张的表情，张燕铎猜想她更想问的是这个人会不会是她的父亲，但她没敢问出来，因为她怕得到相反的答案。

这种心态其实跟关琥是一样的，所以张燕铎没有说出自己的怀疑。

因为不管这个男人是谁，他对他们都没有恶意。

张燕铎微阖双目，将记忆拉回那天的劫机事件中——这个男人其实曾数次在他们周围出现过，并在危急关头给他们提供了躲避的空间，但他的存在太不起眼了，所以席勒一直把调查的重点放在他们身上，假如男人趁混乱拿走解毒血清，他相信没人会注意到。

但为什么他既然帮了他们，却不亲自来送血清，而是转托吴钩？他跟吴钩又是什么关系？以吴钩偏激桀骜的个性，没有目的的话，是不会出手帮忙的，能支使动他的人，难道说这个男人也跟老家伙的研究有关？

一瞬间，无数个疑惑窜向张燕铎的脑海，他下意识地将拳头攥得更紧了，谢凌云观察着他的脸色，担心地问："你真的没事吗？"

"没事。"

不管怎么说，僵尸事件总算是雨过天晴了，张燕铎想，其他的问题还是等麻烦到了再想吧。

关琥醒来时，已是第三天的清晨，在几个朋友的轮流照顾下，他恢复得很快，身上的斑点神奇地消失了，免疫系统跟血液数值也转为正常，要说哪里有问题，应该是被病毒侵袭后全身无力，有种大病初愈的倦怠感。

关琥问起自己晕倒后的事情，谢凌云将经过详细说了，但吴钩怎么会有解毒血清，他为什么会帮张燕铎，谢凌云就不知道了。而张燕铎在关琥苏醒后一直没出现，他问过才知道，在确定自己的病情稳定后，张燕铎就提前回国了，至于原因却没有提到。

"不用说，老板一定是生气你打他，关琥你这次做得太过分了。"

叶菲菲指着他的鼻尖教训道："虽然我不知道那个吴钩到底是什么来头，但他会适时地出现帮我，一定是老板拜托的，你却什么都不问就乱打人。"

被指责，关琥觉得很心虚，小声说："那也不用一声不响就走人吧，他完全可以在我醒来后再打回来的。"

"老板才不舍得打你呢，谁让你是他的宝贝弟弟。"

关琥只能干笑，等聆听完两个女孩子的教训后，他要来手机打给张燕铎，却无法接通，不知道对方是没听到铃声还是故意不接，这让关琥犯愁了，躺在床上努力考虑回国后要怎么去赔礼道歉。

在关琥醒来后，名为保护的便衣军人都撤走了，之前跟关琥谈过话的那位中年军官来探望他，克鲁格也随行同来。

军官问了关琥的病情跟接下来的日程安排，听说他准备出院，便吩咐克鲁格去办理手续，关琥听克鲁格称他为赫奇特将军，至于这位将军在僵尸事件中扮演了什么角色，那只有他自己才知道了。

出乎意料的，赫奇特很配合他们的计划安排，又派车送他们回福尔贝克的家，车是由克鲁格开的，同样的一条路，但关琥的心情却完全不同了。

虽说早就有了死亡的觉悟，不过在发现自己还可以继续活下去时，他还是很开心的，这一切都要归功于张燕铎，但可惜不管他怎么打电话，都无法联络到人。

说不定那人还在火头上，那就等他消了气，再去道歉好了。

回到城堡，福尔贝克先生热情地招待了他们，晚上还安排了丰富的酒宴款待，不过对于楚格峰上的经历他却一字不提，仿佛那件事从未发生过一样。

关琥反而沉不住气了，晚饭后，他叫上克鲁格一起去找福尔贝克，克鲁格有些意外，却没有拒绝，跟关琥一起来到福尔贝克的藏酒室里。

老人正在酒窖的外间一个人品酒，看到他们，微笑说："本来想请你们品尝我最爱的红酒，可惜前两天刚好打碎了。"

关琥看看酒架，原本酒瓶打碎的地方空了下来，看来艾米虽然事后有清扫房间，却没有找相同的酒瓶来充数，所以被老人一眼看穿了。

"对不起。"他老老实实地承认错误。

"看在你舍命救我外孙女的份上，算了。"

"我这次来还要谢谢你，如果没有你暗中帮忙，军部那些人不会轻易放我走的。"

老人看向克鲁格，关琥又说："是我猜到的，我想克鲁格先生应该也是军部的人，他会在席勒的手下当差，是为了寻找警方内部人员跟军部合作的证据吧？"

克鲁格的表情有些尴尬，伸手摸摸鼻子，问："你是什么时候看出来的？"

"从一开始就觉得不对劲了，你好像很怕叶菲菲，我想你们应该是认识的，你还为了不被福尔贝克先生认出来，特意戴了口罩来掩饰。"

"但还是被看出来了，"克鲁格苦笑，"我没想到分开快二十年了，外公的眼力还是那么厉害。"

"外公？"

"是这样的，我们两家是世交，科林小时候常跟菲菲一起玩，有一次还被菲菲打得头破血流。"

关琥记得克鲁格的名字好像是叫科林，他转头看去，克鲁格将前发撩起来，露出额头上的疤痕。

"好像是我五六岁的时候吧，我只是亲了她一下，就被她用铁铲敲破了头。"

听完这番话，关琥突然觉得自己还是满幸运的，叶菲菲平时只是踢他，还没到动家伙的程度。

"军部高层在僵尸研究计划上产生了分歧，为了不让研究中途夭折，里昂动用非常手段收买了警方跟政界要员，我负责调查警方内部的联络人，改名换姓在慕尼黑警局待了一年多，可惜收效不大，所以关先生，这次我要谢谢你，如果没有你们的协助，我们无法顺利查到跟计划有关联的人员名单，将那些幕后操纵者一网打尽。"

原来克鲁格的目标是名单啊，关琥恍然大悟，问："那克鲁格不是你的真名了？"

"不是，我原名是科林·冯·赫奇特。"

"啊，这几天出现的那位军官就是你的……"

"那是家父。"

一切的一切，现在关琥都对上去了，就听福尔贝克说："那小子还怀疑我，让他儿子乔装打扮来查我。"

"不是的，外公，我想父亲并没有要对付你。"

"不过他没猜错，我的确有插手过一部分，曾经有段时间我还想过要不要参与这个计划——对方提出的条件加上我自身所拥有的权力，如果放手来做的话，也许会让福尔贝克家族的名字跟这个计划同留史册。"

"恕我直言，之前我听说过城堡里有人失踪的事，那不是福尔贝克的祖先带走的，而是你暗中做的手脚吧？"关琥说："我在城堡的密道里有看到失落的怀表，它的主人是不是也是军部的人派来监视你的？"

面对关琥的疑问，福尔贝克微微一笑，"敌中有我，我中有敌，这个游戏大家都习惯了，假如对方做得不过分，我会睁只眼闭只眼的，反之，就只能让他消失了。"

"尸体怎么处理？"

"他们的头会处理的，或做成骨架标本，或当作僵尸的实验品。我听菲菲提到过菲利克斯家族的僵尸馆，那具僵尸说不定就是这样流通出去的，上头的人喜欢钱，下面的人也需要啊。"

关琥沉默不语，就见福尔贝克翻了翻桌上的一叠纸，从中抽出几份文件放到他们面前。这些资料关琥之前有看过，都是有关酿酒的配方比值，但仔细看下去，又觉得不像，想起里昂临死前说的话，他疑惑地问："难道这是有关僵尸实验的资料？"

"是军部的某位要员送给我的，里昂死亡后，他也自杀了，或许里昂认为我会将这个计划继续下去，不过我改主意了，对我来说，最珍贵的还是我的家人。"

"这么重要的东西，你就随便放在桌上？"克鲁格也震惊了。

"对想利用它的人来说，它很重要，但对我，它还不如酿酒配方有趣。"

老人说着话，拿起打火机，点着了纸张的一角，克鲁格张张嘴想阻止，但最终还是没有说出口。

"希望这是唯一一份留存的资料，不过只要这个世界还有人类存在，欲望跟野心就永远不会消失，也许没多久，就会出现第二份第三份这类的资料。"

随着火光翻腾，纸张很快就烧成了灰烬，火焰吞没了最有价值的情报，只留一室寂静。

关琥跟克鲁格一起告辞离开，出了藏酒室，他因为解开了所有疑惑，心情颇好，吹着口哨往上走，克鲁格跟在他身旁，沉吟着说："我想福尔贝克先生会选择退出，是因为叶菲菲。"

"亲情嘛，当然比权力、欲望更重要了。"

"是的，就像张先生对你的感情那样。"

关琥的口哨吹不下去了，呵呵干笑了两声。

"不管怎么说，我还是要谢谢你，对了，还有你的晴天娃娃。"

克鲁格从口袋里掏出关琥送给自己的娃娃，认真地说："我想正因为有它保佑，我们这次的任务才会完成得这么顺利。"

呃，晴天娃娃的作用应该不是这样子的。

"还有，关先生，这次能跟你合作，我真的非常开心，我们……能做朋友吗？"

"我们不早就是朋友了吗？"

"哎呀呀，这样频频回顾，是在期待克鲁格先生的送行吗？"

慕尼黑国际机场的大厅里，大家办理完行李托运手续，见关琥不断回头看，小魏取笑道。

关琥给他的回应是一脚踹过去。

"我没有想看克鲁格！"他义正词严地说道。

"嗯嗯，如果他真敢来，我会再给他脑袋上来一下，小时候就偷亲我，绝不轻饶！"

"咦，你们复合了？那就代表我没机会了？"小魏的目光在关琥跟叶菲菲之间打转。

叶菲菲把他推开了，"前男友也是男友，我不喜欢克鲁格，所以关琥也不可以喜欢。"

关琥连连点头。

经过几天的复建，关琥的身体状况完全恢复了，他联络了上司萧白夜，将这段时间的经历做了简单的汇报，萧白夜同意再放他几天假，条件是回来时多带美食，所以关琥没敢怠慢，这两天除了适量运动外，就是忙着为上司购买当地的小吃。

僵尸事件过去了，那些曾在雪山上大出风头的僵尸们最终被带去了哪里，克鲁格没有说，关琥也没有多问，他不想参与军政的是非，许多事情知道得太多对他没好处，也不是他可以左右的。

所以就把这次冒险当成是奇遇好了。

他会神不守舍，不是因为克鲁格，而是感觉到有人在暗中窥视他们，但为了不让朋友们担心，他没有把自己的怀疑说出来。

可惜同伴们不理解他的一番苦心，在去出境口的时候，小魏问叶菲菲，"你确定那位可怜的军官先生不是因为小时候被你打，有了心理阴影，才不来送机的吗？"

"那你怎么不说是我们的关警官魅力太大，他竞争不过呢？"

"菲菲说的也有道理，现在想起来，那位克鲁格先生很努力地帮我们，也许不单纯是因为任务吧？"

关琥又开始头晕了——他的朋友们的毒舌比病毒可厉害多了。

"拜托，凌云，你就不要跟他们一起胡闹了。"

"凌云不会胡闹了，因为有白马王子来了。"

叶菲菲指指后面，大家回头看去，就见李当归急匆匆地跑进来，看到他们，一边叫一边摇手，一副兴奋不已的样子。

今天李当归穿了一套红色羽绒服配棕色长裤，颈上围着深咖啡色的围巾，再加上无框眼镜，看上去很文雅，假如忽略他额头上的伤口的话。

"如果用钱来衡量，他的确是白马王子。"小魏啧啧赞道。

菲利克斯家族究竟在僵尸事件中占据了什么样的位置，到现在关琥也不知道，他们在被营救后，李当归就被带走了，之后也一直没联络，本来他还在想这位富三代会不会因此被牵连，现在看来完全不用担心。

"谢姑娘，我来晚了，这几天我一直被几个哥哥烦，他们怕我出事不让我出门，还好来得及赶上给你们送行。"

李当归一路赶来，跑得上气不接下气，一句话说了半天才说完。

谢凌云其实跟他不熟，更不明白他特意来送机的原因，客套地点头道了谢，想要离开，却被李当归拦住，匆匆忙忙地从口袋里掏出一个小盒子递给了她，并做出期待她打开的表示。

谢凌云疑惑地打开盒子，大家出于好奇，也一起凑过来看，没想到盒子里居然端正摆放着一枚钻石戒指，看钻石的大小跟色泽，没几十万欧元拿不下来。

"我去，这不会是求婚吧？"

小魏的信口开河换来谢凌云的瞪眼，谁知李当归竟然点头承认了。

他面对谢凌云，一脸真诚地说："亲爱的谢姑娘，谢谢你救了我，一直以来，我都不懂什么是爱情，但经过这次的冒险，我终于明白了，爱情就是同生共死，你不仅漂亮，而且聪明勇敢，请你……请你答应我的求婚！"

"又反转了，"小魏在旁边喃喃自语，"而且这次简直是神乎其神地展开！"

关琥也很惊讶，看到叶菲菲跟小魏张大嘴巴，他不由得感到庆幸，看来风水轮流转，今后将有新的被嘲笑对象来替代他的存在了。

在场最冷静的反而是当事人，谢凌云将盒子塞回给李当归，毫不客气地问："你没毛病吧？"

"没有。"

误会了谢凌云的讥讽，李当归认真地说："如果你是不高兴我之前隐瞒身份，那我要跟你道歉，不过我不是故意的，因为我的家世背景太特殊，很多女孩子都会不请自来……我希望我爱的人爱的不是我的钱跟出身，而是我这个人，现在我找到了，那就是你——谢姑娘！"

"你觉得我会喜欢你哪里呢？"

"哪里……"

"你不喜欢别人为了你的家世身份而来，可除却这些你还有什么？你口口声声说想与家世撇清关系，但你吃的用的，还有你胡乱花钱办的那些展会，花的不都是你家里的钱吗？"

这位可怜的富三代大概从出生到现在还没被人这样严词指责过，李当归脸上的笑容裂缝了，谢凌云无视他的沮丧，又说："所以你在追求别人之前，还是先提高生存能力再说吧。"

她说完转身就走，叶菲菲跟小魏在后面忍着笑跟上，关琥看看李当归，他手拿戒指盒僵立在那里，一副被雷劈了的反应。出于同情心，关琥在离开之前，拍拍李当归的肩膀。

"欲速则不达，还是慢慢来吧。"

出境口很快就到了，看到一旁的垃圾桶，关琥撸下小拇指上的钻戒要丢进去，但想了想，又改了主意。

不管怎么说，这个小东西都算是帮过他的，就留着吧，做个纪念。

手机响了起来，是法医舒清澈的来电，关琥接通后，就听舒清澈在对面说："你的事我听萧组长说了，干得不错。"

"至少还有命回家。"

"这段时间我查到了有关那管笔的一些线索，在你平安到家之前有没有兴趣听？"

关琥愣了一下才想到在鱼藏事件里，他曾拿到吴钩留下的笔管请舒清澈做鉴证，舒清澈会特意来电，消息应该非常重要，忙说："有什么线索吗？"

"我找到了笔管上的指纹，跟罪犯档案对照后发现，指纹的主人是一名杀手，曾上过国际通缉名单，是一级危险人物，不过早在四年前他就在行动中因失败被击毙，有关他的所有档案都销毁了，我找了好久才找到这点情报。"

"他叫什么名字？"

对面传来纸张翻动的声音，舒清澈说："他叫素霓生，嗯，挺奇怪的一个名字。"

居然不是吴钩。

关琥再问："有他的照片吗？"

"只有模拟图，这些杀手非常会伪装，只怕模拟图也做不了准，"

舒清滟说："你会找到有他指纹的东西，是不是表示他还活着？"

"我不知道。"他的确不知道，因为舒清滟提供的情报跟他所了解的事情有太多出入了。

"不管你现在私下在查什么案子，我都希望你放弃，这个人太危险了，而且他身后可能还有着庞大的组织，关琥，以你个人的力量无法跟他们抗衡的。"

关琥明白舒清滟的担忧，但是现在许多事情他无法解释，道了谢，又请舒清滟把她查到的资料汇总起来，以便自己回去后确认，这才挂断电话。

赵客缦胡缨，吴钩霜雪明。银鞍照白马，飒沓如流星。

……

三杯吐然诺，五岳倒为轻。眼花耳热后，意气素霓生。

李白的一首《侠客行》里，跟他有关的名字就有三个，吴钩跟流星是什么关系？素霓生跟张燕铎又是什么关系？假如吴钩是杀手，那张燕铎会不会也是，他又说认识自己的哥哥，那哥哥是不是也是杀手组织的一员……

对面大电视的屏幕上在播放僵尸事件的新闻，他们几个人被救援时的画面一闪而过，关琥看到了张燕铎，他站在自己身后，头压得很低，像是在躲避什么。他感觉得到了张燕铎的惧怕，否则他不会做出这样的举动。

一个连死亡都不惧怕的人，他到底在恐惧什么？

迈向前方的脚步变得迟疑起来，关琥有种感觉，他要面对的风暴也许才刚刚开始。

周末又下起了小雨，关琥下了班，他没带雨具，直接冲进了雨里——在病毒被消除后，关琥很快就恢复了以往的强健状态，一点小雨他根本没放在心上。

经过街道的拐角，看到涅槃酒吧的招牌，关琥的脚步放慢了。

从德国回来有一个星期了，他一直忍住没去找张燕铎，除了担心他还在生气外，还有一部分是怕知道真相——有关素霓生的资料他在拿到后也一直没有打开，现在还好好地放在他家的书桌上。

但他不能总是逃避下去，许多事情都要有个了结，至少他还欠张燕铎一个道歉。

在心里这样说服着自己，关琥走下楼梯，来到涅槃酒吧的门前，推门进去，当看到酒吧里还有其他人时，他开始后悔自己刚才的决定了——小魏在也就罢了，他怎么也没想到在这个雨夜里，叶菲菲跟谢凌云也在。

看到关琥，酒吧里的人停止说笑，一齐把目光投了过来，关琥更觉得心虚，快步走到吧台前坐下，看看站在吧台里表情平静的人，他低下头，像是小学生那样，小声说："对……不起，那天我不该乱打人，请原谅！"

张燕铎没说话，关琥听到了冰块跟调酒器撞动的响声，接着一杯盛满蓝色饮料的宽口酒杯放到了他的面前。

"我试调的蓝色海洋，你要尝一下吗？"张燕铎微笑问他。

关琥没动，小心翼翼地问："蓝色是代表原谅吧？"

"至少不是代表要揍你。"

"谢谢大哥。"

看张燕铎的反应不像在恼火，关琥大喜，拿起酒杯咕嘟喝了一口，谁知杯里的酒居然是咸的，他呛得差点吐出来，但为了不失态，最后还是强行咽了下去。

"你放了多少盐在里面？"喝完后，他冲张燕铎大叫。

"要不怎么叫蓝色海洋呢？"张燕铎笑眯眯地对他说："为了表示你道歉的真诚度，你要都喝完。"

身后传来闷笑声，关琥知道自己又被耍了，不由得恨恨地瞪他，张燕铎作势要把酒杯收回，关琥急忙按住，为了表示诚意，他忍住了，然后一仰头，将整杯酒全都灌了进去。

一杯水随后递到了他面前，关琥张口就喝，还好这次不是盐水。

叶菲菲在旁边凉凉地说："老板真是大好人，换了我，一定在酒里放辣椒油。"

"你不如放巴豆算了，"关琥不爽地瞪她，"我都道歉了，请问叶小姐，你是不是也该跟我道歉？"

"你打了老板，我那一巴掌是帮老板回敬你的，为什么要道歉？再说不是每个人都有机会被美女打的，你应该感到荣幸才对。"

"呵，这是哪位伟人说的？"

"叶伟人，还有啊，关琥，你别忘了你中毒时，是谁不顾安危去救你的，你还没跟我道谢呢，还敢冲我发脾气。"

"我……"

"不过我会原谅你的，我不会跟智商不高的人计较。"

关琥再次确定了自己选择今晚来酒吧真是个糟糕的决定，他从齿缝里挤字，"那真要谢谢您了，叶小姐。"

"好说好说。"

看着关琥吃瘪，叶菲菲很开心，将他们正在看的照片推给他。

德国一行虽然惊险无比，但并没妨碍谢凌云跟小魏拍照，谢凌云负责将照片冲洗好，分别送给大家。

小魏也重新递给关琥一杯威士忌，说："今晚大家的消费我请，别跟我客气。"

"你中六合彩了？"

"没有，不过上次以你们为主角的新小说很受欢迎，这算是答谢大家，我还准备把德国的冒险经历写下来的，也算是经验之谈了。"

"冒险的是老板跟关琥，你跟李当归好像一直在被僵尸追吧？"谢凌云开玩笑说。

"不能这样说，你看关琥这囧样，还不如我呢。"

一沓照片丢到关琥的面前，当看到那是自己倒栽葱趴在雪堆里的画面，关琥傻眼了。他记得那是在楚格峰滑雪场的经历，难怪张燕铎没有马上去扶他，原来是在趁机拍照，看着自己屁股朝外四仰八叉的样子，关琥就感觉英俊潇洒这类词离自己越来越远了。

"这个不是我，你们看错人了！"

他伸手要抢，被叶菲菲拦住，小魏也凑热闹来争夺，张燕铎站在吧台里，看着大家打闹，忍不住笑了。

关琥不仅恢复了健康，也恢复了以往的精神，这让张燕铎放下心，走出去准备打烊。在取下营业招牌的时候，他的手一抖，空气中流淌着某种怪异的气息，很熟悉，熟悉得让他无法无视。

微笑敛下，张燕铎凝神攀上楼梯，来到外面的街道上，果然就看到路口对面停了一辆红色轿车，雨已经停了，轿车车窗落下来，露出坐在里面的华发老人。

看到他，张燕铎的手不自禁地一颤，随即用力握紧了，以免颤抖得更厉害。

可是即使如此，他还是止不住心里的恐惧，明明已经过了这么久，明知道自己完全有能力杀掉对方，但他还是害怕，可能他怕的不是这个人，而是他曾经带给自己的可怕记忆。

老人也看到了他，伸出戴着黄金扳指的手冲他摇了摇。

看到似曾相识的动作，张燕铎的神志恍惚了一下，竟不受控制地抬脚准备过去，还好关琥及时赶到，拦在他面前。感觉到他的紧张，关琥警惕地看向对面的人，问："是谁？"

不知道该怎么回答，张燕铎摇了摇头。

旁边传来响声，吴钩在贩卖机里买了两罐饮料，经过张燕铎身边，看到他敌视的目光，他说："不要误会，你还活着的事不是我说的，谁让你们在德国大出风头，导致老头子发现了你呢。"

"那你告诉他——"无视吴钩递过来的饮料，张燕铎一字一顿地说："我可以杀他一次，就可以杀他第二次。"

吴钩耸耸肩，回到车上，不知道他跟老人说了什么，老人转头看向张燕铎，又若有所思地看看关琥，然后做出开车的示意。

车开走了，溅起路上的积水，在路灯下反射出诡异的光亮。很少看到张燕铎如此冷峻的脸色，关琥很担心，但为了不影响到他的心绪，关琥没有马上开口询问，陪着他默默地站在道边。

过了好久，张燕铎终于回过了神，他看看关琥，下意识地抬起手扶了扶眼镜，说："我答应你，假如你可以挺过来，就把你哥哥的事告诉你，现在我可以跟你讲了。"

关琥的眼瞳猛地缩紧，因为紧张，他的心房剧烈跳动起来，期待着听到有关亲人的消息，但同时又惧怕听到。

张燕铎把头别开了，看着偶尔从路灯上坠落的雨滴，他轻声说："我不是你哥，而是……杀死你哥哥的人。"

（本篇完）